# QUEM QUER CASAR COM UM DUQUE?

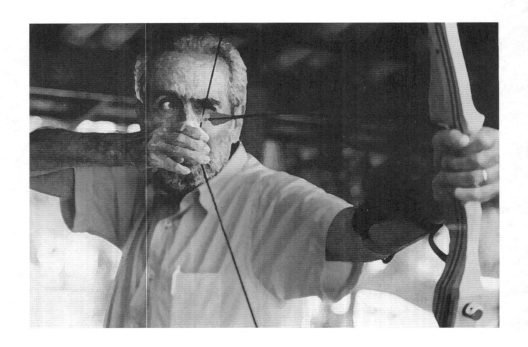

# O Arqueiro

GERALDO JORDÃO PEREIRA (1938-2008) começou sua carreira aos 17 anos, quando foi trabalhar com seu pai, o célebre editor José Olympio, publicando obras marcantes como *O menino do dedo verde*, de Maurice Druon, e *Minha vida*, de Charles Chaplin.

Em 1976, fundou a Editora Salamandra com o propósito de formar uma nova geração de leitores e acabou criando um dos catálogos infantis mais premiados do Brasil. Em 1992, fugindo de sua linha editorial, lançou *Muitas vidas, muitos mestres*, de Brian Weiss, livro que deu origem à Editora Sextante.

Fã de histórias de suspense, Geraldo descobriu *O Código Da Vinci* antes mesmo de ele ser lançado nos Estados Unidos. A aposta em ficção, que não era o foco da Sextante, foi certeira: o título se transformou em um dos maiores fenômenos editoriais de todos os tempos.

Mas não foi só aos livros que se dedicou. Com seu desejo de ajudar o próximo, Geraldo desenvolveu diversos projetos sociais que se tornaram sua grande paixão.

Com a missão de publicar histórias empolgantes, tornar os livros cada vez mais acessíveis e despertar o amor pela leitura, a Editora Arqueiro é uma homenagem a esta figura extraordinária, capaz de enxergar mais além, mirar nas coisas verdadeiramente importantes e não perder o idealismo e a esperança diante dos desafios e contratempos da vida.

# SABRINA JEFFRIES

## DINASTIA DOS DUQUES
### 3

# QUEM QUER CASAR COM UM DUQUE?

Título original: *Who Wants to Marry a Duke*

Copyright © 2020 por Sabrina Jeffries, LLC
Copyright da tradução © 2022 por Editora Arqueiro Ltda.
Publicado em acordo com a Bookcase Literary Agency e a Kensington Publishing.

Todos os direitos reservados. Nenhuma parte deste livro pode ser utilizada ou reproduzida sob quaisquer meios existentes sem autorização por escrito dos editores. Os direitos morais da autora estão assegurados.

*tradução:* Michele Gerhardt MacCulloch

*preparo de originais:* Sheila Louzada

*revisão:* Camila Figueiredo e Midori Hatai

*diagramação:* Abreu's System

*capa:* Miriam Lerner | Equatorium Design

*imagem de capa:* © Ilina Simeonova | Trevillion Images

*impressão e acabamento:* Cromosete Gráfica e Editora Ltda.

CIP-BRASIL. CATALOGAÇÃO NA PUBLICAÇÃO
SINDICATO NACIONAL DOS EDITORES DE LIVROS, RJ

J49q

Jeffries, Sabrina
Quem quer casar com um duque? / Sabrina Jeffries ; tradução Michele Gerhardt Macculloch. – 1. ed. – São Paulo : Arqueiro, 2022.
240 p. ; 23 cm.       (Dinastia dos duques ; 3)

Tradução de: Who wants to marry a duke
Sequência de: O duque solteiro
Continua com: Um duque à paisana
ISBN 978-65-5565-262-8

1. Ficção americana. I. MacCulloch, Michele Gerhard. II. Título. III. Série.

21-75301

CDD: 813
CDU: 82-3(73)

Meri Gleice Rodrigues de Souza – Bibliotecária – CRB-7/6439

Todos os direitos reservados, no Brasil, por
Editora Arqueiro Ltda.
Rua Funchal, 538 – conjuntos 52 e 54 – Vila Olímpia
04551-060 – São Paulo – SP
Tel.: (11) 3868-4492 – Fax: (11) 3862-5818
E-mail: atendimento@editoraarqueiro.com.br
www.editoraarqueiro.com.br

*Para meu pai, que sempre tem um sorriso enorme
para sua peculiar "primogênita".*

*E para minha mãe, que tem sido incansável em cuidar do meu pai.*

*Obrigada por todo o amor que vocês me dão.*

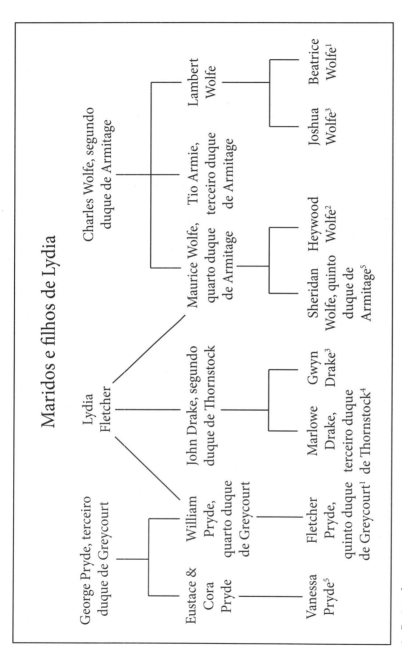

# PRÓLOGO

*Londres, abril de 1800*

Depois de finalmente assumir seu título como duque de Thornstock, Marlowe Drake – Thorn para os íntimos – apoiou-se em uma coluna para observar o salão de baile lotado na casa dos Devonshires. Por que sua irmã gêmea não voltara com ele para a Inglaterra? Se Gwyn estivesse ali, estaria debochando dos "almofadinhas" de gravatas exageradas e apostando com ele qual seria o primeiro cavalheiro a passar vergonha por embriaguez.

Ela o manteria entretido.

Por Deus, como sentia saudade dela! Até então, os dois nunca tinham se separado, e Thorn ainda ficava irritado ao lembrar como Gwyn estava tranquila ao vê-lo partir sozinho. Ele não imaginava que se sentiria tão só em sua própria terra. Era um cavalheiro inglês, afinal, e aquele era seu lar por direito. Como nunca se sentira em casa em Berlim, mesmo tendo morado lá quase a vida inteira, havia nutrido a esperança de que as coisas viessem a ser diferentes em seu país natal.

No entanto, estranhava todos os cheiros e gostos, desde o café fraco que os criados lhe serviam pela manhã até o líquido estranho que estava tomando agora. Tinha uma leve semelhança (*bem* leve) com *Glühwein*, que ele tomava na Prússia, mas não chegava nem perto do sabor.

– E então, o que está achando do seu primeiro evento no mercado casamenteiro? – perguntou seu meio-irmão Grey, que havia se aproximado.

Fletcher Pryde, ou Grey, voltara para a Inglaterra aos 10 anos a fim de ser educado para seu futuro papel como duque de Greycourt. Provavelmente era por isso que parecia se sentir confortável com a vida inglesa. Afinal, já estava ali havia quinze anos, enquanto Thorn, apenas seis meses.

Não que ele fosse deixar o irmão mais velho perceber que estava pouco à vontade.

– Então é *isso* o mercado casamenteiro? – bufou Thorn. – Eu imaginava algo um pouco mais... mercenário. Mães farejando a multidão em busca de um cavalheiro elegível para suas lindas preciosidades.

Grey deu uma risada.

– Não estão muito longe disso, pelo menos no caso das damas que têm apenas a beleza a seu favor. Com herdeiras, é mais fácil ver pais farejando caça-dotes para colocá-los para correr.

– Então suponho que eu deva ficar feliz por Gwyn *não* ter vindo comigo. – Thorn se afastou da coluna. – Meu pai e eu tivemos muito trabalho em Berlim para enxotar caça-dotes.

– Eu poderia ter ajudado com isso. – Grey olhou para cima. – Gwyn teria adorado esse teto. Tentaria desenhá-lo em seu caderno de maravilhas arquitetônicas. É por isso que não consigo entender por que ela se recusou a voltar com você. – Ele fixou o olhar em Thorn. – Você sabe por que ela preferiu ficar em Berlim?

– Disse que mamãe precisava dela – respondeu Thorn. – Uma tolice, mamãe é perfeitamente capaz de se cuidar sozinha. E ela tem Maurice, que a adora. Deve haver outra razão.

Thorn tinha uma boa ideia do que era, mas Gwyn nunca o admitira, e ele não estava disposto a especular com Grey.

– O que você está fazendo em um evento como este, afinal? – perguntou Thorn.

O irmão assumiu uma expressão austera antes de responder:

– Pagando uma aposta.

– Ah. Quais são os termos?

– Preciso ficar até meia-noite ou até que lady Georgiana seja apresentada a mim, o que vier primeiro.

– A filha de Devonshire? A que está debutando nesta temporada?

– Essa mesma.

– Então em breve poderá ir embora – concluiu Thorn. – Você será o primeiro a quem ela será apresentada.

– Ou você. Já esqueceu sua posição de destaque?

– Não.

Como poderia esquecer? Toda vez que entrava em um salão, as pessoas lhe faziam mil e uma reverências.

– Nunca esqueça quem você é – aconselhou Grey. – Você não está acostumado aos esquemas tortuosos de que as mães são capazes para conseguir um bom casamento para as filhas. Veja desta forma: são caçadoras que querem pendurar seu diadema ducal na parede como um troféu. Então tome cuidado.

– É o que pretendo. Vou fugir assim que vir os Devonshires se aproximando.

– Não estou falando para tomar cuidado com os *Devonshires*, pelo amor de Deus! – exclamou Grey. – Eles têm precedência sobre nós dois. Recusar-se a cumprimentá-los seria um insulto gravíssimo. Nem eu sou tão imprudente assim. Posso vir a precisar de um deles algum dia.

Thorn preferia correr esse risco a cometer uma gafe em uma conversa com os Devonshires. Embora mais cedo tivesse visto quem eram, aquela seria a primeira vez que conversaria com os poderosos duque e duquesa de Devonshire e estava um pouco inseguro com os protocolos. Na Prússia, Thorn era o único duque inglês desde que Grey retornara à Inglaterra.

– Em primeiro lugar – disse Thorn –, não tenho a ambição de ser dono de metade de Londres. Segundo, consigo fugir de um salão de baile sem ser visto, se precisar.

– Consegue mesmo? Olhe em volta, irmão. Metade das jovens damas está de olho em você.

– E em você. Quando o duque e a duquesa lhe apresentarem a filha deles, todos estarão tão concentrados nesse acontecimento majestoso que ninguém nem notará meu sumiço. – Thorn sorriu para o irmão. – Além disso, não preciso me casar tão bem quanto você. Posso me contentar com as belas preciosidades, contanto que sejam inteligentes e divertidas.

Ele ouviu um bufar de desdém atrás de si, mas, quando se virou, não viu ninguém. Devia ter se enganado.

– Pelo que ouvi falar, lady Georgiana não é nem uma coisa nem outra – disse Grey, com a testa franzida. – Pelo visto, a mãe chama mais atenção do que ela tanto na personalidade quanto na aparência.

– Que pena. Para você, é claro. Mas se casaria com ela apenas pelas conexões?

– Só se os boatos se provassem mentira e ela fosse, como você bem disse, inteligente e divertida. E bonita. – Ele sorriu. – Quero uma esposa com todas as qualidades.

E ele provavelmente conseguiria, quando decidisse sossegar. Grey tinha o tipo de cabelo ondulado que lhe dava a aparência permanente de ter acabado de sair da cama de uma mulher, além de olhos azul-esverdeados e traços esculpidos que lhe garantiam poder voltar para lá sempre que quisesse. Para infelicidade das damas, porém, era muito reservado.

– Deve ser por isso que ainda não se casou. Você estabelece parâmetros ridiculamente altos – comentou Thorn, e fez careta ao tomar um gole da bebida misteriosa em sua taça.

– Como você consegue tomar isso? – questionou Grey.

– Não consigo descobrir o que é. Tem gosto de vinho do Porto, mas é bem mais ralo e mais doce. E eu também não esperaria que fosse servido Porto em um baile de debutantes.

– Mas é Porto, sim. Na verdade, o que você está bebendo se chama *negus*, um ponche que os ingleses fazem misturando água no vinho e acrescentando os temperos que tiverem à mão. Ou, pelo menos, foi o que presumi depois de anos tentando beber isso sem fazer careta.

– É péssimo. – Thorn olhou em volta à procura de um dos lacaios que levavam as taças embora. O que viu, em vez disso, foram os Devonshires. – E acho que é hora de eu me tornar invisível. Nossos anfitriões estão vindo.

– Estou vendo. Conheço o duque o suficiente para falar com ele, mas nunca fui apresentado à duquesa nem à filha. Dizem que sua esposa é uma mulher fascinante. Tem certeza que não quer ficar?

– Quem sabe em outra oportunidade – murmurou Thorn.

Com 21 anos, ele não estava pronto para se casar. Mal conseguia se lembrar das inúmeras regras da sociedade londrina ou administrar as propriedades de seu ducado, imagine arrastar uma mulher para sua vida. Além do mais, ainda não se sentia muito à vontade com o irmão, com quem não convivia fazia anos.

Aproveitando que os Devonshires pararam para falar com outro convidado, Thorn deu a volta na coluna e saiu em busca de uma varanda onde pudesse se esconder. Foi quando colidiu com alguém e derramou *negus* no próprio colete.

– Maldição! – exclamou, observando as manchas vermelhas. – Por que não olha por onde anda?

– Por que *o senhor* não olha? Eu estava parada aqui.

Ele ergueu o olhar na mesma hora. À sua frente estava uma bela moça que o encarava com um olhar gélido. Como muitas outras jovens damas, usava um vestido de seda branca, mas o curioso padrão bordado com fios dourados no corpete atraiu o olhar de Thorn para seus fartos seios. Algo que ele apreciava bastante.

No mesmo instante ele mudou seus modos.

– Queira me perdoar. Eu não estava prestando atenção.

– Percebi. Vossa Graça estava muito ocupada tentando fugir da pobre lady Georgiana, que é a melhor pessoa que se poderia conhecer.

Ele fez careta.

– Presumo que tenha ouvido minha conversa com meu irmão.

Isso explicava por que suas desculpas efusivas não a tinham amansado. E Thorn se recusava a pedir desculpas por não querer conhecer lady Georgiana. Por que deveria? Aquela garota não deveria ficar prestando atenção em conversas particulares.

Ele pegou o lenço e o usou para tentar tirar as manchas de bebida do colete. Vendo isso, a jovem balançou a cabeça em reprovação, os cachos louros que emolduravam seu rosto se sacudindo com o movimento.

– Vai piorar as coisas se tentar limpar dessa forma. Se vier comigo, posso dar um jeito.

– Mesmo? E como pretende fazer isso?

– Com champanhe e bicarbonato de sódio – respondeu ela, como se fosse a resposta mais óbvia.

Thorn ficou curioso.

– O que é bicarbonato de sódio e *onde* a senhorita pretende conseguir isso?

– Eu trago em minha bolsinha, claro.

*Claro?*

– Ah, sim, algo que todas as damas carregam em suas bolsinhas – comentou ele.

– Verdade? Achei que eu fosse a única. – Antes que ele pudesse responder, a jovem acrescentou: – Mas se não formos rápidos, essas manchas ficarão para sempre no seu colete.

Thorn poderia comprar dez novos coletes como aquele, mas ainda nem tivera a chance de dançar naquela noite, então a oferta dela tinha seu atrativo. Além disso, estava curioso para ver que magia ela pretendia fazer com os estranhos ingredientes citados. E se realmente levava bicarbonato na bolsa.

– Bem, vamos logo, então.

Assentindo, ela pegou a taça da mão dele e a trocou por uma de champanhe que estava abandonada em uma bandeja ali perto. Em seguida, guiou-o na direção de uma varanda.

– A biblioteca dos Devonshires não fica longe daqui. Podemos fazer isso lá.

*"Isso" o quê?*, Thorn quase perguntou. A linda moça estava realmente disposta a limpar as manchas de seu colete? Ou será que tinha algo mais lascivo em mente?

*Isso*, sim, seria uma boa proposta. O corpete dela tinha um corte intrigantemente baixo. A princípio, a cor do vestido o fizera pensar que era uma debutante, mas agora ele considerou que talvez tivesse tido a sorte de esbarrar com uma mulher casada em busca de aventuras.

Se fosse esse o caso, seria de esperar que a jovem estivesse fazendo poses e sorrisos afetados, como todas as outras mulheres que ele conhecera na sociedade. Se bem que a sociedade de Londres era mais selvagem que a de Berlim. Ainda estava se familiarizando com as regras dali.

Sendo enteado do embaixador britânico na Prússia, Thorn deveria se comportar adequadamente, ou seja, não se divertir. Nos seis meses desde que voltara para a Inglaterra, ele tinha começado a afrouxar as amarras, estimulado por outros rapazes que havia conhecido, mas essa era a primeira vez que uma jovem *dama* se apresentava como uma tentação ao mau comportamento.

*São caçadoras que querem pendurar seu diadema ducal na parede como um troféu. Então tome cuidado.*

Ele seria cuidadoso. Mas também aproveitaria aquele encontro intrigante. Foram bem poucos desde sua volta.

Após atravessarem a varanda, eles cruzaram portas francesas e saíram em um corredor vazio. Ele ficou ainda mais curioso.

– Já que a senhorita está tão empenhada em salvar meu colete, talvez possamos nos apresentar – sugeriu ele. – Eu sou...

– Eu sei quem é o senhor – cortou ela. – *Todo mundo* sabe. Minha grande amiga Georgiana me apontou o duque assim que entramos no salão de baile.

– É por isso que a senhorita estava escutando minha conversa com meu irmão?

– De forma alguma. – Ela lhe lançou um olhar desafiador. – Cheguei lá primeiro. Estava tentando me esconder da minha madrasta.

– Por quê?

Ela soltou um suspiro de frustração.

– Ela vive me apresentando cavalheiros de quem não gosto. Não quero nem preciso de um marido, mas ela se recusa a acreditar nisso.

Thorn achou melhor não falar o que estava pensando: que talvez a madrasta dela estivesse certa. Por mais que demonstrasse ser geniosa, a jovem também parecia uma mistura singular de inocência e sensualidade, do tipo que os cavalheiros adorariam tentar seduzir. Thorn ainda não sabia o que pensar dela.

– Entendo – disse ele, na falta de algo melhor. – Ainda não sei seu nome.

– Ah! Verdade. – Ela abriu um sorriso constrangido ao acrescentar: – Tenho tendência a esquecer as formalidades.

– Percebi.

O sorriso desapareceu.

– O senhor não precisa colocar o dedo na ferida.

Ele caiu na gargalhada.

– Juro que a senhorita é a mulher mais desconcertante que já conheci. Além da minha irmã gêmea, claro. – Ele se inclinou para sussurrar: – Vou falar o nome dela para ver se convenço a senhorita a falar o seu. Ela se chama Gwyn. E você…

– Srta. Olivia Norley – completou ela, de uma forma afetada que ele achou uma delícia, apesar da pontinha de decepção por não ser uma mulher casada fogosa.

A jovem então parou diante de uma porta aberta.

– É aqui. Vamos entrar?

– Se é o que deseja, Srta. Norley. Esta empreitada é sua.

Ela entrou sem vacilar.

Thorn segurou a vontade de rir do jeito resoluto dela. Pelo menos a moça teve o bom senso de se colocar do outro lado do cômodo, onde não seriam prontamente vistos por alguém que passasse por ali.

Depois de deixar a taça de champanhe em uma mesa onde havia um candelabro aceso, Olivia pegou em sua bolsa uma caixinha que continha uma boa quantidade de pequenos frascos.

– Deus do céu, o que é isso tudo? – perguntou Thorn.

– Sais aromáticos e cosméticos para minha madrasta, já que na bolsinha dela não tem espaço para tudo. – Ela abriu um dos frascos e virou um pouco do pó branco na palma da mão. – Bicarbonato de sódio. É bom para indigestão.

– E para limpar manchas de vinho.

– Exatamente.

Ela sorriu. E Thorn ficou sem fôlego. Quando sorria, Olivia deixava de ser apenas uma jovem bonita e se tornava uma deusa estonteante. Quando ela puxou o candelabro para mais perto, ele pôde ver que seus olhos eram de um tom quente de verde-jade. Seus lábios eram suntuosos, suas faces tinham cor de pêssego e seu nariz era ligeiramente arrebitado. Puro charme.

– Perdão, vou precisar colocar a mão por baixo do seu colete para conseguir limpar – avisou ela, parecendo alheia ao olhar dele.

– Prefere que eu o tire? – sugeriu Thorn, mesmo sabendo que não era apropriado.

– Ah, sim! Isso facilitaria muito.

Ela não estava se incomodando com a falta de decoro da parte dele, e o duque achou aquilo divertido. Ele tirou o paletó, desabotoou o colete, despiu-o e o entregou a ela. Após colocar o lenço por baixo do tecido, Olivia começou a limpar as manchas, primeiro molhando com champanhe e depois jogando o pó branco que chamara de bicarbonato de sódio. As manchas espumaram. Thorn ficou surpreso.

– Por favor, me dê seu lenço – pediu ela.

Ela usou as partes limpas do lenço para espalhar a espuma. Então, para surpresa de Thorn, já mal se viam as manchas. Era como se tivesse respingado apenas água em sua roupa.

– Onde a senhorita aprendeu isso?

Ela levou o colete até a lareira e começou a abaná-lo no calor do fogo, para que secasse.

– Com meu tio. Ele é químico.

Que família intrigante. Thorn não tinha dúvida de que ela aprendera todas as fórmulas para limpeza com esse tio. Segundo Gwyn, esperava-se que as mulheres tivessem tais conhecimentos domésticos mesmo que não fossem elas a realizar as tarefas.

Olivia então foi até ele com o colete nas mãos.

– Prontinho. O senhor poderá continuar na festa, pelo menos. Mas assim que chegar em casa, peça a um criado que lave devidamente.

– Vou me lembrar disso – respondeu ele, tentando imitar o tom sério dela, enquanto vestia o colete. – Como posso lhe pagar por isso? Talvez com olhos de salamandra ou dedos de sapo para colocar nos seus frascos?

– Por que eu iria querer essas coisas? Não teriam nenhuma utilidade para mim.

Ela claramente nunca tinha lido *Macbeth*. Ou, se lera, tinha se esquecido da cena com as bruxas.

Rindo, Thorn abotoou o colete.

– Então talvez eu a convide para uma dança.

Um olhar de puro pavor cruzou o rosto dela.

– Não ouse! Sou a pior dançarina da história. E como uma dama não pode recusar o convite de um cavalheiro…

– Ah, é? Eu não conhecia essa regra. Isso explica por que todas aceitam dançar comigo – disse ele, com uma piscadela. – Achei que fosse por causa do meu charme irresistível e da minha beleza incomparável.

– Todas aceitam porque é um duque, sir. Então, por favor, não *me* convide para dançar ou vou acabar fazendo com que nós dois passemos vergonha. O senhor não iria gostar, eu garanto.

Ele balançou a cabeça, fascinado.

– Admito que a senhorita é fora do comum.

Quando Thorn afrouxou a gravata, ela pareceu aborrecida.

– Ah, Deus… Não foi só o colete que sujou. Eu vou…

– Não é necessário. Se a senhorita conseguir apenas endireitar as dobras da minha gravata para esconder as manchas, ninguém conseguirá ver. Eu mesmo faria isso, mas não tem espelho aqui.

– Claro.

Ela começou a puxar aqui e ali, o que fez Thor se lembrar de suas suspeitas iniciais a respeito dos motivos dela para levá-lo até aquele lugar.

– A senhorita faz isso muito bem – comentou ele. – Deve ter prática.

– Meu tio não tem um criado pessoal, então às vezes eu o ajudo quando recebe convidados.

– Admita, Srta. Norley. Sei que não me trouxe aqui apenas para limpar meu colete e endireitar as dobras da minha gravata.

Ela ergueu o olhar.

– Não sei o que o senhor quer dizer. Por que outro motivo eu o traria?

Sorrindo, Thorn pegou o rosto delas nas mãos.

– Para que pudéssemos nos divertir. Assim.

Ele a beijou de leve. Olivia se afastou, os olhos arregalados.

– Oh, não!

Ele deixou escapar uma risadinha.

– Oh, sim… – murmurou ele, e a beijou de novo.

Dessa vez, Olivia pousou as mãos na cintura de Thorn e se esticou para encontrar os lábios dele. Ah, sim. Os lábios dela eram doces como cerejas. Ousados também, como se ela já tivesse feito aquilo.

Não que ele se importasse. Provavelmente, a experiência era o que a tinha tornado tão deliciosa, uma dama que ele beijaria feliz a noite inteira. Sua boca era maravilhosamente quente e tinha gosto de champanhe – o que ele descobriu ao intensificar o beijo. Foi quando Olivia abriu mais a boca, permitindo que a língua dele a explorasse, e, após um momento, enredou também sua língua na dele. Thorn sentiu o sangue esquentar.

Ah, inferno! Ela lhe despertava o desejo de mandar pelos ares toda a cautela e ir além. Mas não podia. Então se pôs a explorar cada centímetro da boca dela, encontrando todos os cantinhos secretos ali dentro. Com um leve gemido, ela enlaçou sua cintura, incendiando-o por completo.

Que delicioso era o cheiro dela… como flores tropicais. Ele tinha vontade de mergulhar naquele aroma como se mergulha em uma banheira.

Thorn desceu a mão pelo ombro dela, pelo braço, até as costelas. Por que não? Estava começando a imaginar se *ousaria* tocar um daqueles seios fartos quando ouviu uma voz dentro do cômodo.

– Olivia Jane Norley! Que diabos pensa que está fazendo?

Olivia se soltou dele. Estava um pouco desorientada, além de descabelada. O estômago de Thorn deu uma cambalhota. Tinha sido pego no flagra. E sabia exatamente o que aquilo significava.

Virou-se e deparou com uma matrona vestida com elegância, que supôs ser a madrasta de Olivia. Como ela tinha conseguido encontrá-los se a jovem estava se escondendo dela, pelo que dissera? E a mulher estava acompanhada por alguns amigos. Testemunhas. Aquilo era ruim. *Muito* ruim.

Em um estalo, Thorn lembrou onde havia escutado o nome Norley. O barão Norley era frequentador do clube de Grey, que Thorn visitara algumas vezes enquanto decidia se deveria se tornar membro ou não. Portanto a Srta. Norley, como filha de barão, era a *honorável* Srta. Norley. Provavelmente estava, sim, em busca de um marido… e tinha sido muito mais esperta que as outras jovens damas.

– Não é o que parece! – começou Olivia. – Sua Graça entornou bebida no colete e eu estava limpando.

Os amigos de lady Norley riram da mera ideia.

Mas não lady Norley.

– Olivia, por favor, espere no corredor. Preciso de um momento a sós com o duque.

– Mas...

– *Agora*, mocinha.

Ela saiu da sala com os ombros caídos. Com uma palavra, lady Norley dispensou também os amigos. Então ficaram apenas Thorn e a mulher.

– Lady Norley... – começou ele.

– Espero vê-lo em nossa casa amanhã bem cedo, com um pedido de casamento.

Casamento! Santo Deus!

Ele ainda tentou sair do buraco em que caíra de forma tão imprudente.

– Não há razão para uma decisão tão precipitada. Acabei de conhecer sua enteada e, embora ela seja uma boa moça...

– Sim, ela *é* uma boa moça e mal completou 18 anos. Não vou permitir que tenha a reputação destruída por culpa de seus... seus desejos animalescos!

Esforçando-se para agir como um duque, Thorn se endireitou e falou, com frieza:

– Foi apenas um beijo cordial.

– E o senhor tirou o paletó para esse beijo cordial?

Inferno, tinha esquecido que estava só de camisa. Aquilo era uma maldição, e a culpa era dele próprio.

Fez careta ao se lembrar dos avisos de Grey. Era provável que a Srta. Norley tivesse agido de propósito, para fisgá-lo, deixando a madrasta de tocaia para fechar o acordo. Ficou furioso ao pensar isso.

A raiva deve ter transparecido em seu rosto, pois lady Norley se aproximou e baixou o tom de voz.

– No caso de estar considerando *não* aparecer amanhã de manhã com um pedido de casamento, serei forçada a tornar público certo segredo de sua família que guardo há muitos anos.

Um arrepio lhe percorreu a espinha.

– A senhora nem conhece minha família. Que segredos poderia saber?

– Pois saiba que eu conhecia muito bem seus pais alguns anos atrás. Sua mãe e eu debutamos juntas e seu pai era amigo da minha família. Por isso, sei exatamente aonde ele estava indo quando sofreu o fatal acidente de carruagem.

Isso o pegou desprevenido.

– Ele estava indo a Londres – disse Thorn, com cautela. – Isso não é segredo para ninguém.

– Sim, mas estava indo encontrar a amante.

Por um terrível momento ele perdeu o chão.

– *O quê?*

– Ele tinha uma amante antes de conhecer sua mãe. E nunca terminou com ela.

Thorn não ficaria surpreso se ouvisse aquilo a respeito do pai de Grey, mas seu próprio pai? Não era possível.

Tentou lembrar se a mãe já havia contado o que levara seu pai a tomar o caminho de Londres repentinamente, saindo de Berkshire, mas nada lhe veio à mente. O que a mãe sempre dizia era que os dois eram apaixonados, que, de seus três casamentos, aquele tinha sido o único por amor. Ou seu pai nunca tivera uma amante… ou ele escondera isso tão bem que a esposa nunca desconfiou.

Havia uma terceira possibilidade: a mãe sabia disso o tempo todo e mentira para ele e Gwyn sobre ser apaixonada. Thorn não suportava nem pensar nisso, pois significaria que o grande amor romântico do qual a mãe sempre falara com tanto ardor era uma farsa.

Isso supondo que lady Norley estivesse falando a verdade. Como ela devia saber, não havia como confirmar ou refutar o "segredo" que estava usando para chantageá-lo. Com a mãe em Berlim, levaria meses para uma carta de Thorn alcançá-la.

Mas, mesmo que fosse mentira, ela poderia espalhar a história. E podia saber o suficiente para fazê-la parecer verdade. E ele se recusava a permitir que aquela tratante causasse mal a sua mãe. Um boato daquele, se publicado nos jornais, a magoaria intensamente quando enfim chegasse à embaixada. Além disso, não seria nada bom para a carreira diplomática de seu padrasto.

– Estamos entendidos, Vossa Graça? – perguntou lady Norley, sem nenhuma indicação de hesitação ou medo na voz.

Ela o encurralara e sabia disso.

Thorn respondeu com toda a indiferença que conseguiu:

– Estarei lá amanhã de manhã.

No dia seguinte, Olivia estava sentada com o corpo rígido no sofá da sala de estar enquanto a madrasta arrumava seus cachos.

– Quando você se casar com Sua Graça, terei que ensinar sua nova criada a arrumar direito seu cabelo.

– *Se* eu me casar com Sua Graça – corrigiu Olivia, com certo desconforto.

– Não comece. – Ela beliscou as bochechas da moça. – É claro que se casará com ele. O duque é bonito *e* rico. Você também deve ter pensado nisso, considerando como foi esperta em fisgá-lo.

– Eu não… não esperava que fôssemos… – Ela se interrompeu ao ver a madrasta erguer uma sobrancelha.

Olivia suspirou. Provavelmente não deveria admitir que não esperava ser pega sozinha com ele.

– O que papai disse? – perguntou Olivia. Não o vira na véspera ao chegar do baile, pois ele já tinha saído para o clube.

A madrasta fez um gesto de desdém.

– Você conhece seu pai… sempre ocupado demais com os próprios assuntos para se preocupar com os nossos. Mas prometeu que, assim que você aceitar a proposta do duque, ele o receberá e lhe fará a mesma proposta. Ficará no escritório até que o duque termine de conversar com você.

Depois de perder a mãe, aos 8 anos, Olivia sentiu o pai se afastar, deixando-a aos cuidados de babás e governantas enquanto se saciava com os prazeres masculinos de beber, jogar e ir ao clube. Às vezes ela desconfiava que ele só se casara novamente para não ter que lidar com a filha.

A filha desajeitada, excessivamente franca e apaixonada por química.

– Vocês estão assim tão ansiosos para se verem livres de mim? – perguntou Olivia, torcendo para conseguir esconder a mágoa.

Para sua satisfação, a madrasta pareceu verdadeiramente chocada em ouvir aquilo.

– Claro que não! Deixe de bobagem, minha querida. Só queremos vê-la bem casada. E, quando isso acontecer, você e eu poderemos nos divertir muito fazendo compras, passeando por Rotten Row e visitando as melhores pessoas.

A madrasta tinha como "diversão" programas em que Olivia não via a menor graça.

– Supondo que o duque vá realmente me pedir em casamento, mama.

– Ah, não se preocupe com isso. – O tom de voz da madrasta tinha se tornado frio. – Ele *vai* fazer o pedido.

Ela parecia estranhamente certa daquilo. Não era a primeira vez que Olivia se perguntava como a madrasta convencera o duque a concordar com aquilo. Ou será que ele era tão cavalheiro assim?

Ela duvidava disso, depois de ter visto a cara dele ao sair da biblioteca na véspera. Nem tinha se despedido dela. Olivia ficou magoada, mas não podia pensar nisso agora. Precisava resolver o que diria se ele *realmente* pedisse sua mão.

Era uma decisão difícil. Afinal, fora o primeiro homem que ela beijara. E tinha sido chocante. Delicioso. Totalmente inesperado. Olivia sempre achara que seria desagradável beijar alguém na boca, mas tinha gostado. Muito. Ainda sentia um frio na barriga ao lembrar. Quem poderia imaginar?

E quando ele colocou a língua…

Ah, Deus, tinha ficado sem fôlego. A língua dele ia e voltava, de forma tão lasciva e prazerosa que ela tentou fazer o mesmo.

Teve a impressão de que isso o surpreendeu, mas por pouco tempo. Com um gemido, ele a segurou pela cintura e puxou para mais perto. Foi loucamente excitante. A maioria das damas acharia aquilo romântico, mas Olivia não sabia nada sobre essas coisas. Não entendia exatamente o que era "romântico", já que não tinha experiência no amor.

Então o relógio soou. Olivia levou um susto: era a hora em que as visitas começavam. Não que alguém já tivesse feito alguma visita a *ela*. Olivia não era boa com gentilezas nem com amenidades sobre o clima, então não atraía dezenas de admiradores como algumas moças. Nunca se chateara com isso. O ritual diário de esperar que alguém viesse vê-la era apenas algo pelo qual tinha que passar para depois poder ir ver o tio e ajudá-lo com as experiências.

Ela quase torcia para que o duque não aparecesse. Assim não precisaria decidir qual seria sua resposta.

Passara a noite pesando suas opções, e ainda não tomara uma decisão.

Por um lado, ele era muito bonito e a achava atraente, já que a tinha beijado. E beijava bem, embora ela não tivesse como comparar. E havia outro ponto a seu favor: se eles se casassem, Olivia nunca mais precisaria ficar de conversa fiada de novo. Ele não parecia ser do tipo que gostava disso, o que certamente era uma vantagem.

Por outro lado, dificilmente Sua Graça lhe permitiria fazer suas experiências químicas ou mesmo ajudar o tio no laboratório. Um homem da posição dele devia esperar uma esposa obediente e dedicada ao lar. Ela não era assim. Ora, não sabia nem se queria engravidar.

Ao mesmo tempo, uma pequena parte de Olivia – uma parte tola, aquela que lera contos de fadas quando criança – queria afeto, até amor, no casamento. Mas seria demais esperar isso de Thornstock.

Então ouviu a batida na porta no andar de baixo e ficou ainda mais tensa. Minutos depois, o duque de Thornstock foi anunciado.

Olivia e a madrasta o receberam com uma mesura. Sua Graça estava nitidamente soturno, o que apenas reforçou em Olivia o medo de que a madrasta o tivesse forçado a fazer o pedido.

Essa impressão se confirmou quando ele ficou parado fitando-a como se enxergasse através dela.

– Bom dia, Srta. Norley. Está com uma aparência boa.

– O senhor também, Vossa Graça.

E como! O cabelo castanho-escuro e liso tinha um brilho avermelhado e os olhos eram de um tom de azul quase translúcido de tão claro.

O duque olhou para a madrasta, depois de volta para ela.

– Srta. Norley, espero que me dê a honra de aceitar ser minha esposa.

Olivia ficou perplexa. Ele não poderia ter sido mais abrupto. Pela primeira vez na vida, ela desejou que tivesse havido um pouquinho de enrolação.

– Por quê?

Aquilo pareceu pegá-lo de surpresa. Então estreitou os frios olhos azuis, encarando-a.

– Porque, ontem à noite, eu manchei sua reputação de forma irrevogável. E o casamento costuma ser a solução a que se recorre nesses casos.

De fato. Mas tinha algo errado ali. Um duque certamente conseguiria evitar um casamento com uma ninguém como ela, mas ali estava ele, como um ladrão arrastado para a cadeia. E Olivia não tinha a menor vontade de ser seu carrasco. Se fosse se casar, não seria para salvar a própria reputação. Muito menos com um homem que claramente a desprezava.

– Obrigada por tão generosa proposta, Vossa Graça, mas infelizmente devo recusar.

– Olivia! – exclamou a madrasta.

Olivia mal a escutou, atenta demais em observá-lo. Esperava que ele reagisse com alívio, mas a única emoção que substituiu a arrogância fria foi a raiva.

Que direito ele tinha de ficar furioso? Estava sendo eximido da obrigação de se casar com ela! Podia, no mínimo, se mostrar agradecido.

– O que minha enteada quis dizer foi...

– Exatamente o que eu disse – interrompeu Olivia. – Não tenho o menor desejo de me casar com Sua Graça. E desconfio que ele também não queira se casar comigo. – Ela se dirigiu à porta da sala. – Agora, se me dão licença...

Precisava fugir dali. Não suportaria ver o triunfo dele quando percebesse que estava realmente livre. Só conseguiu chegar até o corredor antes de sentir as pernas bambas, e afundou na cadeira mais próxima para tentar se acalmar.

Então ouviu a madrasta dizer, na sala:

– Vossa Graça precisa dar uma chance a ela. Como qualquer moça, minha enteada quer ser cortejada e mimada. Tenho certeza de que com um pouco de tempo...

– Não gosto que brinquem comigo, madame – cortou ele. – No que me diz respeito, cumpri os termos do nosso acordo.

Acordo! Ah, só piorava. O que sua madrasta teria oferecido para convencê-lo a tomar uma atitude como aquela? Será que ela, Olivia, era tão desagradável que um rapaz jamais a consideraria como sua possível esposa sem algum tipo de incentivo? Sim, ela tinha uma fortuna mediana, mas isso não seria atrativo para *ele*. Todo mundo sabia que o duque era muito rico.

Ele continuou, sem o bom humor que havia demonstrado na véspera:

– Eu propus, ela recusou. Então terminamos aqui. E se algum dia a senhora cumprir sua ameaça, farei da sua vida e a da sua enteada um inferno. Tenha um bom dia, lady Norley.

Essas palavras a despertaram. Ele já ia sair da sala! Olivia não podia ser pega escutando atrás de portas. Levantou-se de um pulo e foi na direção da escadaria, rezando para que ele demorasse a se retirar.

Quando olhou para trás, ela percebeu que o duque nem a vira ali, concentrado que estava em ir logo embora. Sem dúvida, finalmente tivera o bom senso de perceber que havia escapado por pouco de se casar com uma quase estranha.

Por um breve momento, Olivia desejou ter aceitado. Ficara fascinada e extasiada com o beijo que trocaram. E sabia que nunca mais seria beijada daquela forma.

Mas beijar não era suficiente. Ela podia imaginar perfeitamente como seria o casamento com um homem do nível dele. Ele lhe diria o que fazer com seus dias – e com suas noites. Assim como seu pai, o duque em nada a ajudaria a conseguir o que queria. Seu desejo de atuar com experimentos químicos definharia, como acontecia com todas as ambições femininas uma vez que as mulheres sujeitavam seus sonhos às necessidades de um homem.

Seria terrível. Considerando tudo isso, quem iria querer se casar com um duque? Ela, com certeza, não.

# CAPÍTULO UM

*Londres, outubro de 1809*

Thorn abriu um sorriso quando viu Gwyn se aproximar, atravessando o modesto salão de baile de sua casa. Era bem típico dela querer promover um baile para comemorar a nova casa na cidade que agora ocupava com o marido. Thorn não tinha o menor arrependimento por ter vendido o imóvel. Gwyn fizera do lugar um lar, o que era visível em todos os cantos, principalmente ali. O novo piso era perfeito para danças e os novos lustres iluminavam o ambiente bem melhor que os antigos.

Pelo visto, ela tinha a intenção de ficar por um tempo, graças a Deus. E agora que se casara com o major Wolfe, um homem capaz de protegê-la, Thorn podia relaxar e parar de se preocupar que algum cafajeste interessado em sua herança tirasse proveito dela. Podia enfim se concentrar em escrever, embora estivesse cada vez mais difícil esconder isso, principalmente de Gwyn. Ela achava que o irmão não passava de um libertino. A família inteira achava. Na verdade, o Thorn libertino era um personagem, assim como o Thorn escritor e o Thorn duque. Nenhum desses papéis era real. Exceto o Thorn irmão, claro. Pelo menos esse era genuíno.

– Você está com um sorrisinho maroto. – Gwyn deu um beijo no rosto dele. – Que travessura pretende para esta noite?

– Nada com que precise se preocupar, *Liebchen*.

Ela riu.

– Que pena! Adoro fazer parte dos seus esquemas. Ou pelo menos gostava quando estávamos em casa.

Casa. A Prússia ainda era a casa dele também.

– Você sente falta de Berlim? – perguntou Thorn, com uma curiosidade genuína.

– Às vezes. – Um olhar distante cruzou o rosto dela. – Eu daria tudo para comer *Eisbein mit Sauerkraut*.

– Podia ter me avisado. Minha nova cozinheira sabe fazer.

Ela o fitou boquiaberta.

– E é gostoso? Tanto quanto o de Berlim?

– Como minha nova cozinheira é alemã, é simplesmente delicioso.

– Como você arranjou uma cozinheira alemã?

– Existem alemães em Londres, mana, é só procurar. – Ele sorriu. – Vou mandar *Eisbein mit Sauerkraut* para você amanhã.

– Você é um amor. – Ela puxou seu rosto e lhe deu um beijo em cada bochecha. – Eu vou cobrar!

Ele riu.

– Não esperava algo diferente de você.

– Estou feliz por conseguir ver você antes que escapasse. – Ela ajeitou as luvas. – Você é sempre tão esquivo nesse tipo de coisa.

– Que tipo de coisa?

– Mercado casamenteiro. Você sabe.

– Estamos em outubro. É tarde demais para casamentos. Achei que a ocasião para esse baile fosse apenas sua mudança para a casa nova. Vi várias pessoas que nunca seriam convidadas para um evento do mercado casamenteiro. William Bonham, por exemplo.

– Pare com isso – pediu Gwyn, cutucando o braço dele. – Sei que você não aprova o interesse de Bonham em mamãe, mas ele tem sido um perfeito cavalheiro.

– Ele é um mero procurador.

– É procurador de nosso falecido padrasto. Minha nossa, como você ficou arrogante depois de quase uma década na Inglaterra! E mamãe já disse que não tem nenhum interesse romântico nele.

– Ela dizia a mesma coisa sobre nosso padrasto, mas isso não a impediu de se casar com ele.

– Ainda bem, não? Do contrário, não teríamos Sheridan e Heywood como irmãos. Tampouco teríamos tido a oportunidade de viajar por toda a Europa e crescer na Prússia.

– É verdade.

Sem o padrasto, porém, ele também não teria precisado escolher entre a irmã e o ducado.

Não, isso não era justo. A culpa era dele, por não ter sido franco com Gwyn antes de deixar a Prússia. Deveria ter contado a ela desde o começo que pagara ao pretendente favorito dela e que o cretino havia fugido com o dinheiro. Devagar, ele e Gwyn estavam se reaproximando, mas Thorn temia que essa ferida nunca cicatrizasse por completo. Sempre tinham pensado igual, mas anos separados o deixaram mais cauteloso, e ela… mais autossuficiente.

Nada evidenciava isso mais do que o fato de ele nunca ter contado a ela que escrevia peças de teatro. Nem compartilhado o doloroso segredo sobre o pai deles. Nem sobre a moça que pedira em casamento.

Que inferno! *Por que* tinha pensado nela?

Só podia ter sido a lembrança do segredo do pai, aquele que Thorn guardara durante tantos anos por medo de que fosse verdade.

Após o baile dos Devonshires, Thorn escrevera à mãe para ver como ela reagiria ao saber que ele encontrara sua suposta amiga lady Norley. Para sua surpresa, a mãe comentou: "Mande meus cumprimentos a minha boa amiga." Aparentemente, portanto, a baronesa não havia mentido sobre a amizade delas. Isso foi suficiente para deixá-lo cauteloso quanto a mencionar qualquer outra coisa à mãe.

– Então, se mamãe gosta do Sr. Bonham e ele é bom para ela, qual é o problema? – dizia Gwyn. – Não é como se eles fossem ter mais filhos.

– Graças a Deus.

– Falando em casamento e filhos…

– Você está grávida.

– Como soube? Achei que meus vestidos disfarçassem bem. – Ela suspirou. – Joshua contou, não foi?

Thorn abriu um sorriso.

– É um pai coruja.

– Estou vendo que vou acabar não contando a novidade para ninguém – disse ela, aborrecida. – Bom, mas não era sobre isso que eu queria falar. Estava tentando lhe mostrar que há muitas mulheres solteiras aqui.

Thorn ficou tenso. Agora que *ela* estava casada e feliz, queria ver todo mundo no mesmo estado de graça. A julgar pelos casamentos da mãe, a possível infidelidade do pai e as várias mulheres que tentaram conquistar Thorn, agora que tinha título e riqueza, o amor no casamento era uma mentira. Gwyn estava desperdiçando seus esforços de cupido com ele.

Já ia dizer isso quando ela acrescentou:

– Muitas dessas damas estão implorando por um par.

Ah. Ele havia entendido errado. Ela o estava repreendendo por não cumprir seu papel de solteiro em um baile. Isso era diferente. Ele conhecia as regras.

– Vou lhe prometer uma coisa. Antes de ir embora, vou dançar com uma dama de sua escolha. Tudo bem assim?

– Talvez. – Ela o fitou com mais atenção. – E depois?

– Está querendo escolher *mais* de uma parceira de dança para mim?

– Longe de mim. Eu gostaria que você ficasse até mais tarde, claro, mas estava lhe perguntando aonde vai depois daqui.

– Não faço ideia. Covent Garden, acho. Ou ao clube. – Ele passou o dedo pelo queixo. – Será que Vauxhall ainda está aberto? Será que aqueles sujeitos que compraram o lugar me deixam andar na corda bamba? Só tomei uma taça de vinho... acho que consigo.

Ela revirou os olhos.

– Você é que deveria escrever aquelas peças, sabia?

– Que peças? – perguntou Thorn, alerta.

– Aquelas do seu amigo alemão, Sr. Jahnke. Acho que a primeira se chamava *As aventuras de um cavalheiro alemão solto em Londres*.

– Antes de mais nada, é Juncker, não Jahnke – corrigiu ele, irritado. – Além disso, em nenhum momento ele menciona no título que seu personagem, Felix, é alemão. É *Um cavalheiro estrangeiro*, não *Um cavalheiro alemão*.

Ela o fitou com atenção.

– Acho que não importa se Felix é alemão ou estrangeiro. Só estou dizendo que você tornaria as aventuras mais empolgantes.

Thorn não tinha certeza se ela estava jogando verde. Será que desconfiava que seu amigo poeta, Konrad Juncker, era o próprio Thorn?

– Segundo Juncker, o público gosta das aventuras o suficiente para deixá-lo rico. A peça original ficou em cartaz por anos, e as seguintes... – Quando Gwyn começou a sorrir, ele parou. – Gosto delas exatamente como são.

– Claro, claro. Você é um amigo fiel. Pessoalmente, só gosto das cenas com a lady Ganância e sua filha infeliz, lady Trapaça. – Ela riu. – Gosto das travessuras delas. Sempre me fazem rir.

– Eu também.

A raiva pela recusa da Srta. Norley tinha passado e ele não pretendia manter essas personagens cômicas, mas agora as duas tinham se tornado fixas. Vickerman, o gerente do Parthenon Theater, que produzira todas as peças de Juncker, fizera questão de que Ganância e Trapaça aparecessem em todas.

Gwyn ainda o estava encarando.

– Às vezes esqueço que você é o único da família, além de mamãe, claro, que realmente gosta de teatro. Agora que acabou o período de luto dela, já a levou para assistir às peças de Juncker? Ela vai gostar muito.

– Ainda não. Tenho andado ocupado.

E não queria arriscar que a mãe percebesse a familiaridade de certas frases. Para falar a verdade, ela era muito mais esperta que os irmãos dele. Se havia alguém capaz de descobrir, era ela. Ou Gwyn.

– Posso imaginar o que o tem mantido tão ocupado. – Gwyn observou o salão. – Falando em se ocupar, preciso voltar a dar atenção para meus convidados. Você pode ser meu favorito, mas não é o único. – Ela apontou o dedo para o irmão. – Não se esqueça: vai dançar com uma dama que eu escolher. Voltarei logo para fazer as apresentações.

Ele conteve um gemido de sofrimento. Gwyn o faria dançar com uma daquelas moças esquecidas pelos cantos. Ela não fazia ideia das preferências dele em relação a mulheres. Gwyn atravessou o salão até sumir de vista, mas, alguns momentos depois, uma mulher chamou sua atenção.

Não podia ser. Mas era. Ele reconheceria aquele rosto em qualquer lugar. Era *ela*.

Depois de tantos anos, a Srta. Olivia Norley, ou fosse lá qual fosse seu nome agora, tinha a audácia de aparecer na casa da irmã gêmea dele. Bem, Thorn pretendia informá-la de que ela não tinha o direito de estar ali. Para logo depois enxotá-la.

Foi até um lacaio, mas parou quando viu quem estava com a Srta. Norley. Uma mulher igualmente atraente mas nem de longe tão diabólica: a esposa de Grey, Beatrice, duquesa de Greycourt.

Elas eram amigas?

O que estava acontecendo?

Viu-as atravessar o salão, vindo em sua direção. Felizmente, alguém parava Beatrice a cada poucos passos, o que deu a Thorn a chance de avaliar as mudanças que o tempo havia provocado na Srta. Norley.

Não foram muitas. Ela devia ter uns 27 anos agora, mas guardava a aparência de uma mulher sem filhos. Usava o cabelo louro quase exatamente da mesma forma que anos antes, mas seu vestido era de um tom vivo de verde-esmeralda e estava grudado ao corpo dela como um marido amoroso – uma prova de como a moda tinha mudado.

Assim como ele. Depois daquele encontro, Thorn nunca mais tinha olhado para as mulheres da mesma forma. Agora, sempre buscava o propósito oculto antes de se envolver. E tivera muitos envolvimentos, graças ao boato que lady Norley espalhou, de que sua enteada recusara o pedido por causa de seu comportamento inadequado.

Seu poder de atração só aumentou. Quem antes o considerava estranho, por causa de seus hábitos alemães, agora o via como um duque tipicamente inglês. E, uma vez que lady Norley lhe impusera a reputação de cafajeste, achou que deveria incorporar o papel.

Naquele momento, porém, a maioria de suas incursões pela noite servia apenas como pano de fundo para suas peças. Estava ficando velho para a libertinagem.

Pegou uma taça de *ratafia* quando um garçom se aproximou. Aquela noite pedia uma bebida forte, e o conhaque aromatizado era exatamente o que procurava.

Tinha acabado de tomar o primeiro gole quando Beatrice se aproximou com a Srta. Norley, cujos olhos brilhavam à luz das velas. Estava nítido que, assim como ele, ela não queria esse encontro. O que foi uma surpresa, considerando a propensão dela para capturar homens.

– Gwyn me pediu que lhe lembrasse de sua promessa, Thorn – disse Beatrice. – A propósito, quero lhe apresentar minha nova amiga, Srta. Olivia Norley. Srta. Norley, este é o duque de Thornstock, meu cunhado.

Ele teve a impressão de vê-la empalidecer um pouco, mas não tinha certeza. Bem, um mistério solucionado: depois de tanto tempo, ela ainda estava solteira. Mas ele também.

– Já nos conhecemos – revelou ele concisamente, fazendo uma leve mesura. Se não fosse pela promessa tola que fizera a Gwyn, teria simplesmente ignorado a Srta. Norley e ido embora.

Beatrice dirigiu-lhe um olhar de censura, nitidamente surpresa em vê-lo ser tão desrespeitoso com uma mulher. Não devia saber que a Srta. Norley não era uma dama, e sim uma megera tal qual sua madrasta.

Mas teve certeza de que a Srta. Norley entendeu o porquê de sua hostilidade, pois ergueu o queixo e disse, com atrevimento:

– Tomando *ratafia*, Vossa Graça? Não acha pouco apropriado, considerando sua tendência a derramar bebidas em bailes?

Ele estreitou os olhos.

– E lady Norley, como vai? Suponho que esteja à espreita em algum can-

29

to por aqui. – Ele olhou ao redor. – Continua tentando jogar no seu colo cavalheiros com título?

A Srta. Norley nem sequer corou.

– Felizmente, não. Agora que sou considerada uma solteirona, minha madrasta tem a gentileza de me deixar em paz nos bailes.

– Que sorte a sua – respondeu ele. – Além de ser uma bondade com os sujeitos que ela poderia tentar fisgar para você. E eu não a chamaria de solteirona. É mais jovem do que minha irmã, e ela conseguiu agarrar o major Wolfe.

– Thorn! – repreendeu-o Beatrice. – O que deu em você? Está sendo muito rude com a Srta. Norley. Além de ser uma convidada, ela é muito especial para mim e Grey.

– Como assim? – perguntou ele, surpreso.

– Grey não lhe contou? Ele contratou a Srta. Norley para testar os restos mortais do pai dele. Com o novo método químico que ela desenvolveu, poderá verificar se há vestígio de arsênico. Nós três partiremos para Carymont amanhã de manhã.

Carymont, em Suffolk, era onde ficava a residência principal dos duques de Greycourt, onde o pai de Grey havia sido sepultado no grandioso mausoléu da família.

A revelação deixou Thorn desconcertado. Sim, Grey começara a desconfiar que o pai, que todos presumiam ter morrido em decorrência de uma febre quando Grey ainda era criança, podia, na verdade, ter sido envenenado. Mas exumar o corpo do homem? Aquilo lhe parecia extremo. E por que raios escolher justo a Srta. Norley para fazer os testes?

Aquilo era loucura.

Após terminar a bebida em um só gole, Thorn percorreu o salão de baile com o olhar.

– Onde está Grey?

– O que tem Grey? – perguntou Beatrice. – Você deve dançar com a Srta. Norley.

– Vossa Graça não precisa... – começou ela.

– Ah, claro que dançarei com a senhorita – anunciou Thorn, friamente. – Mas primeiro preciso falar com meu irmão.

– O que você quer saber? – questionou uma voz sonora atrás dele.

Thorn se virou e deu de cara com Grey. Pegando o irmão pelo braço, ele murmurou:

– Venha. Preciso falar com você a sós.

Thorn o conduziu ao escritório de Wolfe… e ao conveniente estoque de bebidas ali disponível.

Assim que entraram, Grey disse:

– Você está sendo tão dramático quanto minha madrasta. Por que essa agitação toda?

– Fiquei sabendo que você mandou testar os restos mortais do seu pai para arsênico.

Grey se dirigiu ao decanter.

– Pretendo fazer isso, sim.

– Tem certeza de que pode ser feito?

– Sim. Um tempo atrás, encontrei nos pertences do nosso padrasto um jornal da Prússia de 1803 com um artigo sobre Sophie Ursinus, uma envenenadora de Berlim. Um químico alemão chamado Valentin Rose desenvolveu um teste para verificar a presença de arsênico no corpo de uma das vítimas de Ursinus e os resultados foram usados no julgamento dela. – Grey encheu um copo com um líquido âmbar e tomou um gole generoso, mas logo depois cuspiu de volta no copo. – Céus, isso é rum!

– O major prefere rum. Alguma coisa a ver com ter passado tanto tempo no mar. – Thorn se serviu também. Conseguia tolerar rum, na ausência de conhaque. – Mas não mude de assunto. É por isso que está procurando um químico?

– Exatamente.

– E escolheu justamente a Srta. Norley?

– Sim. – Fechando a cara, Grey deixou o copo de lado. – Qual é o problema? Estamos falando do *meu* falecido pai, e posso contratar quem eu bem entender para fazer o teste.

– Suponho que queira alguém minimamente competente nesse campo. E a Srta. Norley só tem um interesse superficial no assunto, então por que contratá-la em vez de um químico de verdade?

Grey fez careta.

– Eu tentei encontrar um "químico de verdade", mas todos recusaram.

– Por quê?

– A maioria não conhece o teste que Rose desenvolveu. Alguns disseram que não conseguiriam resultados em um corpo morto há tanto tempo. Outros alegaram não ter disponibilidade de tempo. Desconfio que seja a forma educada de dizer que não querem se envolver com o possível assassinato de um duque.

– Compreensível. Homens titulados falecidos possuem amigos titulados vivos que não querem ser arrastados para um julgamento e são capazes de tudo para evitar isso. O que deixaria o químico que provasse o envenenamento em uma posição desconfortável.

– Exatamente. Cheguei a procurar a Sra. Elizabeth Fulhame, uma química que publicou trabalhos muito elogiados, mas ela já está envolvida em outros experimentos. Ela então me indicou uma amiga…

– A Srta. Norley.

– Isso. E quando fiquei sabendo da experiência da Srta. Norley no assunto, contratá-la me pareceu minha melhor opção no momento.

Thorn tomou mais um gole de rum.

– Ela tem experiência mesmo?

– Você realmente deve ter pouca fé em mim se acha que eu confiaria essa tarefa a qualquer pessoa. A Srta. Norley foi altamente recomendada pelo tio, um famoso químico também, e pela Sra. Fulhame.

Ele esquecera o tal tio que ela havia mencionado no dia em que se conheceram.

– São recomendações de um parente e de uma mulher. Espero que não esteja pagando honorários muito altos para uma pessoa de competência duvidosa.

O azul dos olhos de Grey assumiu um tom escuro de quem estava perdendo a paciência.

– Não que seja da sua conta, mas não estou pagando nada a ela.

Thorn ficou surpreso.

– Então por que ela aceitou o trabalho?

– O que você tem a ver com isso? – Grey apoiou o corpo em uma mesa. – A propósito, de onde conhece a Srta. Norley?

Thorn suspirou.

– Você se lembra daquele baile na casa dos Devonshires em que fui pego em uma situação comprometedora com uma jovem? Eu me lembro vagamente de lhe contar que ela recusou meu pedido de casamento.

Na época, saíra da casa dos Norleys tão furioso que contou tudo a Grey. Tantos anos depois, ainda se arrependia. Não gostava que ninguém soubesse de seus segredos, nem mesmo seu meio-irmão.

Grey ficou boquiaberto.

– A Srta. *Norley*?

– A própria. A madrasta dela armou para mim, usando-a como isca.

Graças ao conhecimento dela de química, aliás. Mas conseguir tirar uma mancha de um colete não significava que era capaz de realizar testes que podem ser levados a um tribunal. Era apenas um segredinho doméstico.

– Agora você entende por que estou preocupado com a sua decisão de contratá-la.

– Na verdade, não, não entendo.

– Acredite em mim, as ações da Srta. Norley costumam ter motivações suspeitas. Na minha opinião, ela só quer seduzi-lo e arruinar seu casamento para conseguir alcançar seus propósitos escusos.

Grey deu uma gargalhada.

– Deus do céu, a mulher *realmente* o irritou, hein? Mas você esquece que eu a conheço. Ela não parece ser essa mentirosa terrível que você pensa. Tampouco essa sedutora implacável.

– As aparências enganam – murmurou Thorn, já nervoso com os argumentos lógicos do irmão.

– Devo salientar que, se a Srta. Norley era "a isca de uma armadilha", por que, então, ela recusou seu pedido?

Essa pergunta infernizava suas noites. Depois de tantos anos, Thorn só conseguira pensar em uma razão.

– Ela achou que, recusando minha proposta, eu a cortejaria e despertaria ciúmes em quem ela realmente desejava conquistar.

Melhor isso do que tê-lo rejeitado porque o achara carente no breve intervalo entre o momento em que o atraíra para a biblioteca e aquele em que a madrasta aparecera para "flagrá-los".

– Você acha que ela preferiria outro sujeito a um duque rico? – questionou Grey. – Então por que esse outro sujeito não a pediu em casamento? Se ela não se casou, obviamente não é muito boa em armadilhas.

Agora furioso, Thorn se aproximou do meio-irmão.

– De que lado você está?

Grey cruzou os braços.

– Preciso escolher um lado, agora? Entre você e a química que eu contratei?

– Ela não é uma verdadeira… – Thorn reprimiu um suspiro. – Olha, o fato de ela carregar uma caixa de produtos químicos na bolsinha não significa nada.

– Como sabe o que tem na bolsinha dela? Para um homem que mal a conhece, é estranho que você pareça saber os hábitos dela e tenha tanta certeza sobre seu caráter – disse Grey, num tom presunçoso. – Admita que não está sendo racional. Não gosta da moça apenas porque ela teve a audácia de recusar seu pedido.

– Bea também recusou seu primeiro pedido – replicou Thorn.

Como Thorn previra, a expressão de Grey perdeu todo e qualquer vestígio de divertimento.

– Quem lhe contou isso?

– O irmão dela. – Thorn abriu um sorriso arrogante. – Que agora é meu cunhado. Acredite em mim, sei todos os seus segredos.

– Wolfe lhe contou? Duvido. Ele é mais discreto que eu. E, como todos sabem, Beatrice aceitou da segunda vez. Talvez você devesse fazer uma nova proposta à Srta. Norley.

– Não nesta vida. – Thorn teve que se esforçar para não fazer careta.

Por que a recusa da Srta. Norley era um assunto tão delicado para ele? Fazia anos que tudo aquilo acontecera.

– Peça outra mulher em casamento, então. Você está ficando velho.

– Que absurdo! – exclamou Thorn, embora tivesse pensado a mesma coisa mais cedo. – Tenho só 30 anos. Só porque você caiu nos braços de Bea como uma truta na rede de um pescador não quer dizer que eu deva abrir mão da minha vida livre ainda jovem. Além disso, há muitas mulheres disponíveis sem que o homem precise se casar.

– Ah, agora eu entendi – comentou Grey. – Você não pediu nenhuma outra mulher em casamento porque a Srta. Norley não se deixou enganar pelo seu charme barato e isso mexeu com as suas estruturas.

– Ela ficou impressionada o bastante com meu *charme barato* para permitir que eu a beijasse.

– Opa! – Grey abriu um sorriso. – Você nunca me contou essa parte, seu diabinho. Ela realmente deve ter percebido alguma carência nos seus beijos.

Thorn cerrou os dentes.

– Ela pareceu bem animada.

– Está querendo dizer que é uma mulher fácil?

– Claro que não. Mas, se compará-la com a madrasta, que me ameaçou para que eu fizesse o pedido à Srta. Norley, você vai perceber que as duas…

– Quem falou sobre a madrasta dela? – Grey ergueu as sobrancelhas. – A

Srta. Norley deixou bem claro que *não* quer que lady Norley nos acompanhe. A baronesa não aprova os experimentos da enteada.

– Então por que lady Norley permitiu que ela fosse com vocês?

– Porque ela não sabe o verdadeiro motivo da viagem. Dissemos a ela que a jovem está indo para nossa propriedade como dama de companhia de Beatrice. Acho que lady Norley ficou mais do que satisfeita em permitir que a enteada conviva com um duque e uma duquesa. Nenhum de nós viu motivo para mencionar o verdadeiro objetivo da Srta. Norley.

– Você não sabe qual é o verdadeiro objetivo dela – retrucou Thorn.

– Nem você. – Grey endireitou os ombros. – Não me leve a mal, mas o fato de a Srta. Norley ter recusado seu pedido só faz com que eu confie ainda mais nela. Ela tem coragem. Não se deixou impressionar pelo seu título nem pela sua fortuna. Então pode me considerar avisado, embora eu me mantenha firme na decisão de levá-la para fazer os testes.

A recusa de Grey em ver o que parecia óbvio para Thorn abalou seu orgulho.

– Muito bem. Então eu irei a Carymont com vocês.

– Eu não o convidei.

– Acho que consigo fazer com que sua esposa me convide.

– Provavelmente, seu cafajeste convincente. Ela não ia querer causar problemas na família. – Grey refletiu por um momento. – Tudo bem, então. Venha conosco. Pode ser útil. Quando saírem os resultados dos testes, você e eu podemos pensar em uma estratégia para descobrir quem administrou o arsênico.

Thorn terminou sua bebida.

– Supondo que ela chegue a algum resultado. E que seja confiável.

Grey se dirigiu à porta, então parou e olhou para trás.

– Fique avisado: se *tentar* arruinar meus planos por causa das suas acusações infundadas, vou expulsá-lo de lá tão rápido que você não vai nem encontrar o caminho de volta. Entendeu?

– Perfeitamente.

Pelo menos ele estaria por perto para garantir que a Srta. Norley não causasse nenhum problema. Nem ela nem a madrasta, que era bem capaz de ir até Suffolk para "salvar" a enteada dos meios-irmãos desavergonhados do duque.

Afinal, antes de se casar, Grey também tinha uma reputação de libertino.

E, para Thorn, a Srta. Norley e sua madrasta estavam mancomunadas, não importando o que a jovem tivesse falado para Grey.

O "segredo" de lady Norley sobre o pai dele tinha um potencial ainda maior de magoar sua mãe, agora que ela estava no país. A baronesa não revelara uma palavra sequer sobre o assunto, então era melhor não comentar com ninguém da família, para evitar chateações. Por todos aqueles anos, ele havia considerado que a questão estava superada... até a Srta. Norley aparecer ali.

Proteger a mãe era primordial, agora que estavam investigando quem podia ter matados seus pais. Se Thorn e seus meios-irmãos provassem que os dois foram assassinados, a mãe teria segredos mais do que suficientes com que lidar.

A não ser que ela já soubesse de tudo o tempo todo. A não ser que *ela* tivesse assassinado o marido, depois de descobrir que ele tinha uma amante.

Thorn balançou a cabeça para afastar aquela ideia absurda. Como ela teria conseguido mexer na carruagem de forma a causar o acidente? Supondo que alguém havia adulterado a carruagem, pois nem disso tinham certeza.

Mas *era* possível que a amante do pai, caso tivesse existido, tivesse um marido nervoso. Eles deveriam considerar essa possibilidade... *depois* que Thorn investigasse o acidente. Adiara isso por tempo demais. Se Grey estava tomando as providências para descobrir quem matara os duques da família, então estava na hora de Thorn fazer o mesmo.

No entanto, até voltar para casa e poder fazer isso, deveria ficar de olho na Srta. Norley. Mesmo que não tivesse conseguido dissuadir Grey, pelo menos encontrara um jeito de mitigar a situação. Agora, precisava confrontá-la. Deixaria a Srta. Norley ciente de que ele observaria cada passo seu. E, embora odiasse admitir, estava ansioso por isso.

# CAPÍTULO DOIS

Quanto mais conversava com a duquesa, mais nervosa Olivia ficava. Estava esperando para dançar com o duque de Thornstock, que já fora o personagem principal de suas fantasias.

Maldito. Ele tinha que aparecer justo quando ela finalmente conseguira apagá-lo da memória?

Aparentemente, o duque passara todos aqueles anos em buscas desagradáveis. O que não a surpreendia. A madrasta estava certa: ele era um cafajeste, tinha apenas brincado com ela e só a pedira em casamento porque fora pressionado.

Mas Olivia nunca entendeu ao que ele se referira quando mencionou ameaças e um acordo. Tinha perguntado, mas a madrasta foi vaga, respondendo apenas que ameaçara arruiná-lo perante a sociedade.

Era óbvio que a madrasta não se dera conta de com quem estava lidando: duques eram imunes a esse tipo de fofoca. Ao longo dos anos, ela até se esforçara para destruir a reputação dele. Por que ele não tinha revidado como ameaçara anos antes, Olivia não fazia ideia. Será que, depois de esfriar a cabeça, havia percebido que já fizera o suficiente para destruir a própria reputação?

A madrasta dissera a Olivia que ela estava melhor sem ele, sendo duque ou não, então Olivia fez o que pôde para tirá-lo da cabeça. Mas à noite, depois de sair do laboratório, quando a madrasta insistia que ela bordasse telas e almofadas, a mente de Olivia vagava para a noite em que ele a beijara. A *única* vez que fora beijada.

Enfeitava o breve momento deles juntos tal qual os bordados que fazia – acrescentava um ponto aqui, puxava uma linha ali, até já não saber mais o que era lembrança e o que era fantasia.

Mas nove anos era bastante tempo, de modo que ela acabou conseguindo esquecê-lo por alguns dias, depois algumas semanas. Agora ali estava ele, ameaçando arruinar todos os seus esforços. Maldito. Não cederia aos encantos dele de novo, ainda mais agora que sabia quão vazios eram.

– Onde foi que esses dois se meteram? – comentou a duquesa. – Posso lhe garantir que Thorn costuma ser muito mais educado.

*Não comigo.* Embora ela tivesse a sensação de ter revidado à altura na breve conversa que tiveram, sentia-se exausta.

– Está tudo bem, Vossa Graça, de verdade.

– Por favor, me chame de Beatrice. Passaremos um bom tempo juntas, imagino.

Olivia esperava que sim. Gostava da duquesa. Beatrice não parecia se achar melhor que os outros.

– Então me chame de Olivia.

– Chamarei, obrigada. E deixe-me fazer uma pergunta antes que minha sogra a faça: seu nome é Olivia em homenagem à personagem de *Noite de Reis*, de Shakespeare?

– Meu pai diz que não. Minha mãe nunca mencionou o assunto, e, se mencionou, eu não lembro. Ela faleceu de tuberculose quando eu tinha 8 anos, e papai logo se casou novamente. Lady Norley tem sido minha mãe sob todos os aspectos há dezenove anos.

Beatrice olhou em volta.

– Minha mãe faleceu ao me dar à luz, então não cheguei a conhecê-la – contou. – Meu nome é uma homenagem ao amor verdadeiro de Dante, mas minha sogra prefere achar que foi por causa da Beatrice de *Muito barulho por nada*. Por mim, tanto faz. Significa que me encaixo na família, afinal, com exceção de Gwyn, a duquesa viúva nomeou os filhos com o sobrenome de autores de teatro. E Gwyn recebeu o nome de uma atriz.

– Pouco comum, não é?

– Sim. É uma família pouco comum. Meu marido e Thorn são tão próximos que ninguém diz que são apenas meios-irmãos. Foram criados juntos por um tempo, o que parece ter fortalecido o laço entre eles.

Olivia se perguntou se Beatrice a estava avisando para não se colocar entre os dois irmãos. Mas não era boa em ler essas sutilezas de comportamento, e a duquesa parecia autêntica e franca, não do tipo que usa subterfúgios.

– Que bom que eles se dão bem – comentou Olivia. – Não tenho irmãos, infelizmente. Às vezes me pergunto se gostaria de ter. Ou se seriam apenas um incômodo.

– Tenho apenas um irmão, Joshua, marido de Gwyn. Ele é tanto um incômodo quanto um prazer, às vezes os dois ao mesmo tempo. – Beatrice riu. – Mas eu não o trocaria por nada neste mundo.

Olivia sentiu um pouco de inveja. Com o pai quase sempre ausente, a madrasta que estava sempre tentando empurrá-la para lá e para cá e o tio que só falava de química, ela gostaria de ter alguém de sua idade em quem buscar consolo.

Beatrice esquadrinhou o salão de baile de novo.

– Acho que vou ter que ir buscar Grey e Thorn. Já monopolizamos muito tempo da sua noite e acredito que esteja ansiosa por uma dança.

Com Thornstock? Pouco provável. Ainda bem que estava de luva, porque só de pensar em estar nos braços dele de novo suas mãos começavam a suar. Principalmente porque ele parecia nutrir uma raiva irracional por ela.

– Na verdade, prefiro *não* dançar. Gosto muito mais de assistir do que de participar.

Beatrice sorriu.

– Eu entendo. Grey tem muita paciência comigo na dança, mas eu só aprendi alguns dos passos no último ano e não tenho tanta confiança quanto ele.

– Eu era terrível, mas minha madrasta contratou um professor para me instruir na dança e, depois de muitas e muitas aulas, hoje me sinto um pouco mais à vontade. – Olivia lançou um olhar pesaroso para Beatrice. – Um pouquinho só.

– Felizmente, Thorn é um ótimo par. Basta acompanhá-lo e não terá problemas, eu lhe garanto.

– A não ser que ele me carregue pelo salão – falou Olivia, temerosa –, acredito que certamente terei problemas.

A duquesa riu.

– Você está entre amigos aqui, não se preocupe. A dança é apenas uma diversão. Podemos fingir que não vimos um ou dois passos errados.

Será *mesmo* que estava entre amigos? Gostaria de pensar que sim, mas não apostaria nisso. Fazia tanto tempo que não tinha amigos de sua idade que começara a apreciar a solidão. Às vezes acreditava que realmente gostava de ficar sozinha.

Um sorriso maroto atravessou o rosto de Beatrice.

– Falando em amigos, suponho que você e Thorn já se conhecessem. Importa-se de eu perguntar como?

Olivia procurou a melhor forma de explicar.

– Nós nos encontramos rapidamente no baile dos Devonshires no ano do meu debute.

– Isso parece bem inócuo. Coisa que a conversa de vocês não foi nem um pouco.

Deus do céu, como poderia explicar a situação complicada em que sua madrasta a colocara naquela noite?

– Bem, nós… hã… tivemos uma espécie de mal-entendido, que deixou seu cunhado chateado comigo e com minha madrasta todos esses anos.

– Chateado. Hum. Não importa. Vocês terão uma dança juntos, depois não precisarão mais se ver.

Olivia também não queria nunca mais vê-lo. Mas *o que* queria?

O impossível. Que ele se sentisse atraído por ela da mesma forma que ela se sentia por ele. Que quisesse se casar com ela e ainda apoiasse seu trabalho com química. Nada disso aconteceria.

Suspirou. Embora, na época, tivesse suspeitado que ele estava sendo forçado a pedi-la em casamento, a recusa dela claramente ferira seu orgulho e incendiara sua fúria. Não fazia sentido. Ela simplesmente não conseguia entender os homens e suas… suas estranhas reações.

Por isso preferia a química. Tão previsível. Era só descobrir as fórmulas. A química não mudava suas propriedades de um dia para outro, do nada, e certamente não perdia a cabeça sem razão.

– Lá estão eles! – exclamou Beatrice ao ver Greycourt e Thornstock entrando no salão. – Já estava quase achando que tinham ido embora.

*Quem dera*, pensou Olivia.

Enquanto os dois se aproximavam, ela analisou Thornstock, procurando sinais de mudanças desde que se conheceram. Infelizmente, não os encontrou. Continuava em forma, a mesma silhueta de quando era mais jovem, e o cabelo castanho-escuro não apenas não tinha fios grisalhos como o corte curto e repicado lhe caía muito melhor que o desgrenhado de antes. Se ela fosse de usar os artifícios femininos em voga, desmaiaria só de vê-lo se aproximar com aquele olhar gélido.

Mas não. Nada de desmaiar. Quando os dois as alcançaram, ela estava preparada para uma discussão. Meio que esperava ouvir que Thornstock convencera o irmão a não contratá-la e que não haveria mais viagem para Carymont. Que Deus a ajudasse se ele tivesse feito isso…

– Srta. Norley, me daria a honra da próxima dança? – disse Thorn por fim.

Ele realmente tinha a intenção de tirá-la para dançar? Pois bem. Olivia não permitiria que aquele arrogante e intrometido a intimidasse. Encarou-o com altivez e respondeu:

– Certamente, Vossa Graça.

Ele a surpreendeu sorrindo, o que a pegou desprevenida, já que tinha a intenção de retribuir sua fúria com uma dose de frieza em igual medida.

Thorn então lhe ofereceu o braço, e um novo tipo de emoção tomou conta dela. Medo. Havia exagerado em quanto as aulas de dança melhoraram sua habilidade e ficava aterrorizada só de pensar em Thornstock vendo como era desajeitada.

– Deixe que ele a conduza e vai dar tudo certo – sussurrou Beatrice no seu ouvido.

Olivia lançou um olhar de gratidão para a duquesa enquanto Thornstock a levava para a área de dança. Felizmente, ela conhecia a dança e praticara bastante os passos. Quase conseguiu apreciar a música.

Quase. Porque o sorriso dele desapareceu. Durante todo o tempo em que dançaram, ele a encarou com antipatia. De modo hostil.

Ele aproximou o corpo em compasso com a dança, sua presença de repente opressora. Dava para sentir a raiva emanando dele, o que era absurdo. Nenhum experimento jamais provara que uma pessoa era capaz de projetar seus sentimentos no ar. Mas Olivia podia jurar que as ondas de fúria que vinham dele eram palpáveis.

Ignorou a sensação perturbadora.

– Por que o senhor está tão furioso?

– A senhorita sabe o motivo.

– Porque recusei seu pedido de casamento anos atrás?

– Claro que não! Não sou eu o culpado nessa história.

Eles se separaram mais uma vez, e o coração de Olivia começou a clamar. *Ela* era culpada? O que tinha feito de tão terrível?

Enquanto dançavam até o centro das duas fileiras de dançarinos, ela estava dolorosamente consciente da mão dele nas suas costas e da outra mão segurando a sua.

Beatrice tinha razão em uma coisa: Thornstock conduzia muito bem. Mas aquela posição era bem íntima. Como ele podia segurar sua mão com tanta firmeza e ao mesmo tempo a odiar tanto? Com uma necessidade de compreendê-lo, ela disse:

– Eu não sabia que o duque de Greycourt era seu irmão quando aceitei a proposta de trabalho.

Thornstock a olhou de soslaio.

– Teria feito diferença?

– Não, não teria. Mas parece que o senhor ficou furioso quando soube que ele me contratou para... fazer uns testes químicos.

– Tenho bons motivos para ficar furioso. A senhorita não é... – Ele parou, percebendo que as pessoas estavam tentando ouvir a conversa deles. Baixou o tom de voz para completar: – ...quem pensei que fosse quando a conheci.

– Isso não é culpa *minha*. Sempre fui eu mesma. Não posso fazer nada se o senhor viu de forma diferente.

Ele a fitou com um olhar totalmente transparente.

– Lembro-me de a senhorita ter dito que não sabia dançar. É evidente que mentiu, considerando que está acompanhando perfeitamente meus passos.

Ela não sabia se ficava satisfeita por ele elogiá-la ou irritada por pensar que nove anos se passaram sem que ela tivesse mudado nada.

– Minha madrasta fez com que eu tivesse mais aulas de dança do que eu gostaria. Esse é o resultado.

– Presumo que a senhorita odiasse. As aulas, quero dizer.

– Só fiz para agradar meus pais. Química já era meu principal interesse na época e continua sendo hoje.

– Humm – murmurou ele, pouco convencido. Eles se posicionaram em seus lugares, um ao lado do outro, esperando que os demais casais chegassem ao centro. – E por que está tão interessada nesse desafio químico? Certamente não por ser uma alma caridosa.

– Não, de forma alguma. Ciência e alma não têm nada a ver uma com a outra.

Isso pareceu surpreendê-lo. Ele riu.

– Tenho certeza de que algumas pessoas discordariam.

– É mesmo? Que peculiar. Tudo na ciência depende de experimentos. É por isso que prefiro a ciência. Os fatos não mentem. Um experimento prova algo ou não.

Ele baixou o tom de voz:

– E seu objetivo é provar a existência de arsênico no...

– Sim. O arsênico é usado de forma criminosa há séculos. Pretendo colocar um fim nisso, desenvolvendo um teste melhor para detectá-lo. Se meu método funcionar como planejado, muitas pessoas poderão descobrir se seus entes queridos foram mortos por envenenamento.

Uma dançarina próxima arfou, e Thornstock lançou um olhar penetrante para a mulher. Então murmurou:

– Acho que assassinato não é um assunto adequado para um salão de baile. Não devemos falar sobre seus… humm… objetivos até que a dança acabe e possamos conversar com mais privacidade.

Ela assentiu. Mas teria preferido continuar falando sobre seus experimentos. Ou sobre qualquer outra coisa. Porque, ao ouvi-lo dizer "privacidade", sentiu uma corrente elétrica percorrer suas veias. E, enquanto estavam em silêncio, só conseguia prestar atenção na mão habilidosa de Sua Graça em sua cintura, em sua mão ou a virando para si.

Não estava muito quente no salão, com todas as portas abertas para o jardim, mas sentia o rosto arder. A cada passo que davam juntos, o estômago dava uma cambalhota, como na noite em que se beijaram. Olivia não conseguia compreender. Ele não sabia nada sobre ciência e não se importava com ela. Então por que a afetava daquele jeito?

Beatrice não mentira sobre a habilidade dele na dança. Olivia não queria admirá-lo por isso, mas era mais forte que ela. Durante todas as suas aulas, aprendera como era difícil passar a impressão de estar se movimentando sem nenhum esforço.

A música finalmente parou. Thorn pegou a mão dela para que saíssem juntos da pista.

– Posso lhe mostrar o novo jardim da minha irmã? Ela está extremamente orgulhosa.

Olivia só conseguiu assentir. Sabia que ele queria conversar em particular e ela queria acabar logo com aquilo. Explicaria suas razões para aceitar o trabalho e então Thornstock entenderia.

Ela não tinha muita certeza se Greycourt *precisava* da aprovação do irmão, mas, se explicar seus planos ajudasse a colocar um ponto final nas objeções de Thornstock, então a ajudaria a atingir seu objetivo.

Isso se ela conseguisse impedir o coração de palpitar quando estivesse perto dele.

Thorn a levou à sala de bebidas, praticamente vazia agora que outra dança começara. Ele esperou até que ninguém estivesse olhando, então rapidamente a guiou para a porta e os degraus que levavam ao jardim.

Assim que encontraram um lugar tranquilo perto de uma fonte, foi direto ao assunto:

– Muito bem, Srta. Norley, me diga: por que está fazendo isso?

– Vindo ao jardim com o senhor? Não tive escolha.

Será que ela estava se fazendo de desentendida?

– A senhorita sabe muito bem que não é disso que eu estou falando.

– Ah! Está me perguntando por que concordei em testar os restos mortais do pai de seu meio-irmão em busca de arsênico.

– Exatamente. Sei que não está recebendo pelo serviço.

– Seu irmão me ofereceu um pagamento, mas, no decorrer dos anos, aprendi algumas regras da sociedade que não são ditas. Uma delas é que uma mulher da minha posição não deve trabalhar por dinheiro. Então, claro, me recusei a receber por meu trabalho. Meus pais não aprovariam.

Ele teve que se esforçar para não rir.

– Mas eles aprovam o que a senhorita está fazendo?

– Bem, não. Se soubessem, não aprovariam. Meu pai acusaria minha madrasta de ter falhado em minha educação, e ela, por sua vez, ficaria simplesmente horrorizada. Ela prefere que eu viva como uma dama mimada. – Olivia suspirou. – Mas acho esse tipo de vida muito chata.

Não podia culpá-la por pensar dessa maneira: quanto mais velho ficava, mais chato achava conviver nos círculos da sociedade bem-educada. Espere, por que estava concordando com ela?

– Em outras palavras, a senhorita nem *sempre* segue as regras, sejam elas ditas ou não?

– Agora o senhor está me provocando. – Ela desviou o olhar, fitando a água na fonte como se quisesse determinar o que a fazia brilhar ao luar. – Sabe muito bem que quebrei as regras de forma espetacular quando nos conhecemos. Geralmente tento segui-las. Só que nem sempre consigo.

A referência ao baile dos Devonshires o levou de volta à biblioteca mal iluminada e à sensação das curvas femininas dela, ao gosto e ao cheiro de sua boca, ao aroma de jasmim que parecia segui-la por toda parte. Ficou imaginando se ela ainda tinha aquele gosto lascivo, se a pele ainda era sedosa.

Como queria tocá-la para descobrir…

Por pouco não praguejou. Era evidente que ela queria lembrá-lo do beijo. Uma forma de fugir do assunto. Mas ele não ia morder a isca.

– Então a senhorita não está recebendo dinheiro para fazer essas experiências – comentou friamente. – Seu único objetivo é animar sua vida entediante? Ou talvez não tenha a menor intenção de realizá-los. Fazer testes em cadáveres não parece um passatempo apreciado por jovens damas. Então talvez a senhorita queira apenas passar uma ou duas semanas longe de casa às custas do duque.

Por um momento ela o fitou boquiaberta. Então fechou a cara.

– O senhor realmente é a pessoa mais irritante que já conheci.

Quando ela se virou para voltar ao salão, Thorn disse:

– A senhorita não vai sair daqui enquanto não me disser a verdade.

– Em primeiro lugar, isso não é da sua conta. Mas eu não farei o teste em um cadáver. Como o magistrado local, seu irmão supervisionará a exumação do corpo e eu dei a ele uma lista das partes necessárias para o teste.

Isso o surpreendeu. Implicava um planejamento em que acreditava que ela não se envolveria.

– Segundo – continuou Olivia –, meu objetivo com isso é ganhar credibilidade. Esses experimentos vão me colocar em uma posição de reconhecimento, já que até hoje ninguém conseguiu usar os testes existentes para comprovar a presença de arsênico em corpos há muito enterrados.

Isso levantava uma preocupação diferente.

– Então a senhorita pretende publicar suas descobertas.

– O valor de um cientista está em suas publicações e eu tenho apenas uma assinada por mim. – Ela ergueu o queixo, fazendo com que a luz da lua refletisse em seu cabelo dourado. – É claro que pretendo publicar os resultados. Por que não? É o que os químicos fazem.

– Outros químicos não estão testando os restos mortais de um duque. – Ele praguejou baixinho. – Meu irmão sabe dos seus planos de publicação?

– Se não sabe, não é muito inteligente. Por que outro motivo eu aceitaria o trabalho?

– A senhorita não disse isso explicitamente a ele?

Ela comprimiu os lábios, contendo a irritação.

– Não julguei necessário.

– Ele pode julgar diferente. Outra regra não dita da sociedade: duques não se envolvem em escândalos. E nada é mais escandaloso que um assassinato. Meu irmão não vai querer que seus assuntos particulares sejam comentados pela imprensa só porque a senhorita deseja destaque como cientista.

Ela o fitou sem piscar.

– Ora, o assassinato do pai dele não poderá ser levado à justiça sem um julgamento e não há nada mais público que isso.

Precisava admitir que ela era inteligente.

– Ainda assim, seu teste não vai apontar *quem* envenenou o pai de Grey, vai apenas dizer se ele foi de fato envenenado. Não vamos querer chamar a atenção do assassino enquanto não o identificarmos. Isso significa que talvez a senhorita precise manter os resultados em segredo por algum tempo. Está disposta a fazer isso?

Parecendo cautelosa, ela analisou a expressão dele.

– Se isso for necessário para conseguir justiça para o pai de seu irmão, estou perfeitamente disposta a isso… por um tempo, pelo menos. Vai ser proveitoso para mim ter meu nome ligado ao caso. Foi assim que os métodos de Valentin Rose se tornaram conhecidos, afinal. Portanto me convém, sim, esperar o julgamento para só então publicar.

– Não importando quanto tempo leve?

– Bem, se tiver que esperar anos, não. Alguém pode descobrir os mesmos métodos que eu, publicar antes de mim e seu trabalho se tornar mais importante por ter saído primeiro. Eu aceitei a proposta para ganhar credibilidade, não posso correr o risco de ficar para trás.

Fazia sentido, mas não era essa a questão. Será que Grey iria querer que o mundo soubesse do assassinato do pai se não houvesse como provar quem era o culpado? Dificilmente, pensou Thorn.

E a Srta. Norley tinha o poder de forçá-lo a isso. O acordo de Thorn com lady Norley podia ter funcionado para abafar o boato sobre o pai, mas com a Srta. Norley ele não fizera nenhum acordo. Supondo que ela também soubesse o que a madrasta sabia, Thorn precisava tomar cuidado com ela. Grey podia não se importar com a reputação do pai de Thorn, mas com certeza não ia querer que o boato chegasse aos ouvidos da mãe. Assim, a Srta. Norley poderia acabar forçando todos os filhos de Lydia a dançar conforme sua música.

Havia ainda outra questão a considerar.

– E se a senhorita não encontrar arsênico? E se Grey estiver enganado e o pai dele realmente tiver morrido em decorrência da febre?

Pela sua expressão, a Srta. Norley não desejava esse resultado.

– Nesse caso, terei que encontrar outra forma de provar que meus métodos resistem ao exame rigoroso de um julgamento.

Ele balançou a cabeça, incrédulo.

– Devo confessar que me impressiona ver uma mulher tão interessada em química a ponto de fazer experimentos em um cadáver para provar sua hipótese. Nem eu, que sou homem, tenho tal interesse.

Ela deu de ombros.

– É porque o senhor não é cientista. Até onde sei.

Aquilo o pegou de surpresa. De novo.

– O que mais a senhorita sabe sobre mim?

Ela arregalou os olhos.

– Eu… humm… bem…

Ele não esperava aquela reação tão feminina.

– Não precisa ficar tão constrangida. Tenho plena consciência da minha reputação – retrucou ele.

– Então não precisa que eu diga qual é.

Thorn não pôde deixar de rir. Ela era diferente de todas as outras mulheres que já havia conhecido.

– Por favor, mate minha curiosidade, não sei o que as damas solteiras sabem sobre mim. – Resolveu jogar uma isca: – Embora eu tenha certeza de que sua madrasta não meça palavras sobre o assunto.

– Não, ela não mede – concordou a Srta. Norley, secamente. – Nunca.

Ah, então a madrasta *tinha* contado sobre a reputação dele. Thorn avançou um passo. Será que a Srta. Norley também admitiria que a madrasta lhe contara sobre o boato envolvendo o pai dele? Será que lady Norley lhe revelara isso? Se não, não cabia a ele contar, mas ainda podia questioná-la.

– O que exatamente sua madrasta diz sobre mim? – perguntou.

– Que o senhor não vale nada.

– Um duque não pode não valer nada, meu bem, não um duque tão rico quanto eu.

Ela não pareceu impressionada.

– Diz que o senhor passa as noites com… mulheres da vida, em vez de com pessoas respeitáveis.

– Não nego isso. Assim como a senhorita, costumo achar a vida na sociedade um tanto entediante.

– Sim, mas eu preencho meu tempo com algo útil.

Ele riu.

– Eu também. As mulheres fáceis também precisam de diversão. Sem falar em dinheiro. Dou as duas coisas a elas. Isso não é útil?

Ela balançou a cabeça, claramente tentando não rir.

– O senhor não tem jeito, Vossa Graça.

– É o que dizem. E não precisa usar "Vossa Graça". Todo mundo me chama de Thorn. A senhorita também pode me chamar assim. – Se ao menos não estivesse tão escuro, ele poderia vê-la corar… Forçou um pouco mais: – E eu posso chamá-la de Olivia.

– Seria um pouco precoce, não?

– Minha cunhada a chama de Olivia. Por que eu não posso?

Ele já esperava ouvir a explicação de que uma mulher pode chamar a outra pelo primeiro nome, não um homem.

Mas não. Ela apenas o olhou de soslaio.

– Tudo bem. Mas não quando minha madrasta estiver por perto. Ou qualquer pessoa da sua família.

– Muito bem. Será nosso segredinho. – Ele pegou um cacho rebelde do cabelo dela e o colocou atrás da orelha, satisfeito em ver que o gesto de intimidade lhe causou um tremor. Não sabia quais eram suas intenções com aquela história de química, mas estava claro que Olivia ainda se sentia atraída por ele. – Falando na sua madrasta, suponho que ela fique frustrada por você não obedecer à ordem de procurar um marido.

Olivia ergueu o queixo.

– Ela e meu pai insistiram que eu debutasse. Então eu debutei. Ninguém me pediu em casamento. Por isso me recusei a repetir o processo.

– *Ninguém a pediu em casamento?* Eu me lembro de certo duque lhe fazer essa proposta e ser rejeitado.

– Aquilo foi diferente. – Os olhos dela brilhavam ao luar. – Você pediu contra sua vontade. Quando me beijou, queria apenas se divertir, como de costume. Até minha madrasta forçá-lo, você não tinha a menor intenção de se casar comigo.

– "Apenas me diver…" Espere, você *sabia* que ela estava me forçando?

– Claro, você deixou dolorosamente óbvio.

Isso significava que ela não sabia da chantagem. E ele jamais contaria. Quanto menos pessoas soubessem, melhor.

Então se deu conta:

– Não percebi que estava sendo tão óbvio.

Olivia tinha a expressão dura como pedra.

– Bem, você foi. E eu não queria um marido que tivesse sido arrastado para o altar.

– E eu não queria uma esposa que só conhecia havia uma hora.

– Justo. – Ela entrelaçou as mãos nas costas. – Mas isso não explica por que ficou tão furioso por eu ter recusado o pedido. Eu só fiz o que nós dois queríamos.

Colocando naqueles termos, ele pareceu mesmo cruel. Ou era assim que ela queria fazê-lo se sentir?

– Está me dizendo que se eu a tivesse elogiado e implorado por sua mão, teria me aceitado?

– Eu... Provavelmente não.

Ele se aproximou.

– Porque nosso beijo não a impressionou?

– Eu não disse isso.

Agora ela estava nitidamente nervosa. Ótimo. Gostava de vê-la assim. Desarmada.

– Então nosso beijo a *impressionou*.

– Eu... não sei.

– Não sabe? – Ele avançou mais um passo, e Olivia recuou, quase caindo dentro da fonte. Por sorte, ele a pegou pela cintura a tempo. – E então, *Olivia*? Qual é a sua resposta? Porque a *mim* nosso beijo certamente impressionou. E eu podia jurar que não era o único a me sentir assim.

Os olhos dela se arregalaram, sua linda boca se entreabriu.

– Talvez eu deva me certificar disso – completou ele. – Por nós dois.

Então, inclinando a cabeça, ele cobriu os lábios dela com os seus.

# CAPÍTULO TRÊS

Olivia se segurou nos ombros dele, mas apenas para se equilibrar. Não porque gostasse dos beijos dele.

Ah, maldição, gostava, sim. Eram beijos tão inflamáveis quanto o óleo doce do vitríolo e quase igualmente perigosos. Tinha esquecido como aquela boca era deliciosa, como seu coração batia rápido e suas pernas ficavam bambas quando estava nos braços dele. O duque conjurava sensações que ela não compreendia. E, como sempre fazia quando não entendia alguma coisa, Olivia mergulhou com entusiasmo até compreender.

Então passou a mão na nuca dele (provavelmente amassando o colarinho e a gravata) e abriu a boca para que ele pudesse beijá-la como da outra vez.

Mas ele se afastou e perscrutou seu rosto.

– Você não respondeu à minha pergunta. Sua madrasta está aqui? Escondida em algum lugar do jardim?

– Como posso saber se ela está escondida no jardim? Eu estava dançando com *você*. Mas, sim, ela veio ao baile. É minha acompanhante.

Ele estreitou os olhos.

– Estou tentando saber se esta é mais uma armadilha para me fazer pedi-la em casamento.

– *Armadilha*? Santo Deus, como você é arrogante! – Notando que o havia irritado, Olivia acrescentou: – Foi *você* quem me trouxe aqui fora, então só *você* pode saber por quê. Aliás, foi *você* quem me beijou.

– Ah. É verdade. – Ele deixou escapar uma breve risada autodepreciativa. – Excelente ponto.

Olivia não sabia o que pensar.

– Se isto faz com que se sinta melhor, prometo recusar seu pedido de novo se voltar a me pedir em casamento.

– Não tenho a menor intenção.

Olivia ignorou a pontada de decepção no peito. Embora *gostasse* de beijá-lo, não tinha a menor vontade de se casar com aquele sujeito presunçoso. Ele tinha hábitos muito parecidos com os do pai dela.

– Então, como eu não tenho intenção de aceitar, estamos de acordo. Mas, como você parece estar ridiculamente preocupado em ser pego me beijando, deveríamos voltar lá para dentro...

Mas Thorn sufocou o restante das palavras dela com a boca.

Ela pensou em protestar. Ele agia de modo contraditório, e a situação estava ficando cada vez mais confusa.

Mas então ele colocou a língua em sua boca, como da outra vez, e Olivia derreteu. Aquilo era o paraíso. Não era de admirar que ele fosse arrogante. Beijava como um anjo.

Thorn mordiscou o lábio inferior dela, o que a fez arder por dentro.

– Não pense que isso significa alguma coisa – sussurrou ele.

Ignorando a pontada de dor, ela respondeu, também em um sussurro:

– Nem você.

– Só porque gosto de beijá-la não quer dizer que...

– Por que não beija mais e fala menos? – murmurou ela.

Rindo, Thorn a puxou para um banco onde não seriam vistos se alguém por acaso aparecesse no jardim. Ela deveria ficar alarmada. Não ficou.

Thorn a fez se sentar ao seu lado e começou a lhe dar deliciosos beijinhos no rosto até a orelha.

– Tem certeza de que é química?

Ela se afastou um pouco, as sobrancelhas erguidas.

– Tem certeza de que é um libertino? Porque não parece.

– Então é melhor eu fazer alguma coisa a respeito.

Dessa vez, ele beijou seu pescoço, a língua traçando a veia que pulsava ali, o que poderia tê-la deixado enojada, mas fez com que desejasse fazer o mesmo.

Ele gostaria? Ela ousaria?

Olivia experimentou, saboreando o cheiro de óleo de pau-rosa e sabonete. O roçar do bigode também a excitava, assim como o gemido que ele soltou antes de mergulhar a boca entre seus seios. Que lascivo!

Que delícia! Ela fez menção de afastá-lo, mas só o puxou mais. Ah, céus... Estava perdendo rapidamente o controle. Ele devia ser mesmo um libertino, afinal.

– Sua pele é como cetim – murmurou ele, ainda em seu decote. – E seu cheiro é tão bom... Fico imaginando seu gosto se eu...

– Olivia? – chamou alguém em algum lugar atrás deles. – Está aí? Gwyn pediu que eu a procurasse para conversarmos.

Era Beatrice. Thorn levou o dedo aos lábios, mas Olivia não tinha a intenção de esperar até que ela chegasse ali e os encontrasse juntos.

Levantou-se do banco.

– Aqui. Estava apreciando a fonte. – Ela se apressou pelos degraus de pedra até alcançar Beatrice, que estava perto da porta. – Os Wolfes têm um jardim tão adorável, não acha?

– Sim, sim – respondeu Beatrice, olhando na direção de onde ela viera.

Olivia não era boa em fingir, mas, se permitisse que os flagrassem de novo, ele *nunca* acreditaria que não tinha sido de propósito. Que homem mais desconfiado!

Ela passou o braço pelo de Beatrice.

– Estou ansiosa para conhecer lady Gwyn. Quando minha madrasta e eu fomos apresentadas a ela, quando chegamos, mal trocamos duas palavras. Está tão cheio aqui hoje, não acha? Foi por isso que saí para pegar um pouco de ar. – Deus do céu, estava tagarelando sem parar. Nunca tinha agido assim.

Porque nunca precisara fingir.

Aparentemente, hoje seria uma noite cheia de primeiras vezes.

– Você viu Thorn? – perguntou Beatrice, desconfiada. – Eu poderia jurar que ele estava com você quando saiu.

– Ah, ele... só me mostrou o jardim e voltou para dentro. Acho que foi pegar mais *ratafia*.

A expressão de Beatrice suavizou.

– É bem do feitio do meu cunhado. – Ela deu um tapinha na mão de Olivia e se dirigiu à porta. – Tenho certeza de que vamos esbarrar com ele de novo.

Olivia torcia pelo contrário. Seu corpo não suportaria receber mais carícias de um libertino experiente.

Felizmente, não precisaria mais encontrá-lo. Partiria com os Greycourts no dia seguinte e poderia voltar a se refugiar no trabalho.

Se não tivesse combustível fresco para suas fantasias, as noites seriam calmas. Mas desconfiava que ia demorar até isso acontecer.

Thorn ficou sentado no banco, esperando até ter certeza de que Beatrice e Olivia tinham entrado, depois esperando a excitação passar. Que inferno.

Não soubera lidar com a situação. Sua intenção era avisar Olivia que ficaria de olho nela na propriedade de Grey.

Em vez disso, voltara a fazer exatamente o que não deveria. Não era um bom presságio para o que aconteceria na casa de Grey.

Talvez não devesse ir.

Até parece. Ainda não estava convencido dos motivos dela para aceitar o trabalho. E mesmo se ela se provasse tão transparente quanto parecia, podia muito bem ser incompetente. O que *ele* sabia sobre química? O que *Grey* sabia?

Levantou-se. As mulheres já haviam entrado e ele tinha uma longa noite pela frente. Naquele momento, Vickerman estava esperando sua última peça, então Thorn – ou melhor, Konrad Juncker – teria que adiar com o gerente do teatro de novo se quisesse ir com Grey e os outros a Carymont, no dia seguinte.

Não podia deixar de ir. Explicaria isso a Juncker. Tendo crescido em Londres, Juncker não era mais alemão que Thorn, mas os dois se tornaram amigos por causa das peças que Thorn escrevia.

Desde o começo, Thorn ficara relutante em ser reconhecido como escritor. Uma razão para isso era a liberdade que usar Juncker lhe dava. Podia ir e vir facilmente sem que ninguém percebesse que estava pesquisando.

A outra razão era proteger sua família. Antes da morte do padrasto, o único pai que conhecera, temia prejudicar a carreira dele como embaixador na Prússia. E agora que toda a sua família estava na Inglaterra, era ainda mais cauteloso em expor a si mesmo e a eles.

Juncker ficava feliz em ajudar. As aventuras o tornaram famoso e o ajudaram a publicar seus poemas. De vez em quando, Juncker até escrevia uma ou duas cenas para a peça. Poetas não ganhavam muito, e Thorn ficava feliz em pagar ao amigo para usar o nome dele e por uma ou outra contribuição que ele quisesse dar às obras de Thorn.

Ao entrar no salão, viu-se rodeado por metade de sua família. A mãe estava com Bonham, o que o irritou, e Olivia estava ao lado dela, o que não o irritou. Olhou em volta à procura de lady Norley e a avistou do outro lado do salão, conversando com a melhor amiga de sua mãe, lady Hornsby. A julgar pelos gestos animados, as duas se conheciam havia muito tempo e se sentiam à vontade uma com a outra. Humm.

– Vejam só quem *também* vem do jardim– disse Gwyn, com um brilho nos olhos. – Que estranho que você e a Srta. Norley tenham escolhido respirar ar puro na mesma hora.

– Deixe-os em paz, querida – aconselhou a mãe. – Thorn não é tolo de levar ao jardim uma jovem respeitável que ele acabou de conhecer. Tenho certeza de que eles nem se cruzaram.

Thorn sabia identificar um alerta sutil. Aquele era o jeito da mãe de puxar a orelha dele.

– Mamãe tem razão. A Srta. Norley está perfeitamente protegida de mim. Bem, eu fui ao estábulo para ver o novo cavalo do qual o major Wolfe vem se gabando.

– É um campeão, não é? – comentou o cunhado.

– Sem dúvida.

Gwyn e Beatrice se entreolharam. Não acreditaram em uma palavra. Até Grey fez cara feia para Thorn, enquanto Olivia se mantinha impassível como se fosse a mais inocente das criaturas.

Mais uma prova de que ela não era digna de confiança. A maioria das damas teria *alguma* reação numa situação como aquela. Mas Olivia nem corou.

Pensando bem, ele achava que *nunca* a vira corar. Infelizmente, isso só fez com que se perguntasse o que teria que fazer para deixá-la ruborizada.

Maldição.

– Mãe, vou ficar fora da cidade por um tempo. Estou planejando viajar com Grey, Beatrice e a Srta. Norley para Carymont amanhã.

Olivia o fuzilou com o olhar e aí, sim, corou. Ah, então ele *conseguia* provocar esse efeito… embora seu constrangimento tenha se transformado rapidamente em raiva, a julgar pelo olhar que ela lhe lançou. Ficou claro que ela não estava feliz com a notícia, e essa era justamente a intenção dele. Deixá-la de sobreaviso. Ela que agisse direito com seus parentes.

No entanto, ao olhar para todos em volta, percebeu que despertara mais do que a fúria de Olivia.

– Grey! – exclamou Beatrice, com a voz magoada. – Você sabia disso e não me contou?

Grey lançou um olhar desagradável para o irmão.

– Decidimos isso esta noite, querida. Eu ia lhe contar quando Thorn nos interrompeu.

Beatrice não parecia convencida.

– Estou querendo comprar uma propriedade em Suffolk – mentiu Thorn. –

Pensei em ir até lá com minha família para observar o lugar, posso contratar uma carruagem para voltar.

Pelo canto do olho, ele viu Gwyn e a mãe com um sorriso malicioso. Deixe estar, pensou. Elas viam romance em toda parte e, se achassem que ele estava interessado em Olivia, ele teria mais liberdade de movimentos.

O major Wolfe, por outro lado, era mais difícil de interpretar. O cunhado de Thorn era *sempre* enigmático, mas essa noite estava inescrutável. O que será que estava pensando? Wolfe já sabia bastante sobre as suspeitas de Grey a respeito da morte do pai, então devia estar tirando as próprias conclusões sobre a viagem a Carymont. E Beatrice devia ter comentado com ele sobre o verdadeiro motivo. Ela e Grey eram muito próximos.

Bem, pelo menos o major estava do lado *deles*. Com perna ruim ou não, Wolfe era um adversário à altura de qualquer um.

– Perdão, lady Gwyn – disse Olivia, sem nem olhar para Thorn –, mas vou viajar amanhã, então acho melhor dormir bem esta noite. Acho que vou chamar minha madrasta e pedir que mandem buscar nossa carruagem.

– Claro, querida – concordou Gwyn, lançando um olhar cúmplice para o irmão. – Considerando as circunstâncias, só sua presença aqui hoje já foi uma honra. Vou levá-la até a porta.

Droga. Ele não deveria ter contado para todo mundo que iria a Suffolk. Agora teria que suportar as perguntas de Gwyn, Beatrice e da mãe pelo resto da noite.

Não mesmo. Assim que Olivia e Gwyn se afastaram, ele foi até a mãe e lhe deu um beijo na bochecha.

– É melhor eu ir também, pela mesma razão da Srta. Norley. Não quero atrasar a saída de Grey amanhã. A senhora sabe como ele odeia se atrasar.

– Quero sair às oito – avisou Grey, com um sorriso provocador. – Ou mais cedo, se você conseguir.

Thorn reprimiu um gemido.

– Em outras palavras, você quer madrugar como de costume. Farei o possível.

– Mas Carymont não é longe, é? – interrompeu Bonham. – Creio que terão uma viagem tranquila mesmo se partirem mais tarde.

Thorn encarou o sujeito de cima a baixo. Bonham não tinha o direito de entrar na conversa, muito menos de ficar ali flertando com sua mãe. Thorn não conseguia entender o que ela vira naquele homem. Até que era bem-apessoado para um cavalheiro de 60 e poucos anos (um farto cabelo grisalho, corpo robusto e as bochechas não eram caídas), mas Thorn ainda se ressentia da presença dele.

– Faremos uma boa viagem, sim – comentou Thorn. – É sempre um prazer viajar com minha *família*.

Bonham esboçou um sorriso.

– Sua família e a Srta. Norley.

Maldito.

– Claro.

Então, enquanto a mãe ria, ele se afastou. Tentou não se irritar, sabendo que havia sido rude, mas sem se importar. Seu encontro com a Srta. Norley tinha azedado seu humor e sua conversa com Juncker sobre a peça provavelmente não ajudaria em nada para mudar isso. Olivia podia ter uma boa noite de sono, mas *ele* dificilmente teria.

Felizmente, encontrou Juncker no quarto dele no hotel Albany, o que o poupou de passar metade da noite caçando o amigo pelas tavernas da cidade. A suíte de Juncker era o sonho de qualquer solteirão, e ele jamais conseguiria pagar por aquilo se não fosse por Thorn.

Não ficou surpreso em encontrá-lo de saída.

– Thorn! – exclamou Juncker. – Chegou bem a tempo de me acompanhar. Estou indo àquela nova taverna em Piccadilly onde as garçonetes têm traseiros bonitos e peitos ainda mais…

– Não posso. – Passando por Juncker, ele entrou e se jogou no sofá. – Vou para Suffolk amanhã cedo.

O humor de Juncker mudou na mesma hora. Com uma cara feia, ele fechou a porta.

– E a peça? Você disse que terminaria esta semana.

– Eu sei, mas surgiu um imprevisto. Vou escrever durante a viagem.

– É o que você sempre diz, mas nunca cumpre. Depois que deixar Londres, não tenho a menor esperança de receber nenhuma linha de você.

Juncker começou a andar de um lado para outro, a testa franzida de forma assustadora. Sua altura já era intimidadora. Somando-se isso aos olhos azul-escuros e ao cabelo louro despenteado (estilo que era chamado de "coruja assustada"), parecia um louco. Os cavalheiros costumavam ficar longe dele.

As damas não. Juncker era o perfeito poeta sofredor, coisa que as mulheres adoravam.

– Não entendo por que simplesmente não conta para Vickerman que é você quem escreve as peças. Ele prorrogaria seu prazo tranquilamente toda vez que você saísse da cidade. Ficaria em êxtase por ter um duque em seu arsenal.

– Esse é o problema. Não quero que saibam que eu escrevo as peças, e Vickerman só conseguiria manter esse segredo por um dia. No máximo.

– Suponho que sim.

– Além disso, se você não escrever para mim, como vai viver tão bem?

Juncker suspirou.

– Verdade.

– Então pare de reclamar, pelo amor de Deus – disse Thorn, irritado. – Vickerman vai entender. Diga que sua inspiração está de férias.

– Ele não acredita em inspiração. Acredita no dinheiro, como você bem sabe. E fica bem contrariado quando não entrego o trabalho porque você está passeando por aí. – Juncker se aproximou devagar, com um olhar acusador. – E ele não é o único. Se não se cuidar, Thornstock, eu mesmo vou escrever as malditas peças e você que vá para o inferno.

Thorn riu.

– Todos os personagens vão falar em pentâmetro iâmbico. – Como Juncker não caiu na provocação, ele acrescentou: – Se é com dinheiro que está preocupado, posso lhe adiantar algum até que Vickerman pague pela peça.

Juncker bufou.

– A questão não é dinheiro. Ainda não. É que… já faz um tempo que nenhuma peça nossa está em cartaz. O público parece estar perdendo o interesse.

– Se estiver, *c'est la vie*. Todas as coisas boas têm um fim.

– É fácil falar. Você não precisa se preocupar com dinheiro. Sou eu quem ficará ao relento.

Ao ver o olhar sombrio do amigo, Thorn se levantou e colocou a mão no ombro dele.

– Você sabe que eu só estava brincando quando falei do pentâmetro iâmbico, não sabe?

Juncker assentiu, mas de uma forma que fez Thorn sentir uma pontada no coração. Suspirou.

– Você é um bom poeta. Um bom escritor. O que aconteceu com aquele romance em que estava trabalhando? Pelo que eu li, era muito bom, e agora que você é famoso nos círculos de Londres, provavelmente não será difícil publicá-lo.

– *Se* eu terminá-lo. – Juncker se afastou. – Minha inspiração não apenas está de férias como foi velejar e se afogou. Não consegui passar do capítulo cinco. – Juncker deu tapinhas na cabeça. – Está um vazio aqui dentro, cheio de teias de aranha.

– Sei como é. Continue escrevendo. Vai acabar vindo.

– Parece que você precisa escutar seu próprio conselho – resmungou Juncker. – Está para entregar aquele final há meses.

– Verdade. – Estava mesmo em um período de marasmo. Até aquela noite. Alguma coisa no encontro com Olivia despertara nele mais do que desejo. Fez sua mão coçar por uma caneta, mesmo que fosse apenas para espetar um ou dois personagens com suas farpas. – Quer saber? Vamos lá, eu o acompanho até a saída e você vai à tal taverna que mencionou. Vai animá-lo. Talvez você até consiga tirar as teias da cabeça.

– Talvez – disse Juncker. – Suponho que você não vá comigo.

– Hoje não.

Thorn ainda tinha algumas horas antes de precisar estar na casa de Grey. E tinha a intenção de que fossem produtivas. Talvez realmente terminasse a peça enquanto estivesse fora.

# CAPÍTULO QUATRO

Levou metade da noite, mas Olivia finalmente conseguiu controlar o pânico a tempo para a partida no dia seguinte. Qual era o problema de Sua Graça, o maldito duque de Thornstock, viajar com eles? O percurso de carruagem seria o único período em que precisaria suportar os... os sorrisos pomposos e as risadas sugestivas dele.

E os flertes. Os flertes tão hábeis e irritantes, que faziam seu estômago dar cambalhotas e seu sangue fervilhar. O homem deveria engarrafar seu charme e vendê-lo. Ela compraria só para analisar os ingredientes.

Mas, aparentemente, não precisaria se preocupar com ele hoje. No momento em que entrou na carruagem e se sentou ao lado do irmão, Thorn encostou a cabeça na almofada e pegou no sono.

Olivia tentou não observá-lo de forma tão descarada, mas era difícil. Nunca vira um homem em repouso com a aparência tão serena... e tão atraente.

Principalmente as partes cobertas por pelos faciais. Diferente do pai dela, que estava sempre arrumado de mais, e do tio, que estava sempre arrumado de menos, Thorn parecia perfeito. As costeletas não eram muito cheias, as sobrancelhas estavam aparadas sem exagero e o cabelo não tinha pomada. Ela odiava pomada, era tão... oleoso.

E, céus, ele tinha cílios longos, como meias-luas escuras contra a pele levemente bronzeada. Estava claro que passava certo tempo ao ar livre, mas não tanto quanto o irmão mais velho, que tinha um bronzeado mais intenso. Perguntaria a Beatrice sobre isso depois.

Ou isso seria rude? Não sabia ao certo. Nunca conseguia entender por completo as regras da sociedade. Ainda mais as que não faziam sentido.

Quando, depois de um tempo, Thorn começou a roncar, Greycourt riu.

– Sempre fico impressionado com a capacidade dele de dormir em qualquer lugar. Uma vez o vi cochilando no meio de um debate acalorado na Câmara dos Lordes. Todos os outros estavam exaltados. Thorn teria caído do banco se eu não o tivesse cutucado para acordar.

– Isso é uma mentira deslavada – defendeu-se ele, sem abrir os olhos. –
Eu nunca, em toda a minha vida, caí de um banco, sendo cutucado ou não.

Beatrice e Olivia caíram na gargalhada.

– Volte a dormir – falou Beatrice. – Prometemos ficar quietinhos.

– Eu não prometo nada – retrucou Grey. – Não é culpa minha se ele decidiu vir na última hora. Deve ter passado a noite na esbórnia.

Thorn abriu um dos olhos.

– Fique sabendo que passei a noite resolvendo questões financeiras. E se
vocês não tivessem insistido em sair de madrugada, eu estaria muito mais disposto. – Ele abriu o outro olho, endireitou-se no banco e passou os dedos pelo
cabelo. Pronto: por milagre, parecia que tinha acabado de sair do barbeiro.

A roupa nem sequer estava amarrotada! A gravata branca continuava
amarrada à perfeição, o casaco azul se ajustava com exatidão e a calça justa
acentuava as coxas musculosas. Simplesmente esplêndido.

– Se vocês pretendem falar de mim enquanto eu cochilo, acho que vou
ficar acordado. – Ele abriu um sorriso devastador para Olivia. – Não posso
deixar que falem mentiras a meu respeito para a Srta. Norley.

Olivia teve que se esforçar para não deixar transparecer o prazer que aquele
sorriso lhe causou. Sabia que não deveria confiar na simpatia do duque.

– Já conheço sua reputação, Vossa Graça. Nada do que eles me contassem
me surpreenderia.

Greycourt deu um tapa no joelho do irmão.

– Pelo visto você encontrou alguém à sua altura, meu camarada. Ela não
cai na sua lábia.

Como ela gostaria que fosse verdade. O sorriso de Thorn tinha desaparecido, mas os olhos ainda dançavam ao encará-la, e Olivia desejava do fundo
do coração que ele voltasse a dormir.

Não teve tanta sorte. Agora, Thorn estava concentrado nela e, como um
entomologista faz com besouros, estava determinado a capturá-la e mantê-
-la em sua coleção.

– Estou curioso sobre seus experimentos, Srta. Norley – revelou Thorn,
com uma excessiva casualidade que a deixou na defensiva. – O que a leva a
acreditar que terá sucesso em encontrar arsênico nos restos mortais do pai
de Grey, enquanto outros químicos julgam isso impossível?

– Pelo que o duque me contou sobre as conversas dele com outros pro-
fissionais, eles não estão dispostos nem a tentar.

– Nem mesmo esse Valentin Rose? – questionou Thorn.

Surpresa por ele conhecer Rose, Olivia respondeu:

– O Sr. Rose é falecido.

– Ah.

– Existem outros testes para detecção de arsênico. Como preparação para a tarefa que seu irmão me incumbiu, estudei e realizei todos os testes conhecidos desenvolvidos por químicos como Scheele, Metzger, Rose e Hahnemann. Infelizmente, quase todos já se foram e Hahnemann mora na Saxônia, sendo inviável trazê-lo.

Thorn parecia surpreso com o simples fato de ela conhecer aqueles cientistas. Irritante.

– Todos os testes têm falhas – continuou ela mesmo assim. – Por meio de rigorosa experimentação, eu desenvolvi um mais eficaz, reunindo o melhor de cada um dos anteriores. O meu seria útil em julgamentos. Seu irmão me contratou para a tarefa porque meu tio e a Sra. Fulhame acreditam que meu método pode ter sucesso nesse caso.

Thorn a olhava como se tivessem brotado asas nela.

– O que foi? – perguntou Olivia. – O senhor tem alguma opinião sobre qual seria o mais adequado? Sugestões são bem-vindas se forem trazer um resultado melhor.

– Hã… não, nenhuma sugestão. Para ser sincero, eu não saberia nem por onde começar. – Ele esticou a perna, que roçou a saia dela.

Olivia engoliu em seco, mesmo duvidando que tivesse sido de propósito. Estava apenas reagindo à proximidade dele. Nunca viajara em uma carruagem com dois cavalheiros tão bonitos, sendo que um deles a beijara mais de uma vez.

O nervosismo, como sempre, fez com que ela começasse a falar sem parar.

– Meu método não é tão complicado. Uma vez feita a exumação, pretendo ver o que sobrou do corpo do falecido duque de Greycourt que possa ser útil na testagem. Sua Graça me disse que o pai foi embalsamado, o que pode ser um problema, pois às vezes é usado arsênico no processo de embalsamento. Mas, supondo que eu consiga encontrar amostras relevantes que não estejam contaminadas, vou submetê-las a ácido nítrico e, em seguida, combinarei o resultado com zinco. A fórmula seria $As_2O_3 + 6 Zn$…

– Eu imploro, Srta. Norley, nada de fórmulas! – pediu Greycourt. – Não têm significado algum para mim nem para meu irmão. Posso lhe garantir. Se Thorn falar o contrário, estará mentindo.

– Grey tem toda razão – confirmou Thorn. – Só gosto de química na medida em que melhora as bebidas e os vinhos. Mas isso leva à minha próxima pergunta: como pode ter tanta certeza de que o veneno usado teria sido arsênico?

– Estou me baseando na descrição feita pelo duque dos sintomas apresentados pelo pai. São sintomas de febre ou cólera, mas também de envenenamento por arsênico. Além de esse ser um dos venenos mais comuns. Existe uma razão para o elemento ser chamado *"poudre de succession"*.

Beatrice olhou de relance para o marido, que esclareceu:

– Pó da sucessão. É o apelido francês para arsênico.

– Para ser mais exata – explicou Olivia –, quando falamos do arsênico branco usado como veneno, estamos nos referindo na verdade ao trióxido de arsênico.

– Ah, sim, por favor, vamos ser exatos – interrompeu Thorn. – A propósito, como a senhorita pretende realizar esses testes sem um laboratório?

– Seu irmão teve a generosidade de construir um – respondeu Olivia.

Beatrice deu um tapinha na mão dela.

– Pedimos a ela uma lista do que seria necessário para o trabalho. Então Grey comprou tudo e mandou levar para a propriedade.

– Ainda terei que preparar alguns itens a partir de seus componentes – acrescentou Olivia. – E trouxe alguns que seriam difíceis de encontrar.

– Claro que não fazíamos ideia de como organizar todos os elementos químicos de forma satisfatória para a Srta. Norley – contou Grey –, então, no momento, estão dentro de caixas na nossa leiteria. Mas o prédio servirá bem como um laboratório.

– Por que não pode instalá-lo na casa? – perguntou Thorn, com uma expressão indecifrável. – Tem espaço de sobra.

– A Srta. Norley não julgou seguro ter produtos químicos perigosos dentro da residência. Poderiam nos causar algum mal ou estragar os móveis.

Olivia notou que Thorn achou aquilo suspeito, mas não conseguia imaginar por quê.

– Alguns produtos químicos são inflamáveis. Se, por algum motivo, eles pegassem fogo ou expelissem gases tóxicos que prejudicassem o bebê de Beatrice, eu me sentiria muito culpada.

– Nós dois – acrescentou Greycourt. – Bem, espero que isso não aconteça. Mas a senhorita foi sábia em não querer correr nenhum risco. Eu lhe agradeço muito. E acho que a leiteria vai servir bem aos seus propósitos.

– Foi possível colocar prateleiras nas paredes? – perguntou Olivia. – E algumas mesas?

Greycourt sorriu.

– Eu me certifiquei de que tudo fosse feito de acordo com suas especificações. O resto é com a senhorita.

– Obrigada, Vossa Graça.

Olivia precisou de todas as suas forças para não demonstrar como estava empolgada com a ideia de ter seu próprio laboratório, com equipamentos modernos e muitos produtos. Mal podia esperar para chegar e arrumar tudo.

– Então – disse Thorn, inclinando-se para a frente e apoiando os cotovelos nos joelhos. – Não conheço os produtos químicos que a senhorita mencionou, mas suponho que sejam famosos nos círculos científicos.

– De fato, são – respondeu ela. – Trouxe artigos científicos sobre eles para que possa rever à noite. Fique à vontade se quiser consultá-los.

Greycourt riu.

– Seria uma leitura fascinante, não acha, Thorn? Vai diverti-lo muito mais que sua habitual coleção de Shakespeare, Fletcher e as peças mais antigas que se possa encontrar.

A resposta de Thorn foi apenas fuzilar o irmão com o olhar.

– O passatempo preferido de Thorn – explicou Greycourt – é ir ao teatro ou ler obras de dramaturgia. Precisa ver a biblioteca dele. É bem extensa.

– Às vezes eu leio artigos – falou Thorn, taciturno.

– De química? – perguntou Beatrice.

Dessa vez, *Beatrice* foi fuzilada com o olhar, o que a fez rir.

– Na verdade, eu também gosto de teatro – revelou Olivia, sem entender por que sentira a necessidade de defender Thorn. – Vou assistir a peças com meu pai e minha madrasta sempre que posso. Elas só ganham vida para mim quando as vejo encenadas. Mas depois que assisto consigo ler e me divertir.

Thorn se empertigou.

– A maioria das pessoas não entende que é necessário *assistir* à peça para ter a experiência completa.

– Exatamente! – exclamou Olivia, feliz em encontrar alguém que compreendia isso. – A primeira peça de Shakespeare que li foi *Muito barulho por nada* e não entendi metade das partes cômicas. Não compreendia por que Shakespeare é considerado um grande escritor. Até que assisti...

– A montagem do Teatro Real em Covent Garden com Charles Kemble como Benedick? – completou Thorn, os olhos cintilando.

– Sim! – respondeu Olivia. – Foi espetacular. Ele é tão bom quanto seus irmãos mais famosos.

– E a esposa dele estava perfeita no papel de Beatrice – comentou Greycourt. Quando Olivia e Thorn o olharam surpresos, ele acrescentou: – Eu vou ao teatro de vez em quando. Acham que sou um inculto?

Thorn arqueou as sobrancelhas.

– Posso contar nos dedos de uma das mãos o número de vezes que foi comigo ao teatro. E mesmo assim precisei arrastá-lo.

– Não gosto de toda aquela gritaria – justificou-se Greycourt. – Se o público soubesse se comportar, eu gostaria mais.

– Ah, concordo inteiramente – opinou Olivia. – Também não gosto da gritaria nem quando jogam laranjas. Mas minha madrasta disse que hoje em dia já é muito melhor. Na época dela, sempre que Malvólio subia ao palco, as vaias e os assobios eram tão altos que nem dava para escutá-lo.

– Ah, sim, *Noite de Reis* é outra das minhas preferidas – disse Thorn. – Aliás, por acaso seu nome...

– Não – responderam ela e Beatrice ao mesmo tempo. E logo em seguida começaram a rir.

– Eu já tinha perguntado isso – explicou a duquesa.

– *Todo mundo* me pergunta – acrescentou Olivia. – Ou melhor, todo mundo que gosta de Shakespeare.

– Ah, eu sei bem como é – disse Beatrice. – A ironia de todos acharem que meu nome é em homenagem à personagem de *Muito barulho por nada* é que eu nunca vi nem li a peça.

– Você iria gostar, posso garantir – afirmou Olivia. – E Beatrice é uma heroína maravilhosa, com a língua afiada.

– Isso combina bem com nossa Beatrice – comentou Thorn. Beatrice bateu nele com a bolsinha, mas ele apenas riu, depois continuou, dirigindo-se a Olivia: – Quer dizer que prefere as comédias às tragédias de Shakespeare?

– Sempre prefiro o que me faz rir. Como seu irmão tão habilmente demonstrou, química pode ser um assunto muito árido. Eu amo... mas às vezes também preciso de algo para me distrair. Atualmente, meu autor preferido é um sujeito chamado Konrad Juncker. Acho que é alemão, embora o nome possa ser dinamarquês ou sueco.

Quando o olhar dela encontrou o de Thorn, o sorriso dele sumiu de repente.

– Sempre morro de rir com as histórias dele sobre um estrangeiro chamado Felix que vive como um fanfarrão libertino em Londres – continuou ela, mesmo sem entender a reação dele. – Já assistiu?

– Acredito que não – respondeu Thorn. – Mas recentemente fui a uma nova peça em Covent Garden que...

– Alguma das peças de Juncker você viu, com certeza – interrompeu Greycourt. – Eu sei porque foi você quem me arrastou para o teatro. – Ele pensou em voz alta: – Não foi *As aventuras de um estrangeiro em Londres*... pois essa eu não vi... talvez *Mais aventuras de um estrangeiro em Londres*?

Com um olhar sofrido, Thorn cruzou os braços.

– Não deve ter me marcado, pois realmente não me lembro.

Olivia dirigiu sua atenção a Greycourt.

– Deve ter sido *As mais loucas aventuras*. Essa lotou o teatro. Eu nunca teria conseguido assistir se meu pai não tivesse um camarote.

Greycourt coçou o queixo.

– Pode ter sido. Foi aquela com lady Ganância e lady Trapaça.

– Na verdade, elas participaram de todas as peças até agora – esclareceu Olivia. – Eu sei porque são minhas personagens de comédia favoritas.

– Gosta mais delas que dos personagens de Shakespeare? – perguntou Thorn, com um olhar cético e um arquear de sobrancelha, embora também parecesse muito interessado na resposta. O que a deixava lisonjeada.

– Hum... – Ela teve que pensar para responder. – Acho que sim. Elas são muito mais reais para mim que os personagens de Shakespeare, mesmo que a peça seja escrita por um estrangeiro.

– Acho que Juncker não é estrangeiro – comentou Greycourt. – Só o nome que é alemão.

– Isso explicaria o extraordinário conhecimento que ele tem da sociedade inglesa – disse Olivia. – Podemos encontrar mães casamenteiras e jovens servindo como isca, como Ganância e Trapaça, em qualquer salão de baile de Londres. Ele as descreve com maestria e zomba tanto delas que minha barriga até dói de tantas gargalhadas!

– Na peça que eu vi, seja lá qual for o título – contou Greycourt –, lady Ganância tem a ideia de mandar lady Trapaça, filha dela, demonstrar sua habilidade no bordado para impressionar um marquês velho que está procurando uma esposa. Mas lady Trapaça se distrai tanto com a beleza de Felix, que está flertando com ela, que costura a perna da calça do marquês no bordado. Claro que o marquês tenta ir embora e não consegue, então puxa com força e rasga o tecido no traseiro, deixando a cueca à mostra, e a mãe dela desmaia.

– Ah, eu amo essa cena! – exclamou Olivia. – É de *As loucas aventuras de um estrangeiro em Londres*.

– Acho que sim – concordou Greycourt, com um sorriso satisfeito.

– Minha parte favorita – disse Olivia – é quando lady Ganância leva lady Trapaça a Bath pela primeira vez. Elas vão ao Grand Pump Room para verem e serem vistas, e lady Ganância pede uma taça de champanhe para lady Trapaça, que pega água da bandeja achando que é champanhe e entrega à mãe. É claro que lady Ganância bebe e depois cospe tudo em cima de um conde elegível que estava tentando fisgar lady Trapaça, e ele vai embora espumando de raiva, com lady Trapaça correndo atrás dele, oferecendo o champanhe que não é champanhe. – Olivia se recostou no assento. – É sempre muito engraçado quando está sendo interpretado no teatro por boas atrizes.

– Grey, você precisa me levar para assistir a uma dessas peças de Juncker – pediu Beatrice. Quando Olivia olhou para ela, surpresa de a duquesa ainda não ter assistido, Beatrice acrescentou: – Tem menos de um ano que vim para Londres. Antes disso, eu nunca tinha ido ao teatro.

– Ah, que pena! – Olivia suspirou. – Talvez tenha perdido a chance de assistir às de Juncker. Dizem que ele não pretende mais escrever peças.

– Onde ouviu isso? – perguntou Thorn.

– De alguma fofoqueira, acho. Ou talvez no teatro, não lembro.

– Quantas peças dele foram encenadas? – perguntou Beatrice.

– Cinco, eu acho – respondeu Greycourt.

– Seis – corrigiu Thorn. E, quando todos os olhares recaíram sobre ele, explicou: – Que foi? Eu vou sempre ao teatro. Sei todas as peças que são exibidas, mesmo as que nunca vi.

Greycourt franziu a testa.

– Espere um minuto, Juncker não é um dos seus melhores amigos? Eu tinha me esquecido disso.

Thorn ficou visivelmente tenso.

– Um conhecido apenas – respondeu, fazendo um gesto de desdém.

– Da próxima vez que o vir, pergunte a ele se planeja escrever mais – pediu Olivia.

– Agora entendi porque está tão irritado com essa conversa, Thorn – comentou Greycourt. – Você tem inveja.

– O quê? – questionou Thorn. – Por que diabo eu teria inveja de Juncker?

– Exato – comentou Olivia, dirigindo-se a Grey. – Seu irmão é um duque. Não vejo por que teria inveja de um mero escritor.

– Eu *também* sou duque. Acredite, somos humanos e também temos sentimentos – confessou Greycourt. – E o que a senhorita não sabe sobre o meu irmão é que, na juventude, Thorn falava em ser escritor. Então ele sente inveja do amigo que teve cinco peças montadas...

– Seis – corrigiu Thorn mais uma vez.

– Isso. Seis – repetiu Greycourt. – Humm... Então o boato é que ele não vai mais escrever?

– Sim – confirmou Olivia. – Consigo entender. Seis é um número alto de peças para se escrever sobre o mesmo assunto. Vejam bem, de quantos jeitos diferentes um homem pode se encrencar em Londres?

– Você ficaria surpresa se soubesse – murmurou Thorn.

– Não precisa nos contar – pediu Greycourt. – Deixaria as damas escandalizadas.

– Ou faria com que implorássemos para ir com você na próxima aventura – disse Beatrice, piscando para Olivia.

Olivia caiu na risada. Não esperava que aquela viagem fosse ser tão divertida. Jogar conversa fora podia ser agradável na companhia das pessoas certas.

– Já sei o que podemos fazer – revelou Beatrice, com um brilho misterioso no olhar. – Vamos tentar adivinhar de quais aventuras Thorn participou, dentre as histórias de Juncker.

O olhar gélido de Thorn seria capaz de congelar uma pedra.

– Em primeiro lugar, não foi Juncker quem viveu essas aventuras, e sim o personagem dele, Felix. Segundo, seria difícil tentar adivinhar como as minhas aventuras coincidem com as de Felix, já que apenas a Srta. Norley assistiu a todas as peças de Juncker.

– Tudo bem, então a Srta. Norley narra as aventuras – sugeriu Beatrice, dando a impressão de que aquele era seu objetivo desde o início. – E nós tentaremos adivinhar se você viveu algo parecido. Você nos dirá quem acertou. Vai ser um jogo divertido.

– Um jogo ridículo, isso sim – resmungou Thorn.

Greycourt se recostou nas almofadas.

– Não sei, meu irmão... Acho que pode ser bem divertido, sim. E temos uma longa viagem pela frente.

Apesar das objeções de Thorn, Olivia já estava relembrando as histórias das peças.

– Vou começar: Felix fica bêbado...

– Até aí, posso garantir que Thorn já fez isso, e mais de uma vez – comentou Greycourt, recebendo como resposta um olhar hostil de Thorn.

– Deixe-a contar a história – repreendeu Beatrice.

– Felix fica bêbado e confunde uma condessa com uma cortesã – continuou Olivia. – Ele tenta contratar os serviços da dama por uma noite.

– Metade dos homens de Londres já deve ter feito isso – falou Greycourt.

– *Eu* não – negou Thorn. – Agora, por favor, podemos parar com essa tolice?

– Parece clichê, eu sei, mas na peça fica bem engraçado. Felix confunde o que a condessa fala, e ela confunde o que *ele* fala, e os dois ficam nessa confusão por um bom tempo.

– Isso é bem condizente com meu irmão, ficar enrolando na hora de flertar – provocou Greycourt.

– Isso nem sequer faz sentido – reclamou Thorn.

– Talvez eu deva pensar em outra aventura – sugeriu Olivia. – Uma que não seja tão polêmica.

Foi quando sentiram que a carruagem estava perdendo velocidade. Thorn olhou para fora.

– Estamos em Great Chesterfield e estou morrendo de fome. Não tomei café da manhã. Vamos ver se conseguimos uns sanduíches e uma jarra de cerveja na hospedaria.

– Ah, seria perfeito! Estou faminta – confessou Beatrice.

– Não é à toa – disse Grey, secamente. – Você só comeu três ovos e salsichas hoje cedo, em vez dos cinco de costume.

– Seu herdeiro merece o melhor – argumentou Beatrice.

A expressão de Greycourt se suavizou quando ele olhou para a barriga da esposa.

– Ou minha linda filha, que com certeza vai ser tão inteligente quanto a mãe.

O momento de ternura despertou uma estranha inveja em Olivia. Seu pai e madrasta nunca demonstraram aquele tipo de afeto um pelo outro, nem seu pai e sua mãe, até onde se lembrava. Olivia sempre havia suposto que isso fosse típico das uniões aristocráticas. E o que ela via em outros casamentos da sociedade só confirmava essa suposição.

Naquele momento, no entanto, ela se perguntou se não estaria enganada. Talvez fosse possível ter outro tipo de casamento. Mesmo com um duque.

Mas não com Thorn, que parecia ter alergia à ideia de matrimônio.

– Ainda temos algumas horas pela frente – disse Greycourt. – Precisamos trocar os cavalos também. Então podemos comer alguma coisa aqui na hospedaria. – Ele sorriu para o irmão. – Mas não pense que escapou do nosso jogo. Podemos continuar quando voltarmos para a estrada.

– Ótimo. Mal posso esperar.

Olivia se animou consideravelmente. Seria divertido. Ah, como seria.

# CAPÍTULO CINCO

Quando voltaram para a carruagem, Thorn ainda tentou escapar do "jogo", mas logo ficou evidente que era inútil. Os outros estavam determinados a atormentá-lo, principalmente Olivia, que de fato devia ter lido todas as suas peças, pois se lembrou de uma quantidade surpreendente de aventuras.

O placar no momento era de dois pontos para Beatrice, quatro para Grey e três para Olivia, que estava se provando capaz de adivinhar seu histórico tão bem quanto sua família.

– Ah! – exclamou ela, contente. – Me lembrei de uma da terceira peça. Felix e um amigo vão a Ranelagh Gardens com suas amantes. Lá, Felix espalha um boato de que as duas estão na meia-idade, mas que parecem jovens graças a um elixir que tomaram. Quando os homens e as mulheres mais vaidosos do lugar imploram a Felix que lhes dê um pouco desse elixir, ele finge que reluta, mas acaba cedendo.

Olivia riu.

– Mas é licor de ameixa, uma forte bebida alemã, e logo estão todos bêbados. Felix garante a todos que parecem bem mais jovens. Como podem imaginar, isso cria todo tipo de situação engraçada, como a de um homem se apresentando a seu criado, tão certo estava de que não seria reconhecido.

Thorn se animou. *Essa* história ele conhecia bem. E o "amigo" de Felix na peça era baseado em Grey. Thorn olhou de soslaio para o irmão.

Grey já estava fechando a cara.

– Essa história parece muito complicada para ser algo que Thorn teria feito.

– Concordo. – Thorn coçou o queixo. – Embora pareça muito aquela vez que você e eu fomos com Juncker a Ranelagh Gardens, junto com nossas...

– Não parece, não – interrompeu Grey. – Nem um pouco.

Beatrice abriu um sorriso pretensioso para Thorn, que piscou para ela.

– Quando vocês três foram a Ranelagh Gardens?

– Bem, o lugar fechou há seis anos – começou Thorn –, então não foi muito depois de eu ter chegado à Inglaterra. Na época, Grey e eu agíamos como cafajestes irresponsáveis de vez em quando.

– *Muito* de vez em quando – comentou Grey, encarando Thorn.

– Então foi muito antes de ele me conhecer. – Beatrice estava claramente tentando não rir. – E como era a amante de Grey? Ele não me conta detalhes, mas sei que teve pelo menos uma.

Grey recostou a cabeça nas almofadas e ergueu o rosto como se olhasse para o céu, murmurando:

– Deus me ajude.

Com os olhos arregalados, Olivia fitou primeiro Grey, depois Thorn.

– Os senhores realmente tinham amantes? Os dois?

Foi a vez de Thorn se sentir pouco à vontade, embora não entendesse por quê.

– Sim – respondeu, de forma hostil. – Metade dos meus amigos tinha também. Eu era jovem e recém-chegado a Londres e…

… e estava tentando se autoafirmar depois que certa dama recusara inexplicavelmente seu pedido de casamento.

– E o quê? – insistiu Olivia, com a mesma curiosidade que demonstrava a respeito dos testes com arsênicos.

– Eu estava aproveitando a vida. – Ele odiou soar na defensiva. – Foi muito tempo atrás. E essa conversa não é nem um pouco apropriada.

Beatrice bufou.

– Você nunca se recusou a ter conversas inapropriadas, Thorn.

– Muito bem – disse ele, friamente. – Se vocês realmente querem saber tudo sobre nossas amantes…

– Podemos, *por favor*, conversar sobre outro assunto? – pediu Grey, com um grunhido.

– Sofrendo as consequências de seus atos, meu amor? – perguntou Beatrice, tranquilamente.

– Suponho que você ache isso divertido.

– Muito – respondeu ela, com um sorriso provocante.

Thorn riu.

– Isso é o que você consegue quando fica inventando jogos tolos para tentar manchar minha imagem.

E, sem querer, expor seu segredo.

Aparentemente, porém, ninguém tinha juntado as peças. Talvez porque Juncker estivesse presente na ocasião. Ou talvez por causa da ideia ridícula de que Thorn tinha inveja do amigo. Thorn nem contestou mais, pois era uma boa forma de proteger seu segredo.

– Certo, eu admito a derrota – declarou Grey, um rubor lhe subindo pelo pescoço. – Dou meus pontos para a Srta. Norley. O que a torna oficialmente a vencedora.

– Eu ganhei! – exclamou Olivia, aparentemente alheia às farpas trocadas entre os irmãos. – Qual é o meu prêmio?

– A senhorita *precisa* de um prêmio? – questionou Thorn.

Ela inclinou a cabeça, ponderando.

– Ora, não tem a menor graça vencer se não há um prêmio em jogo.

– Posso pensar em muitas formas de premiá-la, Srta. Norley – revelou Thorn, baixinho, na tentativa de fazê-la ruborizar uma segunda vez –, mas acho que seus pais não aprovariam.

– *Thorn* – repreendeu Grey.

Thorn engoliu uma resposta grosseira. Então entregou a Olivia o jornal que trouxera para ler.

– Isso serve como prêmio?

Ela abriu um sorriso resplandecente.

– Ah, claro, obrigada! Adoro esse jornal, sempre tem notícias sobre ciência.

Diante daquele sorriso, a vontade de Thorn era comprar mil jornais para ela. O que estava havendo com ele? Devia estar cansado. Ou doente. Ou louco.

Olivia abriu o jornal e o folheou rapidamente, procurando a seção que lhe interessava. Então, com um suspiro feliz, recostou-se e começou a ler.

Maldita fosse por ser ainda mais sedutora do que ele se lembrava. Ela parecia saber muito sobre química e nitidamente gostava de falar – e ler – sobre o assunto. Essas eram características de uma estudiosa, não da mulher ardilosa que ele imaginava. No entanto, como não conhecia nenhuma mulher estudiosa, não podia definir ao certo.

Na verdade, era difícil defini-la. A começar pelo vestido: o vestido que ela usara na noite anterior era do mesmo tom de verde, levemente azulado. Outras mulheres nunca usariam a mesma cor duas vezes seguidas, mas Olivia parecia não se importar.

Santo Deus, ele devia ter sido um grande estúpido nove anos antes, para não ter enxergado essas qualidades. Agora sabia apreciar uma mulher única como ela, não importando se dançava mal ou se esquecia de seguir certas normas sociais.

Ou o papel dela no esquema da madrasta. Na verdade, não tinha mais certeza se ela tomara parte naquilo. Ainda não sabia o que pensar, considerando o que vira e ouvira dela.

Na véspera, Olivia mergulhara com entusiasmo no beijo que trocaram, mas se escondera para que não o flagrassem. Não sabia o que pensar daquilo. Ela também disse que recusaria de novo se ele a pedisse em casamento mais uma vez. Será que tentara reverter sua imagem de uma mulher que fazia armações para fisgar um duque só para posar de grande cientista aos olhos de Grey? Ou realmente não estava interessada em casamento, apenas em beijar?

Não que sua motivação, ou a falta de uma, importasse. Thorn ainda não tinha intenção de reavivar o interesse que um dia tivera por ela.

No entanto, ainda não podia acreditar que ela gostava das suas peças. Não combinava com sua imagem de jovem dama cujo único objetivo era agarrar um marido. Nem com sua nova imagem de estudiosa.

De qualquer forma, precisava ficar de olho em Juncker. Quando ela mencionou lady Ganância e lady Trapaça, Thorn quase praguejou em voz alta. Ela jamais poderia descobrir em quem as personagens tinham sido inspiradas. Não compreenderia. Ficaria magoada.

Por que se importava com o risco de magoá-la era um mistério que ele não queria examinar com muita atenção.

Olivia baixou o jornal com um suspiro de prazer.

– Foi o melhor prêmio que o senhor poderia me dar. Achei que fosse sentir falta de ler *The Chronicle of the Arts and Sciences* enquanto estivesse fora. Obrigada.

– De nada. Eu tenho uma assinatura.

Precisava se manter atualizado sobre o mundo do teatro, afinal.

– Eu também sou assinante, Srta. Norley – disse Grey. – Fique à vontade para ler sempre que desejar. Minha mãe é leitora assídua, mando para ela sempre que termino.

– Ei, eu também faço isso – revelou Thorn. – Mamãe recebe dois exemplares toda semana? Por que ela nunca disse nada?

– Provavelmente não quis nos magoar.

– Ela também pode estar repassando para alguma amiga. Você sabe como mamãe é generosa.

Beatrice se ajeitou em seu lugar e comentou:

– Falando em Lydia e suas amigas, vocês sabiam que ela debutou no mesmo ano que Cora, tia de Grey?

– Eu não sabia – respondeu o próprio Grey. – Como é possível? Mamãe é nove anos mais jovem que tia Cora e se casou com 17, então, se elas debutaram juntas, tia Cora debutou aos 26. Mas suponho que não seja raro esperar tanto, não é, meu amor?

Como Olivia não entendeu o comentário final, Beatrice explicou:

– É que *eu* fui apresentada à corte com 26 anos, depois de casada.

– E Gwyn só foi apresentada com 30 – acrescentou Thorn. – Mas ela morava no exterior. E Beatrice tinha um guardião pouco atento. Tio Armie nunca cumpriu suas obrigações para com ela.

– No caso da minha tia, a família não era rica e eles tinham quatro filhas – contou Grey. – Ela era a mais nova e teve que esperar até que tivessem condições de pagar por uma temporada em Londres. Mas já ouvi falar que ela era muito bonita na juventude.

Thorn refletiu por um momento.

– Lady Norley me contou que também debutou com mamãe.

– *Quando* ela lhe disse isso? – perguntou Beatrice, com um sorriso maldoso. – Achei que você a tivesse conhecido ontem, na festa, e não o vi conversando com ela.

Os olhos de Grey brilharam.

– Nem eu – acrescentou.

Sentindo o olhar de Olivia sobre si, Thorn explicou:

– Mamãe não sabe disto, mas conheci lady Norley e a Srta. Norley anos atrás. – Então, para impedir que viessem outras perguntas, acrescentou logo: – E lady Hornsby e mamãe também debutaram juntas. Elas são amigas há anos. Não é uma coincidência que conheçamos as quatro?

– Claro que não – respondeu Beatrice. – A diferença de idade entre nós é de apenas 10 anos, então é normal que nossas mães tenham se conhecido e até sido amigas. Além disso, damas que debutam juntas têm um elo inquebrável, já que passaram muito tempo na companhia umas das outras. Elas conhecem os mesmos cavalheiros, vão aos mesmos eventos e, possivelmente, veem as mesmas coisas, se não estiveram em Londres antes.

– "Conhecem os mesmos cavalheiros"… – repetiu Thorn, e se virou para Grey. – Está pensando a mesma coisa que eu?

– Sinto muito, mas ainda não desenvolvi o talento de ler mentes.

– Se as quatro conheceram os mesmos cavalheiros, então podem ter competido por eles. Com a exceção óbvia de mamãe, uma das damas pode ter ficado furiosa por seu pai não tê-la escolhido como esposa.

– Furiosa a ponto de *envenenar* o homem? – questionou Beatrice.

Thorn refletiu. Lady Norley ficara furiosa o suficiente para usar de chantagem, então ao menos isso ela poderia ter feito contra ele também. Só não sabia o que ela poderia ter ganhado matando os outros duques.

Thorn então notou que Olivia tinha os olhos arregalados, atenta à conversa.

– Talvez seja mais apropriado discutirmos isso em família.

– Por quê? – perguntou Grey. – A Srta. Norley sabe que está indo a Carymont justamente para descobrir se meu pai foi envenenado. Ela obviamente sabe que desconfiamos de assassinato. Não temos por que medir palavras a esse respeito.

Olivia estava pálida.

– Espere. O senhor está dizendo que minha *madrasta* pode ter envenenado o falecido duque de Greycourt? Pelo simples motivo de ele não tê-la escolhido como esposa? Por esse critério, pode ter sido qualquer uma das mulheres que debutaram naquele ano. Isso deve incluir no mínimo umas vinte damas.

– Excelente observação – disse Grey. – Sendo que elas também precisariam ter sido convidadas para meu batizado em Carymont, porque foi quando meu pai adoeceu. E é por isso que tia Cora é uma candidata provável. Ouso dizer que ela se casou com meu tio na esperança de que algum dia ele herdasse o ducado. Livrar-se do meu pai a deixaria um passo mais perto de seu objetivo.

Aquilo pareceu tranquilizar Olivia. Seu rosto parecia menos tenso agora.

– Grey, você não falou que havia muitas pessoas no batizado em Carymont? – perguntou Thorn. – Que seu pai convidou muitos amigos dele e de mamãe para testemunharem o abençoado evento?

– Sim, mas duvido que lady Norley estivesse no grupo.

– Como pode saber? – Thorn evitou o olhar de Olivia, embora continuasse sentindo sua força. – Como Beatrice comentou, eram todas do mesmo grupo de debutantes.

– Com outras vinte ou mais mulheres – lembrou Beatrice.

– Nenhuma delas era amiga de mamãe ou parente do pai de Grey além dessas três – observou Thorn.

Olivia ergueu o queixo.

– O senhor não tem como saber disso. Poderia haver outras.

– Continuo achando que minha tia é a candidata mais provável. Ou mesmo lady Hornsby, que, como amiga íntima de mamãe, quase certamente compareceu ao batizado.

– Podemos pedir a mamãe que nos diga quem estava presente – sugeriu Thorn –, mas teríamos que inventar uma desculpa para fazer essa pergunta.

Grey assentiu.

– Não cabe levantar essa questão enquanto não temos certeza de que ele foi envenenado. Especulações não nos levarão a lugar nenhum agora. Vamos nos preocupar com os testes, e se os resultados mostrarem envenenamento, aí pensamos no próximo passo.

– Estamos quase chegando – comentou Beatrice, olhando pela janela. – Graças ao bom Deus. Juro que esta viagem parece mais longa cada vez que eu venho.

Grey sorriu para ela.

– Minha esposa passaria a vida em Carymont, Srta. Norley, se pudesse. Ela não foi feita para a cidade.

– No começo, foi divertido – admitiu Beatrice. – Gostei de ver a coleção de animais exóticos na Torre de Londres e escutar música em Vauxhall. Highbury também foi uma boa experiência, com os jogos de boliche no gramado. Mas, de forma geral, acho Londres muito suja, barulhenta e com poucos cachorros de raça.

– Ela também acha a temporada muito desgastante – contou Grey. – Tantas festas, tanta gente…

– Também acho. – Olivia encarou Thorn. – Existem muitas pessoas em quem não podemos confiar. Ou que sempre veem o pior nos outros. – Ela forçou um sorriso para Grey e Beatrice. – Mas aprecio o teatro e as palestras científicas. Ah, também é ótimo poder obter qualquer produto químico de que eu precise. Isso não acontece no campo, podem acreditar.

– Então foi uma boa ideia pedir os materiais com antecedência, para que chegassem a tempo – disse Grey. – Posso apostar que na cidade mais próxima, Sudbury, não teria nenhum deles.

– Falando nisso, Vossa Graça, assim que chegarmos, gostaria muito de começar a arrumar o laboratório imediatamente, se não se incomodar.

– Não tem necessidade de ser tão cerimoniosa e me chamar de "Vossa Graça". Meus amigos me chamam de Grey, me chame assim também.

– Então me chame de Olivia. Tenho poucos amigos, já que não costumo frequentar os círculos sociais, mas, como sua esposa sabe, eu ficaria honrada em considerá-los meus amigos.

– E eu? – perguntou Thorn.

Ela lhe lançou um olhar gélido.

– Eu o vejo mais como um adversário, Vossa Graça.

Thorn ficou irritado. Ela o estava punindo por ter incluído sua madrasta entre as suspeitas, mas o que ela esperava? Com certeza Olivia conhecia o lado maquiavélico de lady Norley.

– Voltando ao assunto do seu laboratório, Olivia – disse Grey –, se quiser arrumá-lo assim que chegar, por mim, tudo bem. Quando a exumação acabar, precisaremos mesmo que tudo seja feito depressa.

– Mas você não quer descansar um pouco ou beber alguma coisa? – sugeriu Beatrice, tocando o joelho de Olivia. – Já estou desidratada e pronta para uma xícara de chá e um cochilo.

– Sim, mas a senhora está grávida – comentou Olivia, afetuosamente –, eu não. Ainda tenho energia para trabalhar antes do jantar. Na verdade, estou ansiosa para começar.

Sem saber por quê, Thorn imaginou uma alegre cena doméstica centrada em Olivia, não Beatrice. Ela seria uma boa esposa e mãe. Com certeza, também ficaria aliviada por não precisar mais se preocupar com suas pesquisas científicas.

*Química já era meu principal interesse na época e continua sendo hoje.*

Mais uma vez, ele podia estar enganado.

Fez uma careta. Que lhe importava qual era a relação dela com aquele passatempo incomum ou se seria boa esposa e mãe? Não seria esposa *dele*. Quando decidisse sossegar, Thorn queria uma mulher em quem pudesse confiar, uma mulher sem segredos. Uma mulher que estivesse preparada para ser uma duquesa em todos os aspectos, que não colocaria nada acima disso.

Da mesma forma que ele colocava o ducado acima de todo o resto? Thorn grunhiu. Cumpria suas tarefas com seus inquilinos e tentava administrar bem suas terras, assim como o pai o ensinara antes de morrer inesperadamente. Até achara divertido assumir seu assento no Parlamento, embora, ao contrário dos outros na Câmara, não ansiasse por poder.

Mas não encontrava qualquer prazer na sociedade de Londres e suas constantes fofocas. Claro, no início gostara de ter mulheres o paparicando e homens o olhando com inveja toda vez que entrava em um salão de baile, mas logo descobrira como era solitário ter um título tão imponente. Quão mais solitário seria se sua futura esposa apreciasse o título, diferentemente dele? Olivia pelo menos tinha um propósito na vida. Ele não tinha nada além de escrever suas peças, cuidar das propriedades e contar os dias até a morte. Deus, ela o estava deixando piegas.

– Muito bem, Olivia – disse Grey –, pedirei que um lacaio a acompanhe até a antiga leiteria e a ajude a desempacotar e arrumar tudo.

– Se puder dispor de um lacaio, seria maravilhoso.

– Não há necessidade – intrometeu-se Thorn. – Posso tranquilamente levá-la e ajudá-la a desempacotar tudo. Preciso mesmo me movimentar um pouco, depois de tanto tempo sentado nesta carruagem. Além disso, estou curioso para ver esse laboratório pronto.

Se ela havia insistido em instalar o laboratório em um prédio diferente para impedir o acesso de pessoas desconfiadas, teria uma bela surpresa. Thorn estava decidido a vigiá-la de perto durante todos aqueles dias.

– Eu vou descansar enquanto vocês trabalham.

– Sinta-se à vontade para descansar quanto quiser, querida. Você tem uma boa razão para isso. – Ele olhou provocativamente para Thorn. – Ao contrário do meu irmão, que pretende meter o nariz onde não é chamado.

– Ah, sim, porque seus lacaios são especialistas em desempacotar produtos químicos e equipamento de laboratório, não?

Grey comprimiu os lábios, contrariado.

– Não precisa se incomodar, Vossa Graça – disse Olivia. – Certamente o senhor também gostaria de tomar chá e se acomodar em seu quarto.

A expressão de Olivia aumentou ainda mais as suspeitas dele.

– De forma alguma – respondeu Thorn. – Vou adorar lhe fazer companhia. Quanto ao chá, tenho certeza de que meu irmão ficará feliz em pedir que levem para nós.

– Farei isso assim que chegarmos – prometeu Beatrice, pretendendo continuar no papel de cupido. – E acredito que você poderá nos dizer se o laboratório de Olivia atende a todas as necessidades dela. Acho que ela pode ser educada demais para admitir a verdade, caso não esteja de acordo.

Não podia haver descrição menos acurada para a personalidade de Olivia. Mesmo que estivesse convencido de que ela não era tão inocente quanto fingia, era direta e franca demais para não informar a seus benfeitores o que realmente achava do laboratório que haviam providenciado. Mal podia esperar até ela começar a listar tudo que fosse inadequado. Talvez assim eles parassem de defendê-la.

Rá! Claro. Afinal, Grey e Beatrice detestavam pessoas diretas e francas.

Thorn suspirou. Provavelmente fariam dela membro honorário da família, isso sim. Bem, ele se recusava a permitir que ela o seduzisse de novo enquanto não descobrisse quais eram suas verdadeiras intenções. E de qual lado ela estava.

– Chegamos! – anunciou Beatrice com alegria.

Thorn olhou para fora. Estavam seguindo pelo longo caminho que levava até a majestosa casa. Era uma construção tão grandiosa e imponente quanto Rosethorn, a residência de sua família em Berkshire.

– Que linda casa, Vossa Graça! Quer dizer, Grey – elogiou Olivia, mal disfarçando o espanto. – Aquelas esculturas são de arenito?

– Você tem um bom olho. – Grey sorriu. – As paredes são de tijolinho vermelho, mas as cornijas e os elementos decorativos são de arenito. Assim que acabar de montar seu laboratório, vou lhe mostrar toda a propriedade.

– Seria maravilhoso, obrigada.

Ao descerem da carruagem, Olivia continuava observando tudo em volta com os olhos arregalados.

Thorn mal havia desembarcado quando Grey o puxou de lado.

– Preciso dar uma palavrinha com você. – Olivia já começava a explicar para um lacaio quais dos seus baús deveriam ser levados para dentro e quais iriam para o laboratório. Grey disse baixinho: – O que você pretende? Quase acusou a madrasta da moça de matar meu pai!

– E quem me garante que não matou? Pode ser por isso que a enteada aceitou sua proposta tão prontamente, porque sabe que a madrasta está envolvida no assassinato dele e quer esconder qualquer vestígio.

– Exceto que ela nem sequer sabia que a madrasta pode estar envolvida até nós insinuarmos isso.

Droga. Grey tinha razão.

– E não temos nenhuma evidência de que mamãe e lady Norley fossem amigas íntimas na época – acrescentou Grey.

– Isso não é verdade. Eu não poderia dizer isto na frente da Srta. Norley, mas sei que elas eram próximas. Foi a própria lady Norley quem me disse, quando pedi a Srta. Norley em casamento.

– Mesmo assim, isso não implica que lady Norley possa ter matado meu pai. Nem que estivesse interessada nele, para começar. – Ele cruzou os braços. – E nada disso explica sua insistência em ver o laboratório de Olivia.

– Por acaso não lhe ocorreu que, se deixá-la à vontade, Olivia pode... quer dizer, a Srta. Norley pode muito bem manipular os resultados dos testes para conseguir o que quiser?

Grey enfiou as mãos nos bolsos do sobretudo.

– Então me diga, por favor, o que você supõe que ela queira tirar disso? Acobertar a madrasta de um crime que nem sabemos se realmente aconteceu?

– Não seja idiota. A Srta. Norley quer publicar os resultados que encontrar. Para fazer seu nome como química. Você não sabia que era esse o objetivo dela, sabia?

– Não, mas faz sentido. Esse é o objetivo de qualquer cientista. Ser reconhecido. Descobrir novas ideias, novos experimentos. Não tenho nenhum problema com isso.

– Pois eu tenho – retrucou Thorn. – Isso torna os métodos dela suspeitos. Como podemos ter certeza de que ela não vai manipular os resultados de forma a conseguir credenciais?

– Pensando dessa forma, podemos suspeitar dos métodos de qualquer químico, considerando que todos querem publicar seus resultados. – Grey o encarou. – Em algum momento, Thorn, apenas temos que acreditar que a pessoa vai fazer o que prometeu.

Aquilo o surpreendeu.

– Eu não preciso confiar em ninguém. Nem pretendo. Ninguém além da minha família, claro.

Grey balançou a cabeça, incrédulo.

– Então é por *isso* que você quer ajudá-la no laboratório. Para se certificar de que ela não vai fazer nada suspeito.

– Exatamente. Posso sondar bastante sobre os conhecimentos químicos dela observando como prepara os materiais e equipamentos.

Grey soltou uma gargalhada.

– Da mesma forma que você sondou os métodos dela depois que ela começou a recitar fórmulas que você entendia tão pouco quanto eu?

– Essa é a questão. Ela sabe que não entendemos nada de química, então pode nos enganar e ainda assim ficaríamos impressionados. Mas é difícil esconder que sabe pouco quando a pessoa se vê em um laboratório cheio de produtos químicos.

– Verdade. Tenho certeza de que você vai provar toda a sua ignorância no momento em que colocar o pé lá dentro.

– Eu estava falando *dela*.

Thorn se lembrava bem da expressão de receio de Olivia ao ouvir que ele a ajudaria.

– Eu entendi. – Grey fez uma pausa, observando-o e balançando a cabeça. – Você é um caso perdido. Se eu fosse a Srta. Norley, acharia desgastante toda essa sua desconfiança, ainda mais porque ela vem de um golpe no seu ego, sofrido anos atrás. Veja bem, não vou insistir em mandar um lacaio com vocês se me prometer que esta é a última vez que vai testá-la.

– Certo. Prometo.

Com sorte, ele finalmente descobriria se ela sabia o que estava fazendo, se tinha objetivos espúrios e se era mesmo o tipo de pessoa que Thorn pensava.

E se fosse? O que ele faria?

Isso ele decidiria quando chegasse a hora.

# CAPÍTULO SEIS

Olivia desejava ter esperado até que Thorn não estivesse por perto para perguntar a Greycourt se já poderia começar os trabalhos. Gostaria de ter dito a Thorn que não o queria ali.

Desejava nunca tê-lo conhecido. Ele realmente acreditava que a madrasta dela poderia ter assassinado o pai de Grey! Que diabo! Como ele ousava fazer essa acusação? O maldito sempre pensava o pior dela e de sua família.

Ainda por cima, queria se intrometer no laboratório dela! Ah, mas ele *não* ia arruinar essa oportunidade que ela estava tendo. Ela não permitiria.

– Você está muito quieta – comentou Thorn enquanto eles seguiam pelo caminho de cascalho que serpenteava pelos jardins.

– Isso é um problema, Vossa Graça?

Ele praguejou baixinho.

– Você não me chamou de "Vossa Graça" ontem à noite quando nos beijamos.

– E você não estava acusando minha madrasta de assassinato.

– Eu não… Ora, eu estava dizendo que ela fazia parte do grupo de damas que debutaram no mesmo ano. Só cheguei à conclusão óbvia de que uma delas pode ter…

– Assassinado o pai do seu meio-irmão. Sim, entendi todas as suas conclusões. Só não sei quão óbvias são, mas o senhor é livre para chegar às conclusões que quiser. Só me deixe fora disso.

Caminharam por um tempo em um silêncio abençoado, mas ele, claro, tinha que insistir no assunto.

– Que outra explicação você daria para alguém ter envenenado o pai de Grey?

– Primeiro de tudo, como cientista, prefiro não fazer nenhuma especulação. Eu reúno fatos para então colocar minha hipótese à prova. Ainda não tenho fatos relativos ao possível envenenamento do pai de Grey e, até que isso aconteça, só posso afirmar que a causa da morte é indeterminada.

– Eu não quis dizer que foi necessariamente sua madrasta quem o envenenou, e sim que existem três mulheres que tinham os meios e talvez a motivação para assassiná-lo.

– *Quatro* – corrigiu Olivia.

– Como?

– Sua mãe também tinha os meios e "talvez" a motivação.

Ele assumiu um ar sombrio.

– Posso garantir que minha mãe não teve nada a ver com esse envenenamento.

Ela parou para encará-lo.

– Com base em que evidências diz isso?

– Para começar, ela estava cuidando do filho pequeno.

– Embora os homens pensem o contrário – afirmou Olivia –, uma mulher é capaz de cuidar de um filho e fazer outras coisas ao mesmo tempo.

Olivia não acreditava que a mãe dele ou qualquer uma das outras damas tivesse matado o pai de Grey, estava apenas tentando mostrar a ele que, no momento, Thorn tinha tantas evidências contra a madrasta dela quanto ela contra *a mãe dele*.

– Não foi minha mãe! – gritou ele, e Olivia ergueu a sobrancelha em desafio. – Temos mais suspeitas do que você imagina. Mais do que podemos revelar enquanto nos faltam mais informações.

– É exatamente o que *eu* estou dizendo. Enquanto não temos provas do assassinato em si, não devemos especular sobre quem é o assassino.

– Tudo bem. Por ora, vou ignorar minha tendência a especular. Satisfeita?

– Muito.

Olivia retomou a caminhada a passos rápidos. Ele e suas suspeitas secretas. O duque não era melhor que o pai dela, que saía à noite para fazer o que bem entendesse.

Thorn a alcançou. Caminharam em silêncio por um bom tempo, até que ele disse, sem inflexão alguma na voz:

– A antiga leiteria fica logo depois da curva, no alto de uma colina.

Olivia continuou andando, mas, se ele tinha oferecido uma trégua, deveria aceitar, pelo menos por enquanto.

– Acredito que conheça bem a propriedade do seu irmão.

– Bem o suficiente. Grey e eu sempre vínhamos para cá para fugir da cidade. Carymont é a propriedade mais próxima de Londres. Às vezes até convidávamos outros rapazes solteiros e dávamos uma festa.

– Sem mulheres?

– Bem...

– Foi o que imaginei. – Ela se segurou para não atormentá-lo. – Parece que você e Grey são muito próximos.

– Sim. Embora menos agora, depois que ele se casou. – Ele fitou um ponto indefinido à frente. – Não sei bem como acontece, mas, quando um homem se casa, parece substituir os amigos pela esposa. E por outros casais.

– Deve ser por isso que meu tio nunca se casou. Ele prefere a companhia dos amigos de Oxford.

Ela sentia o olhar de Thorn sobre si.

– E a sua – acrescentou ele.

– Sim. Mas não ao mesmo tempo. Uma sobrinha é diferente de uma esposa. Por mais que eu arrume a casa dele na cidade ou que ele aprecie meu trabalho como cientista, quando seus amigos estão lá, ele não me quer por perto.

Thorn a surpreendeu rindo.

– Provavelmente porque não quer que fiquem olhando para você com luxúria.

– O quê? Tenho certeza de que eles nem sabem o que é luxúria.

Ele bufou.

– São homens, não são? Eles sabem, pode acreditar. É provável que seu tio só esteja tentando protegê-la. Principalmente se as visitas dos amigos forem regadas a cerveja, vinho e outras bebidas, o que costuma acontecer nesses encontros.

– Com os *seus* amigos, talvez. Não com os dele.

Mas a observação a fez refletir. Ela sempre achara que, embora o tio se orgulhasse dela em certos círculos, talvez ainda tivesse vergonha de apresentá-la aos amigos arrogantes de Oxford, por ser uma mulher. A possibilidade apresentada por Thorn aliviou seu orgulho ferido.

Chegaram à leiteria. Não era nada do que imaginara. Esperava uma construção minúscula, como a única leiteria que já vira. Por isso perguntara ao duque sobre as prateleiras e mesas.

Mas a bela construção de tijolinhos tinha todo o espaço com que ela poderia sonhar. E, quando entrou, ficou satisfeita em ver que não apenas havia muitas prateleiras, como muito espaço para as mesas.

Segundo Grey, seu pai havia construído outra leiteria, mais moderna, por isso aquela não era mais usada. Mas ainda tinha janelas suficientes para que entrasse a luz do dia e uma lareira para espantar o frio. Talvez ela viesse a usar a lareira, mas precisaria ter cuidado. Poderia haver resíduos de carvão e cinzas de madeira grudados na chaminé. Não podia correr o risco de causar uma reação química perigosa por negligência.

Enquanto isso, colocaria sua estação de trabalho perto da lareira, pois, se algum produto *pegasse* fogo, poderia jogá-lo lá, assim a fumaça seria lançada para o exterior e se dissiparia.

Thorn podia não perceber, mas o fato de desafiar frequentemente a capacidade dela de realizar os testes começava a deixá-la insegura. E se *não* conseguisse? E se não descobrisse nada?

Não podia pensar nisso agora. Grey contava com ela. Precisava ignorar o efeito que Thorn tinha sobre ela e começar seu trabalho.

– Vire a caixa para que eu possa ver o que está escrito – ordenou a desagradável capataz de Thorn.

– Talvez você devesse ter escrito em todos os lados – reclamou ele, virando a caixa pesada. Santo Deus, equipamento de laboratório pesava tanto assim?

– E talvez você devesse ter deixado que um lacaio fizesse isso, como eu sugeri. Aquele que trouxe nosso chá, por exemplo.

Ela tinha razão. Que raiva.

– Veja pelo lado positivo: quantas vezes você já deu ordens a um duque? Além disso, eu não perderia a chance de ver uma cientista em ação.

– Eu poderia considerar "cientista" um elogio se você não estivesse sendo sarcástico. Coloque a caixa ali.

É claro que ela apontou para a mesa mais distante. Aquele esforço físico era como uma ou duas aulas de luta no Gentleman Jackson's. Olivia tinha levado meia hora decidindo como organizar cada parte de seu laboratório, em um processo que o obrigara a mudar as caixas de lugar mais de uma vez. Depois, levou mais meia hora para decidir quais caixas ficariam nas mesas e quais seriam colocadas embaixo das prateleiras para serem desempacotadas posteriormente.

Thorn pegou um lenço para enxugar a testa. Tinha tirado o chapéu havia muito tempo, e Olivia também tirara a touca. Ele tentou não notar como ela ficava linda com a cabeça descoberta, tentou não imaginar o volume de cabelo que havia naquele coque grande e ignorar o desejo torturante de ver os cachos dela descendo até a cintura.

Ele olhou em volta. Pronto, todas as caixas estavam em seus lugares.

– Essa foi a última. – Graças a Deus. – E agora?

Enfiando um cacho dourado atrás da orelha, ela abriu um sorriso.

– A melhor parte. Desempacotar.

– *Essa* é a melhor parte?

– Para mim, é. A maioria dos itens ficará na mesma mesa em que colocamos cada caixa, mas alguns precisarão ser movidos.

– E serei eu a pessoa a fazer isso, imagino.

– Depende. Sou perfeitamente capaz de levar um jarro, por exemplo, para outra mesa ou prateleira. Mas podemos fazer uma pausa para tomar mais chá, se quiser descansar.

Diante do sorriso atrevido dela, Thorn cerrou os dentes. A mulher sabia como ferir seu orgulho.

– Estou bem. Além do mais, o chá já deve ter esfriado e comemos todos os bolinhos de limão.

Olivia pareceu surpresa. Olhou para onde o lacaio armara uma mesinha com duas cadeiras e uma bandeja.

– Nossa, comemos tudo mesmo. Me desculpe, eu me distraio quando estou trabalhando em um projeto e não percebo que está ficando tarde.

– Eu percebi. – Ele pegou o relógio do bolso. – Grey e Beatrice costumam seguir o horário do campo, mas não no dia em que chegam de viagem, então ainda temos tempo até a hora do jantar.

Thorn desempacotou tudo e Olivia examinou cada item para decidir onde deveria ficar. O olhar dela era de felicidade pura ao ir da mesa para a prateleira, arrumando e organizando e montando equipamentos que foram desmontados para serem transportados até ali.

Havia nomes de ingredientes de que ele nunca tinha ouvido falar: água-régia, nitrato de potássio, ácido muriático, vitríolo verde, carbonato de potássio, éter e uma dúzia de outros compostos misteriosos.

– O quê? Não tem olho de salamandra? – brincou ele.

– Está bem ali – respondeu Olivia, apontando para um pote de vidro.

– O rótulo diz "semente de mostarda".

– Eu sei. Não deveria ter trazido semente de mostarda, não vou precisar. – Como ele a olhou sem entender nada, ela acrescentou: – Ah, foi por *isso* que anos atrás você brincou comigo dizendo que ia me pagar com "olhos de salamandra"! Realmente achei que fossem os olhos do animal.

– Está brincando?

– De jeito nenhum.

– E os outros ingredientes que as bruxas usam em *Macbeth*? – perguntou ele. – Dedo de sapo, pelo de morcego e língua de cão?

– "Dedo de sapo" é ranúnculo. "Pelo de morcego" é folha de azevinho. "Língua-de-cão" é Cynoglossum. Os ingredientes das bruxas são uma variedade de ingredientes naturais que podem ser encontrados em qualquer bom jardim de ervas. Essas plantas são chamadas por esses nomes esquisitos em inglês, o idioma em que a peça foi escrita.

– Ah. Que decepcionante.

– Por quê?

Ele não esperava aquela pergunta.

– São bruxas. Elas deveriam ser... bem... perversas e assustadoras.

– Acho que a maldade delas está na forma como usam as profecias para induzir Macbeth a matar as pessoas que se colocam no caminho dele. Mas, sim, Shakespeare aproveitou os nomes populares de diversas ervas e escolheu os que soavam mais macabros. – Olivia apontou para outro pote de vidro. – Os produtos químicos também têm todo tipo de nome. O nitrato de potássio, por exemplo, às vezes é chamado de salitre. Os nomes se desenvolvem conforme aprendemos mais sobre os ingredientes.

– Você acabou de arruinar *Macbeth* para mim. As bruxas agora poderiam muito bem ser meu chef francês preparando uma salada.

– Para falar a verdade, nunca gostei de *Macbeth*. Muitas mortes. Prefiro comédias.

– Sim, você comentou.

Thorn achava cativante que ela gostasse tanto de comédia. O fato de ela gostar das peças dele também era gratificante, mas surpreendente para uma mulher com uma ambição única como ela. Então lhe ocorreu algo.

– Por que química?

– O quê? – perguntou Olivia, distraída.

– Você poderia ser naturalista ou astrônoma. Algumas mulheres já descobriram cometas e afins, então astronomia não seria uma área tão difícil de explorar. Por que química?

– Bem, em primeiro lugar, cresci vendo meu tio fazer experiências fascinantes e descobrindo elementos que ninguém jamais tinha conseguido isolar, como o cloro. E também porque gosto do propósito da química: descobrir os componentes do nosso mundo. Isso nos permite manipulá-los para o bem da humanidade. É algo que a astronomia não pode fazer.

Thorn apontou para um pote grande que se destacava em meio a outros sobre uma mesa.

– O arsênico não faz bem algum para a humanidade. E eu posso não saber muito sobre o assunto, mas sei que salitre é um dos principais componentes da pólvora.

– Salitre também é usado para salgar carne e o arsênico é útil na produção de vidro. Os elementos químicos são como tijolos: podem ser usados para erguer construções ou para causar danos. Então não culpe os elementos. Culpe as pessoas que os manipulam.

Ele a observou riscar itens de uma lista que trouxera em seu baú pessoal. Olivia então voltou a esse mesmo baú e pegou alguns cadernos.

– Esses são os estudos que você mencionou? – perguntou Thorn.

– Resumos deles, sim. Vou precisar para meu trabalho.

Depois de colocá-los sobre uma mesa em que havia dois potes, Olivia foi abrir a caixa deixada no canto mais afastado, que parecia conter partes de alguma engenhoca quase toda de vidro.

Pelo visto, vidro era um material predominante nos equipamentos de química. Seus músculos doloridos atestavam isso.

– Suponho que você vá montar o que está aí nessa caixa – comentou Thorn.

– Por que diz isso? Acha que não consigo?

A expressão hostil dela mostrou que estava na hora de Thorn dar o braço a torcer.

– Eu sei que consegue. Quaisquer dúvidas que eu ainda tivesse quanto a sua capacidade desapareceram quando você montou aquele outro equipamento complicado. – Ele esboçou um sorriso. – E sem um manual de instruções, devo observar. *Eu* precisaria de um manual. No mínimo.

Ele esperava uma risada ou alguma alfinetada como resposta, mas Olivia apenas continuou ali parada, de costas para ele, olhando dentro da caixa.

– Não me interprete mal, Thorn. Agradeço muito sua ajuda esta tarde, mas não há mais nada que você possa fazer aqui. Talvez seja melhor você ir se preparar para o jantar.

Ele se aproximou.

– Por quê? Minha presença a incomoda?

– Claro que não. – O fato de ela se concentrar em arrumar os cadernos já organizados indicava o contrário. – Só não quero impedi-lo de aproveitar o tempo com sua família.

Aproximando-se ainda mais, ele murmurou às suas costas:

– Já passo bastante tempo com minha família. Mas você e eu, em todos esses anos desde que nos conhecemos, não nos reencontramos nem uma única vez. E eu gosto de encontrar você. De conversar com você. – Thorn colocou a mão na cintura dela, dando-lhe tempo suficiente para se afastar. – De tocar você.

Ela respirou fundo, mas permaneceu onde estava. Aceitando aquilo como um convite, Thorn passou o outro braço pela cintura dela e a puxou para mais perto, de forma que pudesse dar um beijo em sua têmpora. Quando percebeu que os batimentos dela aceleraram sob seus lábios, sentiu-se encorajado a descer para a orelha. Depois, para a nuca.

– Seu cheiro é sempre tão bom... Como consegue?

– Com perfume – murmurou Olivia. – De que outro jeito seria?

Ele segurou uma risada. A maioria das mulheres era ensinada a fingir que não usava nada, como se o cheiro fosse totalmente natural.

– E imagino que você faça seu próprio perfume.

– C-Claro. – Quando ele lambeu sua orelha, Olivia precisou parar por um momento para prosseguir, a voz ofegante: – Perfumistas são m-meros químicos com... ingredientes diferentes... à disposição.

– Como chefs franceses preparando saladas.

– Se... se v-você diz...

Ele queria tocá-la de forma mais íntima, mesmo que uma voz gritasse em sua mente que não era uma ideia sensata. Que delícia era tê-la nos... No entanto, Grey nunca o perdoaria se ela se sentisse ofendida e deixasse a propriedade em um acesso de raiva.

Mas Thorn duvidava que ela fizesse isso. Ir embora em um acesso de raiva não parecia típico de seu comportamento.

Então ele subiu a mão da cintura até a lateral do seio. E como a única reação dela foi suspirar, ele deu o ousado passo de cobrir todo o seio com a mão.

– Santo Deus... – sussurrou ela.

Ele a acariciou com suavidade e sem pudor.

– Você gosta disso, não gosta?

– Ah, *sim*. Quer dizer... eu...

– Nunca negue que gosta de sentir prazer. Só se não sentir.

O vestido transpassado que ela estava usando era mais fino do que a maioria daquele estilo, mas não conseguia sentir o mamilo por baixo da peça e do espartilho. E como queria senti-lo. Então começou a desabotoar a frente do vestido.

O corpo dela enrijeceu.

– O q-que está fazendo?

– Quero acariciá-la por baixo do vestido. – E acrescentou baixinho: – Se você quiser também.

Após um momento de hesitação, ela sussurrou:

– Eu quero.

Thorn sentiu o sangue aquecer, e mais ainda quando ele mergulhou a mão por dentro do vestido e por baixo da taça do espartilho. Ouviu seu arfar quando começou a acariciá-la por cima do fino tecido da combinação. Apertou o seio e passou o polegar pelo mamilo, deliciando-se ao senti-lo se contrair. E o rápido suspiro trêmulo que ela emitiu foi quase tão erótico quanto ter aquele farto seio na mão.

Céus, estava ficando rijo... Torceu para que ela não sentisse a pressão de seu membro enrijecido. Bem, não tinha muito como esconder.

O corpo dela era tão sensível ao seu toque que o fez desejá-la ainda mais. Queria uma chance de saboreá-la.

Então, em um ardor para cruzar mais esse limite, ele a virou para si e a ergueu, colocando-a sentada na mesa bem em cima dos cadernos.

– Thorn! Cuidado!

– Claro, querida. – Ele abriu a parte superior do vestido. – Eu nunca a machucaria.

– Não... Não é isso!

A respiração dela acelerou quando Thorn abaixou uma taça do espartilho. Em seguida, ele desamarrou a combinação e a puxou para baixo, expondo-a em toda a sua glória aos olhos e dedos dele.

E boca.

Ah, Deus, sim! Quando ele se inclinou, pensou que tinha morrido e estava no paraíso. O colo dela cheirava a jasmim também. Thorn teve medo de gozar na calça, que, aliás, estava ficando dolorosamente apertada na altura do quadril.

Ele a virou um pouco, ajeitando-a, e ela se segurou em seus ombros.

– Quando falei para tomar cuidado, eu... eu quis dizer...

Aparentemente, as palavras lhe escaparam quando ele começou a passar a língua pelo seu mamilo nu e a beliscar de leve o outro, por baixo do tecido. Naquele momento, estava a um passo de erguer as saias dela e explorar seu igualmente adorável sexo.

Que Deus o protegesse, pois a desejava com todas as suas forças. Era loucura, ele sabia, mas não conseguia tirar da cabeça a ideia de levá-la para a cama.

Não, não era sua cabeça pensando, era seu membro. E, maldição, sua vontade era se deixar levar por tais ideias.

# CAPÍTULO SETE

Um milhão de coisas passavam pela cabeça de Olivia, mas só um pensamento insistia em passar à frente dos outros.

*Mais. Agora. Sim. Delícia.*

Se seu cérebro parasse de repetir essas palavras, ela poderia se lembrar do que estava falando. Mas era impossível no momento. Porque ele estava sugando, beliscando e lambendo os seios dela de tal forma que Olivia se sentia prestes a desmaiar.

Ela nunca desmaiava.

E durante todo o tempo em que devorava seu seio, ele acariciava o outro por cima da roupa. Aquilo a estava deixando louca.

Aquilo deveria *mesmo* ser tão maravilhoso? Ou ele era muito bom em seduzir? Porque se era isso que ele vinha aprendendo aquele tempo todo, era uma pena ela ter parado de frequentar os eventos sociais para evitá-lo. Poderia tê-lo encontrado e experimentado antes.

– Você tem um sabor delicioso – sussurrou ele, enquanto se deliciava com os seios. – Eu poderia acariciá-la e saboreá-la por horas.

– Isso não seria… prudente.

– *Isso* que estamos fazendo já não é prudente. – Lentamente, ele contornou a auréola com a língua. – Mas não me impediu.

Nem a ela. Sua madrasta uma vez lhe avisara que era responsabilidade da mulher controlar os anseios do homem. Se aquilo era verdade, Olivia não era nem um pouco responsável.

Mas ela também tinha anseios, e ele estava estimulando todos… Como o anseio por sentir o cheiro dele, que ela satisfazia ao beijar seus cabelos e sentir o aroma de sândalo. Ou seu anseio de tocá-lo, que ela saciava ao deslizar as mãos por dentro do casaco para sentir os músculos magníficos por baixo do colete.

– Isso, assim – gemeu ele. – Aqui. – Ele puxou a mão dela até o meio da calça.

Olivia sentiu uma estranha protuberância.

– É uma braguilha? – perguntou.

Thorn segurou uma gargalhada.

– Algo assim.

– Achei que não se usasse mais.

– Apenas esfregue. Para cima e para baixo.

No momento em que fez isso, ela percebeu que era carne masculina, carne grossa. E reativa. Parecia crescer conforme ela acariciava.

– Esfregar causa uma sensação boa? – perguntou ela.

– Ah, sim. – Ele fechou os olhos e suspirou pesadamente. – Como um sonho. Como o paraíso. Eu poderia fazer o mesmo em você, se quisesse.

– Mas eu não tenho o mesmo que você entre as pernas.

– Ainda bem. Mas isso não significa que não tenha o que esfregar. – Ele começou a levantar a saia dela. – Aqui. Vou lhe mostrar.

Thorn a movimentou em cima da mesa de novo ou talvez Olivia tenha escorregado nos cadernos. O fato é que logo depois alguma coisa caiu da ponta da mesa e quebrou. O olhar de puro prazer de Olivia desapareceu. Ela sabia o que tinha dentro do vidro, e não demoraria para...

Ela o empurrou com força.

– Me deixe descer, preciso cuidar disso. Agora!

– Podemos limpar os cacos de vidro depois, docinho.

Contorcendo-se para se soltar, ela desceu da mesa.

– Você não entende! Naquele pote havia fósforo branco, que deve ser armazenado sempre em água. Quando seca, o fósforo se incendeia espontaneamente ao entrar em contato com o ar.

Thorn ainda tentou segurá-la.

– Deixe que incendeie. O piso é de pedra.

– Não posso, desculpe. – Contorcendo-se para se livrar dele, Olivia correu para reunir um balde de areia, um regador, um pote com bicarbonato de sódio e uma vassoura resistente. – A fumaça do fósforo é tóxica.

Já podia ouvir o sibilar do produto entrando em combustão. Cobriu as faíscas com areia e depois jogou água. Quando uma fina fumaça branca começou a subir, prendeu a respiração e, com cuidado, varreu tudo para a lareira.

– Isso vai resolver a questão da fumaça, que sairá pela chaminé – explicou Olivia. – Felizmente, o fósforo não reage ao carbono e havia bem pouquinho, então é provável que já tenha incendiado tudo, mas, por via das dúvidas, é melhor sairmos um pouco.

– Você já resolveu tudo. Será que não podemos...

– Não – respondeu ela, com firmeza. – Acredite, você não vai gostar do que acontece quando aquela fumaça é inspirada.

– Tudo bem. – Ele pareceu se fechar. – Já deve estar mesmo quase na hora do jantar. E em breve vai anoitecer.

Ele tinha razão. Por mais que Olivia quisesse ficar mais um pouco e trabalhar, não podia voltar para casa sozinha no escuro. Pelo menos não até que conhecesse o terreno.

Ela parou do outro lado do laboratório para endireitar a roupa.

– De agora em diante, você não pode ficar comigo no laboratório, Thorn. – Senão, ela não conseguiria fazer nada. – É muito perigoso.

– Foi apenas um acidente. Vou tomar mais cuidado.

– Não. Eu não posso ficar aqui com você.

– Por quê? Tem medo que eu veja algo que não deva?

– Pelo amor de Deus, vai me forçar a dizer, não é? Certo: você me distrai. Gosta de flertar com mulheres e eu por acaso estou por perto, à disposição. – Olivia terminou de abotoar o vestido antes de se forçar a encará-lo. – Mas esses experimentos são muito importantes para mim. E me recuso a estragar tudo só porque você... está sendo você.

– Não gostou do que fizemos?

Ele agora a olhava com frieza, e Olivia soube que suas palavras o magoaram. Mas não havia outra forma de dizer aquilo.

– É claro que gostei. – Mais do que ela teria imaginado. – Não é essa a questão.

– É a única questão – retrucou o maldito. – A não ser que você esteja atrás daquele sonho impossível de amor e felicidade matrimonial.

Lembrando-se do que vira entre Grey e Beatrice naquele mesmo dia, ela falou:

– E se eu estiver? Seu irmão e sua cunhada parecem apaixonados e felizes.

– Eles tiveram sorte. – Thorn parecia amargo ao dizer isso. – As chances são mínimas. Na maior parte das vezes, o amor é uma ilusão.

– Mais uma razão para não ceder a... a comportamentos que não levam a lugar nenhum.

– Essas coisas não *precisam* levar a lugar nenhum. Só precisam... ser prazerosas. Contanto que sejamos discretos quando nos encontrarmos...

– O problema não é a indiscrição! – Bufando, ela se esforçou para manter a calma. – Pelo que sei, você raramente se preocupa em ser discreto, ou não teria a reputação que tem. Mas não sou uma de suas amantes nem uma meretriz, apesar do que possa achar. Se eu deixar que fique no meu laboratório, impedindo-me de fazer meu trabalho, serei a tola que você tentou fazer seu irmão acreditar que eu era.

Ele passou os dedos pelo cabelo.

– Eu não estava... eu não...

– Nunca vou conseguir uma oportunidade tão boa quanto essa para testar meu método em restos mortais humanos. Grey está me dando a chance de fazer história. Não posso retribuir desperdiçando essa chance em troca de alguns momentos com você.

*Por mais deliciosos que sejam.*

Ela afastou esse pensamento perigoso. Ele era o brilho cintilante do fósforo, e ela era o ar mundano de todos os dias. Juntos, criavam fumaça tóxica. E ela não podia permitir isso.

Thorn a encarava com um interesse renovado.

– Foi por isso que você recusou meu pedido anos atrás? Porque...

– A duquesa mandou chamá-los – disse alguém à porta. – O jantar será servido em breve. Ela achou que poderiam querer se trocar.

Pega de surpresa, Olivia sentiu o calor subindo pelas bochechas.

– Está pronta para voltar, Srta. Norley? – perguntou o lacaio, erguendo o lampião.

– Sim.

– Nós dois estamos – acrescentou Thorn, a voz gélida como a de um duque deve ser.

Por causa da franqueza dela? Ou apenas porque ele percebera que tinha ido longe demais e agora desejava se redimir? De qualquer forma, estava grata por não precisar mais ficar sozinha com ele.

– Só me dê um minuto – pediu ela, e correu até a lareira.

Ela sabia que era provável que não houvesse mais fósforo embaixo da areia, mas fingiu procurar enquanto buscava nas próprias roupas algum sinal de suas... ousadias. Ficaria mortificada se chegasse ao salão parecendo ter saído da cama de um homem. Aliás, se o lacaio tivesse chegado quando ela e Thorn estavam...

Céus, não queria nem pensar nisso. Ninguém nunca a levaria a sério como química se ela se envolvesse em algo tão tolo. Certamente nenhum homem jamais a tomaria como esposa.

Espere um momento. Quando é que havia se importado com casamento? Era isso que acontecia por deixar que um homem a distraísse: começava a desejar coisas que nunca tinha desejado. Maldito fosse ele por isso!

Erguendo suas barreiras de defesa, Olivia voltou para onde os dois homens a esperavam.

– Está tudo bem? – perguntou Thorn, parecendo um pouco menos frio.

– Tudo bem. Podemos ir.

Eles saíram, então, parando apenas para trancar a pesada porta. Esse era, aliás, mais um aspecto positivo na escolha do duque pelo local do laboratório. As leiterias costumavam ser trancadas para evitar que ladrões ou animais roubassem ou comessem os queijos armazenados ali.

Conforme avançavam pelo caminho, a luz do dia foi diminuindo, o que tornou o lampião do lacaio bem-vindo. Felizmente, a presença dele também impediu que eles tivessem mais uma conversa a sós.

Caminharam em silêncio por um longo trecho, até que Thorn falou:

– Amanhã é a exumação. A senhorita pretende estar presente?

– Ah, não. Seu irmão sabe do que preciso e o médico-legista local estará lá para ajudá-lo a... reunir tudo.

– Não deseja se certificar de que vai ser feito corretamente?

– Meu campo é a química. Não sei nada de exumação e não tenho a menor vontade de aprender. Posso concluir todos os meus experimentos no conforto do meu laboratório.

– Acho que eu vou – disse Thorn. – Nunca presenciei o processo. E talvez depois disso eu possa... – Ele se conteve por causa da presença do lacaio. – Não importa. Basta dizer que tenho um interesse pessoal no que vai acontecer.

– Então é melhor que esteja presente, Vossa Graça.

Thorn baixou a voz para um sussurro:

– Então voltamos para "Vossa Graça"?

– Acho melhor – murmurou Olivia.

– Assim como acha melhor que eu não vá ao laboratório?

– Exatamente.

– Melhor para quem?

Ela não respondeu. A verdade era que não fazia ideia e provavelmente não viria a saber tão cedo.

⁓

Thorn tivera esperança de ficar sozinho com Olivia depois do jantar, mas assim que ela e Beatrice foram para a sala de estar, onde esperariam os homens, aparentemente passaram um tempinho conversando e depois subiram para o quarto. Pelo menos foi o que o lacaio informou.

Assim, ele e Grey ficaram sozinhos para beber, fumar e conversar sobre amenidades. Até que...

– Você gosta dela, não gosta? – perguntou Grey, voltando a encher a taça de conhaque.

– Claro – respondeu Thorn. – Sua esposa é encantadora, o que me lembro de lhe dizer no ano passado, antes mesmo de você se casar.

Grey ergueu as sobrancelhas.

– Eu não estava falando da minha esposa, e você sabe disso.

Com um olhar duro, Thorn colocou a taça vazia na frente do irmão.

– Prefiro não falar sobre a Srta. Norley. Só levará a uma discussão.

– Na verdade, estou começando a entender seu ponto de vista em relação a ela. – Grey serviu outra dose de conhaque para Thorn. – Não sei se ela é capaz de realizar esse trabalho. O lacaio que foi chamar vocês relatou ter visto vidro quebrado e sentido cheiro de queimado. E ela ainda nem começou os experimentos.

Maldito lacaio intrometido.

– Aquilo... não foi culpa dela. Enquanto eu a estava ajudando a arrumar as coisas, derrubei um pote que continha uma coisa chamada fósforo. Aparentemente, pega fogo quando não está dentro d'água.

Grey o encarou.

– Então ela não deveria ter colocado esse jarro onde pudesse ser derrubado.

– Ela não colocou. – Thorn tomou um grande gole de conhaque. – A culpa também foi minha. Eu empurrei alguns outros objetos que estavam sobre a mesa, o que fez com que o pote fosse para a ponta e caísse.

– Outros objetos, é? Deixe-me adivinhar o que poderia ser... a própria Srta. Norley, talvez?

Quando Thorn o encarou, Grey caiu na gargalhada.

– Eu *sabia* que você gostava dela.

– Muito engraçado – resmungou Thorn. – Você agora é um homem casado.

– Não esqueça que eu já estive no seu lugar e sei como é fácil se deixar levar por uma mulher. Mas devo lembrá-lo de que não deve flertar com ela. A madrasta pode não estar aqui, mas eu e Beatrice faremos esse papel e nos certificaremos de que você não lhe causará problemas.

– Confie em mim, ela sabe se cuidar.

– Em um laboratório, com certeza. Mas não tenho tanta certeza se também é capaz de se cuidar no mundo dos cafajestes. Você tem jeito com as mulheres.

– Ah, pelo amor de Deus. Por que as pessoas não param de falar isso? Não tenho jeito com Olivia, pode acreditar. Ela recusou meu pedido de casamento, lembra?

– Agora você a chama de *Olivia*?

Thorn o encarou com irritação.

– Pense o que quiser, mas o que falei no ano passado continua sendo verdade: eu nunca arruinaria a reputação de uma mulher. Foi você quem me avisou, anos atrás, para tomar cuidado com casamenteiras e filhas que servem como isca. E eu aprendi a lição: evitar me colocar em situações comprometedoras com essas filhas.

– Sei. O acidente no laboratório mostra que você aprendeu a lição.

– Droga, Grey, já disse que não quero falar sobre a Srta. Norley. – Thorn pousou a taça pela metade e se levantou. – Estou cansado. Acho que vou me recolher mais cedo.

Grey apenas riu.

– Covarde.

– Estúpido.

O irmão estreitou o olhar.

– Devasso.

– Cretino.

– Bem, se você não vai jogar limpo – disse Grey –, boa noite.

– Bem, se "boa noite" é o melhor que você pode fazer... – Thorn se dirigiu para a porta, então parou. – A propósito, eu vou com você à exumação. Quero ver como funciona, para o caso de eu precisar exumar o corpo do *meu* pai, embora eu duvide que possa esclarecer muita coisa sobre o acidente.

98

– Nunca se sabe. Por mim, tudo bem se você for. Vou encontrar o legista às dez, então não acorde tarde, dorminhoco.

– Pode deixar, tratante.

Ele tinha mesmo a intenção de acordar com as galinhas, no mínimo para tentar encontrar Olivia no café da manhã.

Pela manhã, porém, quando desceu mais cedo do que de costume, descobriu que Olivia já tinha ido para o laboratório. Que diabo! Era pedir muito ter alguns momentos a sós com ela?

Aparentemente, era, porque, depois que Grey e Beatrice desceram, o lacaio informou a todos que a Srta. Norley pedira que seu jantar fosse levado ao laboratório, pois estaria muito ocupada.

Thorn disse a si mesmo que, por conta da exumação, também não teria tempo para ela, mas a verdade era que passara metade da noite digerindo tudo que ela tinha dito e feito, tanto na véspera quanto na noite em que se conheceram, anos antes, e percebeu que chegara a conclusões precipitadas. Estava na hora de eles terem uma conversa franca sobre o que a madrasta dela despejara em cima dele. Mas como faria isso se ela o estava evitando?

Pelo menos a exumação foi mais interessante do que esperava. O corpo estava incrivelmente bem conservado, em parte porque tinha sido embalsamado e em parte por causa do túmulo de calcário em que o caixão estava. Foi o que disse o médico-legista.

Embora desenterrar um cadáver fosse uma tarefa mórbida, ele e Grey ficaram aliviados ao descobrir que determinados órgãos tinham sido preservados em urnas forradas com chumbo. Pelo que souberam, era algo que se fazia às vezes ao se sepultar nobres, em especial aqueles de títulos mais altos.

Como os órgãos eram os itens mais importantes para os testes e como precisariam ser preservados para o caso de um julgamento, o legista os dividiu ao meio para serem guardados em outras urnas de chumbo. Também recolheu amostras de cabelo, pele e unhas, partes que Olivia apontara como necessárias.

Grey disse que reservaria a primeira metade da câmara fria da propriedade, onde deveriam ficar até que o julgamento começasse. Entregou a outra metade a Thorn, para que a levasse a Olivia.

– Eu poderia pedir a um lacaio, mas nunca me perdoaria se acontecesse alguma coisa com os itens durante o transporte.

Se Thorn achou que sua encomenda macabra abriria as portas do laboratório de Olivia para ele, estava enganado. Ela até abriu a porta, mas pegou as urnas e a fechou na cara dele, enquanto Thorn protestava.

Ele certamente não estava se saindo muito bem em sua autoimputada missão de vigiar os experimentos dela. Não que achasse necessário. Detestava admitir, mas Grey estava certo sobre ela e sua capacidade. Isso ficara muito claro no dia anterior.

Mas ainda precisava falar com ela. Porque assim que ela fizesse testes suficientes para confirmar ou refutar o envenenamento, mais nada a manteria ali. Era óbvio que Beatrice não precisava de uma acompanhante e Olivia não tinha a menor vontade de entrar para a sociedade, então a única pessoa a quem teria que explicar sua volta antecipada seria a madrasta. E claro que ela era capaz de inventar uma história plausível.

E, uma vez que ela fosse embora, não teria motivos para vê-lo de novo. Nunca. E isso o perturbava. Havia muitas questões não resolvidas entre os dois. No mínimo, ele queria saber a verdade sobre certos assuntos. Merecia isso, não merecia?

Felizmente, a sala de estar do andar superior tinha vista para o caminho que levava à leiteria. Então Thorn se colocou de vigia perto da janela depois do jantar, com uma taça de conhaque em uma das mãos e um jornal na outra. As luzes ainda estavam acesas no laboratório, e ele tinha quase certeza de que Olivia não iria embora deixando lampiões acesos.

Por volta das dez da noite, ele viu as luzes se apagarem, uma a uma. Pouco depois Olivia apareceu à porta, envolvida em um manto, e desceu pelo caminho.

Graças a Deus.

Após um último gole de conhaque, Thorn se dirigiu às escadas para abordá-la.

# CAPÍTULO OITO

Olivia entregou seu manto a um lacaio sonolento quando entrou na casa, levando os diários e os cadernos que queria revisar. Subiu a escada em uma nuvem de ansiedade. O primeiro elemento crucial de seu plano tinha dado certo. No dia seguinte, trataria daquele que importava para Grey. Deixara tudo preparado no laboratório. Como conseguiria dormir? Estava empolgada demais.

Sua vontade era passar a noite inteira trabalhando, mas a privação de sono poderia facilmente levar a um erro. Além disso, os testes provavelmente demorariam horas, então era melhor reler seus materiais teóricos em vez de correr o risco de cometer uma falha e pôr tudo a perder.

Ainda refletindo sobre os testes – a melhor forma de realizá-los e documentá-los e qual deveria fazer primeiro –, não viu Thorn no topo da escadaria e por pouco não esbarrou nele.

Ela deu um pulo.

– Não me assuste assim! – disse fazendo uma careta para ele enquanto subia os últimos degraus. – Por que está acordado tão tarde?

– Queria falar com você. E como não me deixou entrar no laboratório... – Ele terminou a frase dando de ombros de um jeito que era tão a cara dele que Olivia não pôde deixar de sorrir.

– Os outros já se recolheram?

– Todos menos nós.

– Então fico feliz que esteja acordado. Acho que não vou conseguir dormir se não contar a alguém como tudo correu.

– Posso ser seu confidente. Lembre-se apenas de que não entendo nada de química, fato que ficou bem claro ontem.

Ela riu.

– Verdade. Eu não sei nada sobre ser um duque, então estamos quites.

– Vamos para a sala azul – sugeriu ele. – Não tem ninguém acordado para nos flagrar e prometo me comportar.

Olivia não sabia se *queria* que ele se comportasse, mas não seria prudente revelar isso. Thorn deixara claro, em Londres, que nunca a pediria em casamento e ela se recusava a permitir que sua reputação fosse maculada apenas por diversão.

Mesmo que um pouco de diversão lhe parecesse uma ótima ideia depois de um longo dia de trabalho.

Thorn a acompanhou até a sala, felizmente deixando a porta aberta.

– Ah, eu nem conhecia esse cômodo! Que lindo!

Majestosos azulejos holandeses contornavam a lareira, e todo o restante parecia ter sido pensado como complemento a eles, desde o sofá simples de brocado azul-cobalto até a elegante escrivaninha e as cortinas com estampa azul e branca.

Thorn acendeu velas, que deram um pouco mais de luz ao ambiente. Então, sentando-se em uma ponta do sofá, fez um gesto indicando que ela se sentasse na outra.

Mas Olivia estava animada demais para se sentar. Depois de colocar seus cadernos na escrivaninha, ao lado de uma bandeja com duas taças e um decanter de cristal contendo uma bebida que parecia conhaque, pôs-se a andar de um lado para o outro na frente da lareira.

Ele riu.

– O que a deixou tão cheia de energia a esta hora da noite? Não me diga que já encontrou arsênico no material que lhe entreguei mais cedo.

– Não, ainda não. O importante é onde *não* encontrei arsênico.

– Não entendi.

– Você sabe que o pai de Grey foi embalsamado, não sabe? Bem, eu tive sorte e consegui extrair formol do coração. E não continha arsênico.

– Então ele não foi envenenado.

– Ainda não sei. – Ela parou em frente a Thorn. – Veja, alguns embalsamadores usam um tipo de formol que contém ácido arsenioso em sua composição. Mas o profissional que embalsamou o pai de Grey não usou, ainda bem.

Como ele ainda parecia perdido, Olivia tentou explicar:

– Ácido arsenioso é… – ela fez uma pausa, tentando pensar em termos que fossem compreensíveis por leigos – … é como uma variante do arsênico… Se estiver presente no formol usado para embalsamar, vai aparecer em todos os testes. Se o assassino, ou assassina, soubesse disso, poderia alegar em julgamento que o arsênico encontrado no corpo vinha do formol, não de veneno. Agora que descartamos isso, podemos fazer o teste em outros órgãos, e, se encontrarmos arsênico, não haverá dúvidas de que veio do veneno.

– Ah, entendi. – Anuiu ele, apoiando os cotovelos nos joelhos. – Você já está pensando em como provar seus resultados lá na frente.

– Sim, já estou pensando em um futuro julgamento. – Ela voltou a andar de um lado para outro. – E, sinceramente, considerando a descrição da morte do pai que Grey ouviu da mãe, amigos e antigos criados, parece um caso de envenenamento *grave*. Não deu nem tempo de o trióxido de arsênico chegar às unhas e ao cabelo. O antigo duque morreu um dia após os primeiros sintomas da febre. Se foi arsênico, o estômago ainda deve guardar vestígios. Os intestinos quase certamente terão.

– Agora sei mais sobre a anatomia do pai de Grey do que gostaria – comentou Thorn secamente.

– E eu não sei o suficiente. – Ela se sentou. – Não posso acreditar que não esteja animado com isso!

– Não posso acreditar que você *esteja*. – Ele se virou para encará-la, levantando uma perna de forma a apoiar o joelho no sofá. – Quer dizer, eu entendo as implicações que sua descoberta tem para os testes, mas não me deixa tão animado quanto você.

– É porque você não é químico.

– Graças a Deus. Eu seria péssimo nisso.

– Mas tenho certeza de que é um excelente duque.

– Tenho minhas dúvidas.

Só então Olivia lembrou...

– Sinto muito, você disse que queria falar comigo. O que era?

Ele comprimiu os lábios.

– Queria lhe fazer uma pergunta sobre nosso primeiro encontro.

Ela conteve um suspiro. Já tinha passado da hora de discutirem aquilo, e só gostaria que, depois de tanto tempo, ele não tivesse escolhido justamente um momento em que estava exausta. Se bem que *ela* o estava evitando, então não podia culpá-lo totalmente. Talvez fosse melhor enfrentar logo a situação.

– Eu também queria conversar com você a esse respeito – disse Olivia, o coração acelerando. – Mas pode começar. Já o ocupei demais com as complexidades do meu assunto preferido.

– Muito bem. – Ele se levantou e foi até a escrivaninha. Depois de encher

103

o copo que nitidamente já tinha usado antes, pegou outro na bandeja e o estendeu. – Quer um pouco de conhaque?

– Você sabe muito bem que damas não devem tomar conhaque puro.

– Sim, mas *cientistas* podem beber o que quiserem.

– Está querendo me embriagar para se aproveitar de mim, Vossa Graça?

Um sorriso preguiçoso cruzou o rosto dele.

– Ora, e eu faria uma coisa dessas?

– Você sabe que sim.

E ela não se incomodaria nem um pouco.

Nossa, trabalhar até tarde claramente afetara seu pensamento.

– Mas eu gostaria de experimentar – admitiu ela.

Um pouquinho não faria mal, certo? E alguma coisa em ser imprudente na companhia dele a fazia desejar cometer outros atos imprudentes.

Ele deixou o copo vazio na bandeja e foi até ela.

– Pode provar do meu.

– Aqui vou eu.

O primeiro gole desceu como fogo. Ela tossiu, mas sentiu o corpo aquecer, algo bem-vindo naquela sala fria. Tomou mais um gole.

– É bem… humm… forte. – E a fazia se sentir ousada, uma sensação tão inebriante quanto a bebida em si. Ela devolveu o copo. – Forte demais para mim.

Thorn deu um grande gole.

– Você se acostuma.

– Você está enrolando – murmurou ela.

– *Touché* – respondeu ele, com uma risada de constrangimento. Então ficou olhando para o copo. – Naquela noite, no baile dos Devonshires, você planejou para que fôssemos pegos nos beijando?

– Não entendi a pergunta.

– Naquela mesma noite, Grey tinha me avisado para tomar cuidado com mães casamenteiras e filhas que serviam como iscas. Conselho que, desde então, considero muito sensato. – Ele ergueu o olhar. – Mas… eu nunca tive certeza sobre você e suas intenções.

A dor excruciante no peito era como a que sentira ao ouvir o frio pedido de casamento dele no dia seguinte ao baile.

– Então você achou que eu… que eu… – Ela mal conseguia respirar. – Você achou que eu tinha armado para que se casasse comigo!

– Na época, sim. Foi você quem me levou para um lugar em que ficamos a sós. E me encorajou a tirar o casaco e o colete.

A raiva tomou conta dela de forma repentina e poderosa.

– Foi *você* quem me beijou!

– Verdade. E essa é uma das razões que me levaram a repensar minhas conclusões.

Ela se ergueu de um pulo.

– Se você tivesse se dado ao trabalho de conversar comigo quando saiu da biblioteca, eu teria explicado que essa nunca foi minha intenção.

– Eu provavelmente não teria acreditado.

– Mas minha recusa ao seu pedido certamente lhe mostrou que eu não tinha nenhuma intenção escusa.

– Apenas me mostrou que você havia mudado de ideia depois de me beijar. Talvez eu tivesse sido muito atrevido...

– O beijo foi bom – murmurou ela. – O pedido é que precisava ter sido melhor.

– Certo. – Ele perscrutou o rosto dela. – Porque fui "óbvio" em mostrar que não queria fazer aquilo. Foi o que você disse na outra noite.

– É verdade. Você deixou claro que preferia estar em qualquer outro lugar que não fosse a casa de meu pai, pedindo minha mão em casamento. Até hoje não sei por que fez isso. – Ela o encarou. – Essa é a *minha* dúvida. Você é um duque. Poderia escapar de qualquer complicação com uma ou duas palavras e ninguém ousaria questioná-lo.

– Devo salientar que se eu *tivesse* usado minha posição para esse propósito, você teria sido arruinada. Mas, como fiz o pedido e você recusou, foi considerada apenas uma desafortunada. Ainda mais depois de sua madrasta se empenhar tanto em me difamar.

Olivia cruzou os braços.

– Ela só repetiu o que todos diziam.

– Na verdade, não. Até aquele momento, minha única reputação era a de ter mais hábitos alemães do que ingleses. Sua madrasta teve que arranjar um jeito de justificar sua recusa ao pedido de um duque, então contou às pessoas que você tinha feito isso por eu ser um cafajeste. Assim, nossa... indiscrição foi vista por uma perspectiva diferente. – Tomando mais um gole de conhaque, ele continuou num tom sarcástico: – Eu me tornei o devasso canalha que queria se aproveitar da dama inocente e você se tornou a virgem virtuosa que resistiu às minhas investidas. Foi uma estratégia brilhante da parte dela. E, de certa forma, me ajudou também, já que a sociedade adora vilões. Os fofoqueiros precisam ter *alguém* de quem falar, afinal. Sua madrasta apenas garantiu que não fosse *você*.

Olivia estava imóvel, perplexa.

– Eu... eu não fazia ideia. – Ela fez uma pausa, então o encarou com firmeza. – Espere aí. Eu li sobre suas aventuras e suas conquistas, as cantoras de ópera e as jovens viúvas, sobre mulheres casadas que você seduziu e bordéis que frequentou. Ontem mesmo você confessou ter tido uma amante, pelo amor de Deus! Não só isso, você queria que... que nós dois nos envolvêssemos em tais atividades sem medo das consequências. Então sua reputação não foi criada injustamente por minha madrasta.

– Eu não disse que foi. Mas uma vez que ela criou o papel para mim, não vi razão para não representá-lo. Se eu teria que encarar a fofoca espúria dela, o melhor a fazer era aproveitar e me divertir. Dessa forma, podia escolher minhas próprias aventuras, embora tivesse preferido ser eu mesmo a um personagem na peça de alguém – acrescentou ele em um tom mais brando.

Que analogia estranha. No entanto, ele bem que tinha gostado de representar o papel. E ela podia imaginar como tinha sido para ele, coitado.

Então o lado cético de Olivia reassumiu o controle. "Coitado"? Até parece! Ele podia dizer para si mesmo que não gostava da reputação de cafajeste, mas era evidente que tinha se divertido bastante. A madrasta não precisara *forçá-lo* a nada.

– Eu não sabia que as fofocas de minha madrasta o atingiam tanto. Só o que me lembro daquele dia é da raiva dela por eu ter recusado seu pedido e do seu orgulho ferido. O que, para ser sincera, não fez o menor sentido para mim. Até hoje não faz. Só fiz o que você e eu queríamos.

– Eu não queria ser recusado. Queria não ter sido forçado a pedi-la em casamento. Queria ter conseguido resolver a situação com sua madrasta sem que ninguém saísse com a reputação... manchada. Infelizmente, ela só conseguia ver uma solução. Então me forçou a fazer o pedido.

– Mas como? Você ainda não me explicou isso.

Ele ainda estava desconfiado.

– Você realmente não sabia que sua madrasta me chantageou usando um segredo sobre minha família?

Chantagem! Olivia sentiu um arrepio na espinha.

– É claro que eu não sabia! Como você poderia sequer pensar isso de mim? Mesmo porque... o que ela poderia saber que você consideraria digno de ser escondido?

– Não era sobre mim. Era sobre minha mãe.

O coração de Olivia parou no peito.

– S-Sua mãe? Aquela mulher adorável que conheci no baile da sua irmã?

– Sim. Aquela mulher adorável debutou no mesmo ano que sua bondosa madrasta, lembra? E, segundo sua madrasta, as duas eram amigas íntimas na época. Por isso ela tinha algo com que me chantagear.

Olivia sentiu os joelhos bambos e se encolheu no sofá.

– Eu sabia que devia ter mais alguma coisa por trás do seu pedido. Ouvi quando você mencionou um acordo, mas...

– Você estava ouvindo atrás da porta?

– Não foi de propósito. Apenas desabei em uma cadeira perto da porta – disse se empertigando. – Era tanta coisa para digerir de uma vez que precisei... me sentar.

– Exatamente como está fazendo agora – disse ele, numa voz suave, e se sentou ao lado dela no sofá. – Aqui. Tome mais um gole.

Mas ela recusou o copo que ele lhe estendia.

– Me fale sobre a chantagem.

– Bem, se *você* não vai beber... – Ele tomou um gole. Seus olhos estavam escuros à luz das velas. – Se eu lhe contar, vai ter que jurar não dizer nem uma palavra para ninguém. Não falei sobre isso nem com meus irmãos. Minha mãe sofreria muito se soubesse, e não quero isso.

– Nem eu. – Sem pensar, ela colocou as mãos sobre a dele. – Confie em mim.

– Eu confio. – Quando ela ia tirar a mão, ele a segurou. – Talvez você não saiba, mas, pouco antes de Gwyn e eu nascermos, nosso pai faleceu em um acidente de carruagem na estrada que liga Londres a Rosethorn, onde nossa família tem residência. Era só isso que sabíamos até sua madrasta afirmar que ele estava indo se encontrar com a amante. Ela não contou como sabia disso, mas ameaçou revelar para todo mundo se eu não pedisse sua mão em casamento.

A gravidade daquilo fez o corpo de Olivia enrijecer.

– Você deve ter entendido errado. Ela não faria... Ela nunca...

– Mas fez. Pergunte a ela.

– Eu perguntei! Quer dizer, perguntei sobre o que você estava falando quando mencionou ter sido ameaçado. E ela... ela disse que ameaçara arruiná-lo perante a sociedade. – O olhar de Olivia encontrou o dele. – Eu bem que desconfiei...

– Como ela conseguiria fazer essa proeza se eu sou um duque e meio-irmão de outro duque? Impossível. Mas se eu tivesse permitido que ela espalhasse histórias sobre minha mãe, não machucaria apenas a mim, mas toda a minha família. Na época, meu padrasto era embaixador na Prússia e visto como acima de qualquer suspeita. Inferno, ele sempre me dava sermões sobre como eu deveria me comportar. E Gwyn... bem... – Ele apertou a mão de Olivia. – Mamãe sempre falou que nosso pai tinha sido o amor da vida dela. Gwyn acreditava nisso. *Eu* acreditava. E acho que minha mãe dizia isso com sinceridade. Eu não podia permitir que ela sofresse por causa de uma fofoca como essa, que poderia muito bem ser mentira. Não podia deixar *Gwyn* sofrer por causa disso.

– Claro que não. Mas... mas você estava disposto a se casar com uma mulher que mal conhecia para evitar que isso acontecesse?

Depois de colocar o copo em um banco de madeira esculpida, Thorn se virou ligeiramente para encará-la, de modo que pudesse segurar a mão dela.

– Eu gostei de você antes de sua madrasta nos flagrar. Achei que poderia vir a tolerar nossa união, ainda que apenas nos sentíssemos atraídos um pelo outro. Pelo menos *nisso* fomos sinceros.

– Mas então eu o recusei. – Ela prendeu a respiração quando Thorn começou a traçar círculos na mão dela. – Você deve ter nos achado loucas.

Forçando um sorriso, ele soltou uma das mãos e esticou o braço por cima do ombro dela, no encosto do sofá.

– Sua madrasta disse que você apenas precisava ser cortejada. Talvez ela tivesse razão.

Os dedos dele agora estavam perto do pescoço dela.

Olivia tentou não prestar atenção nisso.

– Eu não queria ser cortejada. Eu queria ser química. – Algo que ele dissera mais cedo lhe voltou à mente. – Se você tivesse me "arruinado", recusando-se a me pedir em casamento, eu teria ficado feliz, na verdade. Assim poderia me dedicar às minhas pesquisas pelo resto da vida.

Ele a fitou desconfiado.

108

– Não teria ficado nem um pouco ofendida se eu me recusasse a pedi-la em casamento para salvar sua reputação?

– Talvez por uns dias. – Ele se aproximou ainda mais, fazendo a respiração de Olivia acelerar. – Eu teria... teria esquecido quando... quando publicasse meu primeiro artigo.

– Teria mesmo? De verdade? – Quando ele passou o dedo de leve pela nuca dela, o coração de Olivia acelerou. Como se ele tivesse notado, sua voz se transformou em um sussurro rouco. – Química e romance não precisam ser excludentes, sabe? Veja a Sra. Fulhame, por exemplo. A não ser que não tenha marido nenhum, ela claramente consegue conciliar trabalho e casamento.

Olivia tentava resistir à excitação que as palavras dele, bem como os toques íntimos, lhe provocavam.

– O marido dela é físico. Os dois têm a mesma posição. – *E ele não passa as noites com uma amante nem em um clube de apostas.* Quando Thorn pegou o queixo dela com aquele dedo diabólico para levantá-lo de forma que ela não desviasse o olhar, Olivia acrescentou, trêmula: – Não é a mesma situação que... nós dois.

– Ainda assim, você não está me dando um tapa. Nem saindo correndo da sala. Nem gritando pela minha cunhada.

Maldito, ele tinha razão.

– Porque você prometeu se comportar.

– Eu quebro promessas o tempo todo – garantiu ele, com um sorrisinho. – Sou um cafajeste, lembra?

– Mas eu não sou uma meretriz.

E ela já não tinha tanta certeza sobre o mau caráter dele. O que ele contara sobre a chantagem fez Olivia questionar tudo que pensava saber sobre o duque.

– Não, você não é – concordou ele. – Que pena.

– É isso que você quer? Uma prostituta?

– Não exatamente – respondeu, esboçando um sorrisinho. – Para variar, o que quero não posso ter.

As palavras fizeram o corpo dela esquentar. Se seu sangue esquentasse mais, ia pegar fogo.

– Você não é o único. Exceto que o que *eu* quero não é bom para mim.

– Mesmo? – Os olhos dele eram do mesmo tom de azul do cloreto de sódio derretido. – Então nós dois seríamos igualmente culpados se continuássemos de onde paramos ontem.

Finalmente, ele a beijou, daquela forma lenta e sensual que fazia uma mulher se sentir atraente, cobiçada... *desejada*.

E, embora Olivia ainda temesse que fosse uma ilusão criada por um homem acostumado a conseguir o que queria das mulheres, desejava estar errada.

Enquanto a beijava, ele levou a mão dela para a grande protuberância em sua calça e começou a levantar suas saias.

Olivia afastou o rosto um pouco para sussurrar:

– A porta ainda está aberta.

Ele riu.

– Só você mesmo para notar isso, docinho. Não tem ninguém neste andar a esta hora. Dispensei meu criado por essa noite, e sua criada deve estar cochilando enquanto espera por você no seu quarto lá em cima. Grey e Beatrice também estão no quarto deles, no último andar. Não precisa se preocupar.

– Mesmo assim, eu ficaria mais à vontade com a porta fechada, considerando nosso histórico de flagras. – Ela se levantou. – Eu faço isso.

Olivia foi até o corredor e, não vendo ninguém, fechou a porta. Ao se virar para voltar, encontrou Thorn bem ali atrás dela.

– Onde estávamos? – perguntou ele.

Encostando-a na porta, ele a beijou com tanta paixão que ela sentiu cada osso do corpo derreter. Quando sentiu a carne rija dele a pressionando, lembrou-se do que ele havia demonstrado querer e levou a mão à protuberância.

– Ah, sim... – murmurou ele. – Isso mesmo, docinho, continue.

Quando ela obedeceu, ele voltou a beijá-la, agora com ferocidade. Olivia deveria ter ficado alarmada, mas só queria mais. Então ele levantou suas saias para enfiar a mão por baixo e alcançar o ponto entre as pernas dela, onde estava completamente nua. Ela arfou, não por se sentir afrontada, mas em antecipação. E quando ele a tocou lá e começou a acariciá-la de forma lenta e sensual, Olivia achou que fosse se desintegrar.

Era tão *bom*. Um prazer indescritível. Ela se contorcia ao toque dele, claramente pedindo mais, e sentiu o sorriso malicioso dele contra seus lábios.

Os dedos dele deslizavam pela carne intumescida, de tão úmida que estava – embora fosse uma incógnita como seu corpo chegara àquele estado. As carícias inflamavam ainda mais as chamas que já a consumiam e exigiam satisfação, ainda que ela não soubesse como satisfazê-las.

110

Aparentemente, porém, ele sabia, pois afastou os pelos com um dedo e o deslizou para dentro dela. *Dentro!*

Era delicioso. Enlouquecedor. A sensação mais exótica que ela já experimentara.

– Espere – sussurrou ele, e desabotoou a calça e a roupa íntima com a mão livre. Então colocou a mão dela ali dentro, para que pudesse acariciar sua região mais sensível enquanto ele fazia o mesmo com ela.

– Pegue.

Ela obedeceu. E o membro excitado dele ficou ainda mais rijo na mão dela.

Quando ele gemeu, Olivia o soltou, certa de que estava lhe causando dor.

– Desculpe.

Colocando a mão dela de volta, ele disse:

– Você não está me machucando, eu juro. Continue. Não com muita força. Isso, *isso!* Exatamente assim. – Ele a beijou na orelha. – Isso é incrível, docinho… Tão incrível… Você não faz ideia.

– Eu posso imaginar… – sussurrou ela em um gemido, pois o dedo dele estava mais ousado depois de encontrar um pontinho mais rijo que a estava fazendo perder a cabeça.

– Está gostando, não está?

Agora ele estava tão ofegante quanto ela, e a cada segundo ficava ainda mais.

– Dá para notar? – Olivia conseguiu falar. Achava que ia explodir a qualquer minuto, embora não soubesse exatamente como. – Isso é… Você é… – Não havia palavras para descrever. – Sim, estou gostando.

Com uma risada abafada, ele roçou o nariz no pescoço dela.

De repente, uma explosão ressoou tão forte que fez a sala tremer.

Thorn se afastou bruscamente, tirando a mão que estava entre as pernas dela.

– O que foi isso?!

Por uma fração de segundo, Olivia pensou que talvez *ela* tivesse explodido. Mas, é claro, era uma ideia absurda. Tentando de algum modo retomar o controle sobre seus impulsos, ela tirou a mão de dentro da calça dele.

– Alguém está soltando fogos por aqui?

– Em outubro? Não.

Ela ajeitou as saias enquanto ele abotoava a calça. Os dois correram até a janela. Quando olhou lá fora, Olivia sentiu como se o coração tivesse parado.

O laboratório não existia mais. Chamas envolviam a antiga leiteria e se erguiam em direção ao céu. De vez em quando algum produto químico era liberado e tornava as chamas azuis, verdes ou roxas. Olivia teria achado lindo se não significasse a morte de todas as suas esperanças.

– Minhas amostras! – gritou ela, e correu para a porta.

Mas Thorn conseguiu alcançá-la no corredor e impedi-la.

– Não, não é seguro! Você sabe melhor que eu que muitos dos produtos ainda não pegaram fogo. Se o salitre explodir...

– Minha maior preocupação não é o salitre. Alguns componentes, como o hidróxido de sódio, não podem pegar fogo, mas provavelmente já pegaram. A *fumaça* é tóxica!

– O que é hidróxido de sódio?

– Você deve conhecer como soda cáustica.

– Droga. Até eu sei que soda cáustica no fogo não é nada bom.

Barulhos no andar de baixo indicaram que os criados tinham despertado.

– Fique aqui – disse Thorn. – Vou mandar os criados deixarem o fogo se extinguir sozinho. A leiteria fica bem longe e no alto do morro, o fogo não deve se alastrar.

Thorn então desceu correndo a escada. Olivia o seguiu. Admitisse ou não, precisava dela, pois não sabia o que estava fazendo.

Ao chegarem lá embaixo, um dos criados disse:

– O fogo já está muito alto, não dá para chegar perto. A senhorita deve ter deixado carvão queimando na lareira ou algo assim.

– Eu não comecei o fogo, juro! – protestou ela. – Sempre tenho o cuidado de jogar um pouco de água no carvão e nunca deixo nenhuma vela acesa...

– Sim, é disso que precisamos. Água! – gritou um lacaio. – Baldes e baldes de água!

– Não! – gritou Olivia, tentando se fazer ouvir no meio da repentina agitação dos criados, cada um dando uma solução diferente. – A água pode piorar a situação!

Mas ninguém a escutava. Quando Grey e Beatrice apareceram no topo da escada, os criados gritaram para que o mestre fizesse alguma coisa. No entanto, a julgar pelo robe mal abotoado e o cabelo desarrumado, Grey tinha acabado de acordar e não estava entendendo nada.

Então Thorn subiu a escada e assoviou bem alto para que todos prestassem atenção. Quando se fez razoável silêncio, ele disse:

– O fogo foi provocado por produtos químicos inflamáveis, então precisamos escutar a Srta. Norley, que entende do assunto e está no comando do laboratório. Ela saberá melhor que ninguém como lidar com essa situação.

Afastando-se em clara deferência, ele subiu mais alguns degraus, até Grey e Beatrice, para explicar a eles o que estava acontecendo.

– Eu imploro que não tentem jogar água – disse Olivia. – Alguns dos produtos químicos são inofensivos no fogo, mas explodem com água. Outros explodem no contato com o ar. Se resolverem se aproximar do fogo, o que não aconselho, usem sal ou areia para apagá-lo.

– Por que não devemos nos aproximar, senhorita? – perguntou um lacaio.

– Porque, dependendo de quais produtos estiverem queimando, as chamas podem liberar gases tóxicos.

Alguém gritou:

– Por que estão dando ouvidos a essa mulher? Foi *ela* quem causou isso!

Olivia ficou arrepiada.

– Eu juro que não fui eu que…

– Não foi ela! – afirmou outro homem. – Foi aquele garoto.

A surpresa fez todos se calarem na mesma hora.

– Que garoto? – perguntou Thorn.

Ele e Grey desceram correndo, deixando Beatrice, só de camisola e robe, parada no topo da escada.

– Eu estava lá fora pegando um pouco de ar, Vossas Graças, quando vi um garoto, não devia ter mais do que 15 anos, sair correndo da leiteria. Eu gritei e o mandei parar, mas foi quando o lugar explodiu e não o vi mais.

Quando o burburinho entre os criados recomeçou, Grey se virou para Thorn e falou baixinho:

– Você acha que podemos estar chegando perto da verdade? Será que alguém iria tão longe para nos impedir?

Thorn ficou pálido.

– Acho que é possível.

Olivia foi mais cética:

– Eles teriam que saber em quais produtos colocar fogo e…

– Não teriam que saber nada – retrucou Thorn, baixinho. – Eu mesmo comecei um incêndio no seu laboratório apenas derrubando um pote, lembra?

– Bem pensado – concordou Grey.

O rosto dela ficou corado ao olhar para Thorn.

– Espere, você não contou a ele sobre…

– Eu contei que sem querer derrubei um pote, o que é verdade. – Thorn passou os dedos pelo cabelo em um sinal óbvio de frustração. – Olivia, esse garoto, quem quer que seja, conseguiria causar uma explosão apenas derrubando vidros e jogando coisas no chão?

– Com certeza. Mas isso seria muito estúpido da parte dele, considerando os produtos químicos encontrados em laboratórios.

– Não estamos lidando com químicos, docinho – disse Thorn, sem perceber que usara o apelido carinhoso na frente do irmão. – Quer dizer, duvido que o garoto soubesse o que estava fazendo.

Thorn foi até a porta da casa e, parado nos degraus da entrada, ficou observando as chamas. Olivia o alcançou.

– Se não fizermos nada, o fogo vai se apagar sozinho? – perguntou ele.

– Acho que sim.

Ele lhe dirigiu um olhar duro.

– Não tem certeza?

– Como posso ter certeza? Nunca vi um laboratório explodir antes.

– Claro. Claro que não. Mas você acredita que o melhor a fazer é deixar o fogo se extinguir naturalmente?

– Sim, com certeza. Hoje não está ventando, graças a Deus, então não corremos o risco de que faíscas atinjam o telhado das outras construções. O fogo não deve demorar a apagar, e Grey não precisa de ninguém morrendo intoxicado por fumaça ao tentar acelerar isso.

– Não preciso mesmo – concordou Grey, alcançando-os. – Mas tem duas coisas que podemos fazer, pelo menos.

Virando-se para os criados, mandou que um grupo fizesse buscas pela propriedade atrás do suposto garoto que havia sabotado o laboratório e pediu a outro que ficasse atento ao fogo, caso ultrapassasse os limites da leiteria. Por fim, ordenou aos demais que voltassem a dormir.

Enquanto os criados se dispersavam para obedecer às instruções, Grey acrescentou:

– Isso inclui você, Olivia. Sei que deve ter ficado até tarde no laboratório, porque ainda estava lá quando eu e Beatrice nos recolhemos, e você precisa dormir, como todo mundo.

– Faça como ele diz, por favor – aconselhou Thorn.

– Como posso dormir quando perdi tudo pelo qual trabalhei? As amostras foram destruídas, e duvido que seja possível aproveitar o que sobrar dos restos mortais.

– Temos outras amostras da câmara fria – informou Grey.

Uma nova esperança brotou dentro dela.

– Como assim?

– Droga, eu esqueci de lhe contar – explicou Thorn. – O médico-legista dividiu tudo em duas partes, para o caso de precisarmos de novas amostras para o julgamento. Eu só lhe dei metade. Ia lhe dizer isso quando levei as amostras hoje, mas...

– Mas eu não deixei que entrasse – completou ela.

– Desculpe por não ter mencionado antes.

Ela abriu um largo sorriso.

– Não tem problema, é uma notícia maravilhosa! Ainda posso fazer os experimentos! Claro, teremos que deixar um homem de vigia no laboratório à noite e encomendar mais produtos e equipamentos... – A mente de Olivia fervilhava, prevendo tudo que precisaria ser feito. – Vou fazer uma lista agora mesmo. Ah, e meus cadernos e diários estão lá em cima. Graças a Deus estão a salvo, assim posso recorrer a eles se...

– Discutiremos tudo isso amanhã. – Thorn lançou um olhar sombrio para Grey. – Por enquanto, você deve descansar, Olivia.

Ela tentou não se sentir lisonjeada com a preocupação dele.

– Só depois que eu fizer as listas de compras.

– *Antes* – insistiu Thorn. – Ou eu juro que vou trancar seus cadernos.

E ele cumpriria a ameaça.

Os dois irmãos estavam tramando alguma coisa.

– Bem, se os senhores insistem... – cedeu ela. – Mas só se me prometerem que vão me chamar se o incêndio piorar.

– Prometo – disse Thorn. – Agora vá.

Ela suspirou. Mas, de fato, não havia nada que pudesse fazer enquanto o fogo não cessasse. Além disso, como Grey percebera, ela estava exausta, não apenas do longo dia, mas também das emoções fortes. Embora quisesse muito adiantar a lista de itens para montarem um novo laboratório, a exaustão começou a levar a melhor sobre ela.

Então decidiu deixar tudo para o dia seguinte.

# CAPÍTULO NOVE

A certa distância, Thorn observava o que tinha restado do fogo, que queimara até o amanhecer. Aqui e ali se via uma pilha de algo derretido ou carbonizado, além de alguns vestígios de fumaça. As chamas em si pareciam extintas, embora ele não pudesse ter certeza de nada sem falar com Olivia.

Como se por um encanto, de repente sentiu a presença dela por perto. Seu perfume, por mais discreto que fosse. Sabendo quanto o laboratório significava para ela, imaginava como devia ser terrível vê-lo destruído assim.

– Acordou cedo – comentou ela, com surpresa.

Ele se virou.

– Você também.

Como qualquer outra senhorita, ela usava um vestido fino de musselina, bonito e delicado. Mas o grosso xale de lã verde a envolvendo lhe dava um ar mais resiliente. Ali estava ela, ansiosa para seguir em frente com o trabalho, mesmo depois do que acontecera com o laboratório... mesmo diante de tamanha destruição.

Thorn se lembrou do dia em que se conheceram... e das revelações da noite anterior sobre aquele encontro. Olivia nunca era exatamente o que parecia ser. Ele precisava se lembrar disso.

– Conseguiu dormir? – perguntou ele.

– Um pouco. E você?

– Um pouco também – mentiu.

Grey e ele ficaram acordados até tarde pensando no que fazer, e agora ele precisava lhe contar o que haviam decidido em sua ausência. Não sabia se ela iria querer seguir com o novo plano. Mas antes de revelá-lo...

– Você acha que acabou?

– Parece que sim.

– É seguro chegar perto? Grey mandou separar um saco de sal – informou ele, apontando para um local ali perto –, mas areia não é fácil conseguir por aqui. Teríamos que mandar alguém até o litoral.

– Não há necessidade. O sal deve ser suficiente para extinguir as últimas brasas, se Grey orientar os lacaios a espalharem sobre o que ainda está queimando.

– Ótimo.

Ela ficou em silêncio por um tempo, então endireitou os ombros e disse:

– Agora que seu irmão conhece os perigos, tem alguma outra construção na propriedade que eu possa usar como laboratório? Ontem à noite, quando não estava conseguindo dormir, preparei uma lista dos produtos e equipamentos a providenciar, mas fiz uma lista reduzida agora que sei exatamente o que testar e como, então...

– Não vamos ficar aqui – interrompeu Thorn.

Ela pareceu abalada.

– Como assim?

– Alguém claramente não quer que você faça esses testes. Grey e eu achamos que o rapaz que destruiu seu laboratório, seja quem for, foi contratado pela pessoa que envenenou o pai dele. Você estará correndo perigo se continuar aqui.

– Não entendo por que *eu* estou...

– Você poderia estar lá dentro quando aquele demônio invadiu o laboratório. – A ideia de alguém tentar matá-la fez seu sangue gelar. – Você poderia estar no meio dessas brasas agora.

Ela colocou a mão no braço dele.

– Sim, poderia, mas não aconteceu nada comigo.

– Ainda não. Depois que descobrir que você pretende continuar com os testes, esse criminoso pode decidir fazer mais do que destruir seu laboratório. Pode decidir destruir *você*. – Ele pousou as mãos em seus ombros. – E esse é um risco que nem eu nem Grey estamos dispostos a correr.

A mágoa transparecia nos olhos dela.

– Vocês vão acabar com meus experimentos assim, sem nem me dar uma chance de opinar?

Ele levou alguns instantes para perceber que ela havia entendido errado.

– Desculpe, eu não me expliquei bem. Não vamos acabar com nada, só vamos levá-la para fazer os experimentos em outro lugar.

O rosto dela se iluminou.

– Ah! – Olivia se aproximou dos destroços. – E vocês têm certeza de que a explosão foi causada por algum criminoso? Que não foi um erro meu ou algum resíduo de produto que eu não soube manipular?

– Temos certeza. Embora as janelas e os vidros quebrados pudessem ser resultado de uma explosão, o cadeado, encontrado embaixo da porta intacta, claramente foi aberto com a ajuda de ferramentas, *antes* da explosão. Sabemos disso porque encontramos um martelo no meio dos destroços. Parece que o garoto o deixou para trás na pressa de escapar com vida. Deve ter visto algum produto químico pegando fogo e saiu correndo com medo de que o lugar todo incendiasse. Duvido que ele imaginasse que ia causar uma explosão.

– Eu também não imaginava.

– Nós sabemos.

– Graças a Deus não foi culpa minha. – Então, percebendo como soara egoísta, fez careta e tentou se corrigir: – O que eu quis dizer…

– Eu entendi. Ninguém quer ser responsável por uma destruição como essa… ou por expor pessoas inocentes a produtos químicos. E você nunca seria tão imprudente.

Pelo menos era o que ele esperava. Porque ela não fazia a menor ideia de quão perigosa aquela história poderia ficar. Thorn e os irmãos acreditavam que quatro homens já haviam sido mortos. Uma mulher a mais não significaria nada para esse criminoso, fosse lá quem fosse.

– Foi por isso que encontramos um lugar melhor para você realizar o seu trabalho – acrescentou Thorn, enfiando as mãos nos bolsos do sobretudo. – Um lugar mais seguro e que ninguém conhece.

Ela o encarou com ceticismo.

– E que lugar tão seguro seria esse?

– Minha propriedade. Em Berkshire.

Ele tinha esperado surpresa, talvez resistência. Não o riso amargurado que ela deu.

– Fico imaginando o que minha madrasta pensaria *disso*.

– Ela não vai pensar nada, porque não vai saber. Ninguém vai. Essa é a questão. Como muitas pessoas sabem que você veio para cá, qualquer um poderia ter feito isso. Então, até que seu trabalho esteja concluído, o único lugar seguro para você é onde ninguém espera que esteja.

Ela cruzou os braços.

– E você acha que sua propriedade é o lugar ideal.

– Sim.

– Ah, Thorn, isso é…

– Confie em mim, Grey e eu pensamos e repensamos todo o plano. Mais tarde eu irei para Londres, na carruagem menor de Grey. Amanhã você partirá como se estivesse voltando para casa. Grey e Beatrice farão um grande teatro para que todos saibam que você está indo embora na carruagem dele, acompanhada por uma criada. Vamos garantir que a notícia se espalhe por Sudbury, para o caso de nosso criminoso ainda estar nas redondezas, esperando para descobrir se vamos montar outro laboratório.

Ele andava de um lado para outro em frente às ruínas da antiga leiteria.

– Mas, na verdade, você vai me encontrar na casa de Gwyn na cidade. O marido dela, major Wolfe, é uma espécie de investigador, então ele virá para cá para tentar descobrir alguma coisa sobre o garoto que fez isso. Em Londres, eu mesmo supervisionarei a compra de novos materiais e equipamentos para seu laboratório. Com um pouco de sorte, conseguiremos partir para Rosethorn, em Berkshire, em um ou dois dias.

Ela não parecia nada convencida.

– Você compreende que se alguém descobrir que viajei com você, e não só isso, que me hospedei em sua propriedade, estarei arruinada?

– Não mencionei que Gwyn irá conosco? Essa é a beleza do nosso plano. Não há nenhum risco para você. Quer dizer, exceto o risco normal de explodir produtos químicos.

Ela ignorou a piada.

– Vocês já perguntaram a lady Gwyn e ao major Wolfe se eles poderão fazer isso?

– Ainda não, mas eu os conheço. Eles vão ajudar.

– E se não ajudarem? Ou não puderem por alguma razão?

– Pedirei a outro familiar. A esposa de Heywood, talvez. Não quero envolver minha mãe, se for possível. Não contamos a ela o que estamos fazendo nem por quê.

Assim como não contaram a Olivia tudo sobre a investigação. Não havia razão para isso. Quando essa parte estivesse concluída, não precisariam dela.

Na verdade, enquanto estivessem em Berkshire, Thorn planejava investigar o acidente de carruagem do pai. Acontecera tão perto da propriedade que ficara sob a jurisdição da polícia local. Até o ano anterior, ele não vira razão para duvidar dos fatos. Trinta anos antes, ninguém suspeitara de algo fora do normal. Thorn ainda não tinha certeza de que havia sido homicídio, mas estava na hora de passar essa história a limpo.

E talvez isso evitasse que ele passasse cada minuto acordado tentando seduzi-la.

– De toda forma – continuou ele –, tenho certeza de que Gwyn irá conosco como sua acompanhante. Ela sabe como você é importante para... – agradeceu aos céus por ter conseguido se segurar antes de dizer "mim" – ... para Grey e Beatrice.

Thorn sentia os olhos dela o escrutinando.

– *Só* para Grey e Beatrice? – perguntou Olivia, baixinho.

Deus, como ela *podia* lhe fazer uma pergunta daquelas? Ele fitou as ruínas.

– E para toda a família, claro.

*Covarde.* Mas ele sabia que não podia permitir que ninguém se aproximasse demais, ainda mais uma mulher cujo passatempo favorito era brincar com o perigo. Se ela estivesse dentro do laboratório na hora em que...

Ficando tenso no mesmo instante, ele se virou para encará-la.

– Grey e eu achamos que esta é a melhor forma de protegê-la de quem está tentando impedir que faça seu trabalho. Se acreditar que desistimos, o criminoso a deixará em paz. E isso é o que todos queremos. Está claro que seus experimentos causaram algum temor, e agora o assassino está concentrado em *você*.

– Maravilha – disse Olivia, secamente. – Era só o que me faltava.

– Sinto muito – lamentou Thorn, com sinceridade. – Tenho certeza de que Grey nunca imaginou que estaria colocando você em perigo. Eu também não.

– Sei disso. E eu sabia onde estava me metendo. – Ela estremeceu. – Pelo menos em parte.

– Tem certeza de que está pronta para recomeçar tudo? Ou isso a fez mudar de ideia?

Ela esboçou um sorriso.

– Se você acredita *nisso*, então não me conhece muito bem. Poucas coisas me fariam mudar de ideia.

– Desta vez, pretendemos montar o laboratório mais perto da casa e colocar alguém de guarda.

– Não tem medo de que eu ponha fogo na sua valiosa mansão? Você é muito corajoso em me deixar brincar com produtos químicos tão perto de onde mora.

– Não sou nada corajoso. Toda vez que penso em uma substância entrando em contato com outra por acidente, meu coração dispara, não tanto pela "valiosa" mansão, e sim por ela, mas como você parece tão determinada a continuar...

– Estou.

– Como eu previa. Bem, nesse caso, não há razão para discutir com você sobre o assunto.

– Você me conhece melhor do que imaginei.

O sorriso atrevido dela o fez lembrar que passara metade da noite em uma agonia de desejo insatisfeito. Somando-se isso à preocupação com a ameaça que pairava sobre ela por conta de um criminoso desconhecido, ele não dormira nada.

Após olhar em volta para ver se não havia ninguém por perto, ele se inclinou para beijá-la. Apenas para acalmá-la, claro. Só isso.

Antes que conseguisse, porém, viu o infeliz do irmão vindo na direção deles.

– Discutindo o plano com Olivia? Ela concordou? – perguntou Grey.

– Sim – respondeu ela. – Contanto que Thorn consiga convencer lady Gwyn a ser minha acompanhante e que ele consiga providenciar todo o material necessário para um segundo laboratório.

– Já mandei uma pessoa a Londres para pedir que Joshua venha e para informar a Gwyn que Thorn está indo até lá – relatou Grey. – E, felizmente, guardei aquela sua lista do que era necessário para o laboratório. Thorn poderá usá-la quando for supervisionar a compra dos materiais. Então poderão partir amanhã ou depois.

– E se minha madrasta ficar sabendo dessa mudança repentina de planos? E se nos encontrarmos em Londres ou alguém comentar com ela?

– Ela ainda está em Londres? – perguntou Grey. – Já deve ter voltado para o campo, a esta altura.

O rosto de Olivia se iluminou.

– Verdade. Esqueci que ainda não estamos na temporada. Ela só foi a Londres para me acompanhar ao baile de lady Gwyn.

– Além disso, não sei quem poderia contar à sua madrasta que você voltou para Londres – continuou Grey. – Todo mundo aqui, incluindo os criados, será informado de que a senhorita está voltando para sua casa, em Surrey, então por que alguém comentaria com lady Norley?

– Bem pensado – comentou ela. – Espero que esteja certo quanto a isso.

Thorn esperava o mesmo. Afinal, sabia exatamente o que a baronesa faria se o pegasse com Olivia de novo. E, dessa vez, talvez ele considerasse adoçar o pedido de casamento para que Olivia aceitasse.

Isso não seria nada bom. Olivia tinha expectativas em relação a um casamento, entre as quais a de que significasse muito mais que uma união civil. Ela parecia querer amor e tudo mais. Algo que Thorn simplesmente não tinha como oferecer.

Olivia pensou que sentiria falta de Thorn durante o dia e a noite em que ficaram separados, mas Beatrice e Grey a mantiveram tão ocupada com os preparativos para a viagem que ela nem teve a chance de pensar nele.

Só quando estava na estrada, com a criada que seria sua acompanhante, é que percebeu como o percurso ficava chato sem ele. E sem seus amigos também, claro. Tentou se entreter relendo seus cadernos e artigos, preparando-se para o que faria quando tivesse um novo laboratório, mas ficou aliviada ao chegar a Londres em tempo recorde. Só esperava que, depois de todo o trabalho que estavam tendo para protegê-la, ela finalmente conseguisse confirmar ou descartar a hipótese de envenenamento.

Felizmente, estivera no baile na casa de lady Gwyn na cidade e se sentira muito bem-vinda. No entanto, a casa que seus pais costumavam alugar para a temporada ficava em uma parte bem menos elegante – e menos cara – de Londres, então era uma mudança significativa ficar em Mayfair. Sentia-se um peixe fora d'água naquela região de fachadas elegantes e carruagens caras, embora não deixasse transparecer.

Assim que o lacaio a ajudou a descer do veículo, Olivia foi recebida por uma sorridente lady Gwyn.

– Fico muito feliz que finalmente esteja aqui, Srta. Norley.

– Olivia, por favor. É como todos me chamam.

– Então, como todos me chamam de Gwyn, você também deve me chamar assim. Parece que passaremos muito tempo juntas.

– Vamos mesmo.

– Mas precisei deduzir isso sozinha. Quando Thorn me contou da sua chegada, não explicou a razão. Tive que arrancar a informação do meu marido.

– Ah, céus. Espero não ter causado nenhum conflito entre vocês.

– Não se preocupe com isso. Joshua adora quando arranco... informações dele. E ele confirmaria isso se estivesse aqui. – Ela deu o braço para Olivia e, juntas, elas subiram os degraus. – Mas ele já partiu para Carymont, a fim de ajudar Grey a encontrar o responsável pela explosão do seu laboratório.

– Ah, sim, e tenho certeza de que...

– Ele vai descobrir tudo, pode acreditar – garantiu Gwyn, como se Olivia não tivesse falado nada. – Você deve ter ficado aterrorizada quando tudo aconteceu!

– Pois é, foi bem...

– Não acredito que Thorn e Grey se arriscaram tanto – censurou, balançando a cabeça. – Eles deveriam ter falado com Joshua desde o começo. Você conheceu meu marido?

– Sim. Ele me pareceu muito...

– Claro que o conheceu. No baile, aqui mesmo, semana passada. Não sei onde estou com a cabeça.

Quando chegaram ao primeiro degrau, uma nova voz soou atrás delas:

– Não sei onde está com a cabeça, mana, para ficar fazendo tantas perguntas à pobre Srta. Norley sem nem esperar uma resposta.

– Thorn! – exclamou Gwyn, ao se virar. – Você não deveria estar aqui quando ela chegasse?

– Eu me atrasei um pouco comprando produtos químicos perigosos e objetos de vidro esquisitos. Mas, finalmente, já está tudo a caminho de Rosethorn. Podemos partir amanhã. – Ele encontrou o olhar de Olivia e sorriu. – A não ser que precise de mais tempo para descansar, Srta. Norley.

– Não, não preciso. Estou ansiosa para retomar os trabalhos.

Thorn deu uma piscadinha para ela.

– Viu como se faz, Gwyn? Você pergunta e *espera* a pessoa responder. Ela revirou os olhos, em uma expressão de enfado. Thorn então se dirigiu novamente a Olivia: – Gwyn fala muito rápido quando está nervosa. Com o tempo, ela vai conhecê-la melhor e sossegar. Então o comportamento dela será um pouco mais normal, prometo.

– O mais normal que eu conseguir perto do sabichão aqui – comentou Gwyn.

Olivia riu. Tinha certeza de que se daria muito bem com a irmã de Thorn.

Os três atravessaram a porta para o vestíbulo. Dois lacaios se adiantaram para pegar o manto de Olivia e o sobretudo de Thorn.

123

– Como foi de viagem? – perguntou Thorn.

– Enfadonha. Mas li minhas anotações e fiz mais algumas, então não foi um tempo de todo perdido.

Ele sorriu.

– Admita que sentiu minha falta para manter uma conversa animada.

– Rá! – exclamou Gwyn. – Quer dizer que ficar tagarelando sem parar sobre as últimas peças de teatro é uma conversa animada? É uma pergunta retórica, Thorn. Não precisa responder. Ah, já ia esquecendo: seu amigo Sr. Juncker está esperando por você há quase uma hora.

Aquilo acendeu uma luz de alerta na cabeça de Olivia. Juncker? *Ali*? Ela nunca vira seu autor preferido, muito menos fora apresentada. E ele estava ali? Minha nossa! Precisou se lembrar de respirar.

Mas o rosto de Thorn assumiu um tom peculiar de cinza.

– Na *sua* casa, Gwyn? Ele está esperando aqui?

– Claro – respondeu ela, aparentemente tão incomodada quanto Olivia com a reação dele. – De que outra forma eu saberia disso? Ele aguarda por você na sala de estar. – Thorn praguejou baixinho e mudou a direção para ir encontrá-lo. Gwyn tentou tranquilizá-lo: – Ele não foi atrevido comigo nem nada, se é isso que o preocupa.

– Nem um pouco. Só estou surpreso por ele saber que eu estaria aqui.

Gwyn se apressou para acompanhar os passos largos do irmão.

– Eu ofereci chá, mas ele disse que não se demoraria.

– Não mesmo – falou Thorn, mal-humorado. – Vou me livrar dele logo.

Olivia deve ter feito algum ruído de decepção, pois, naquele momento, Thorn e Gwyn perceberam ao mesmo tempo que ela não os acompanhava.

– Você está bem, Olivia? – perguntou Gwyn.

– Hã… não muito. – Ela se sentia prestes a desmaiar.

– Eu tinha esquecido que você era fã das peças de Juncker – resmungou Thorn.

– É mesmo? – Gwyn sorriu para o irmão. – Que intrigante.

– Suponho que não… seria possível que eu o conhecesse, seria? – pediu Olivia.

– Não vejo impedimento. – Gwyn olhou para Thorn com as sobrancelhas erguidas. – Você pode apresentá-los, não pode?

Thorn soltou um longo suspiro.

– Claro. Eu… Me dê apenas um momento a sós com ele, tudo bem?

Olivia assentiu. Daria até uma *hora* a eles, se fosse necessário. Porque, pela primeira vez na vida, estava animada para conhecer alguém que não era químico.

Agora, era só não fazer papel de boba na frente dele.

# CAPÍTULO DEZ

Depois de entrar na sala de estar e fechar a porta, Thorn não perdeu tempo e foi direto ao ponto:

– O que está fazendo aqui, Juncker? E como soube onde me encontrar?

Com seus costumeiros trajes de escritor boêmio, Juncker estava esparramado no sofá.

– Fiquei sabendo que estava na cidade, então fui até sua casa. Os criados me disseram que estaria aqui. E você sabe por que vim. Vickerman está enchendo meus ouvidos por não ter terminado a peça. E então, conseguiu escrever durante a viagem?

– Fale baixo – pediu Thorn, indo se sentar diante dele. – Gwyn não sabe que eu escrevo, nem nossa hóspede.

– Posso remediar isso, se quiser – brincou Juncker.

Thorn fez cara feia.

– E eu poderia cortar todos os seus fundos. Experimente e veja como vai ser não ter crédito em metade das tavernas da cidade.

– Certo. – Juncker se endireitou no sofá. – Mas você ainda não respondeu à minha pergunta: terminou a droga da peça ou não?

– A cena final já está toda na minha cabeça. Mas ainda não tive a chance de escrever.

– Sua irmã disse que você, ela e a hóspede misteriosa vão partir para Berkshire amanhã. Alguma possibilidade de escrever lá?

– Talvez. Só me dê mais alguns dias e juro que vou tentar escrever. Mas, depois desta, precisamos começar um novo tipo de peça, com novos personagens. Por enquanto, só posso dizer isso. – Ele se levantou. – Preciso pedir um favor antes que vá embora.

Juncker o olhou desconfiado.

– Que tipo de favor?

– Nossa hóspede misteriosa é fã das peças. Ela assistiu a todas, talvez mais de uma vez, a julgar pelo tanto que sabe sobre as histórias. Ela quer conhecer o autor.

– Você quer dizer eu. – Juncker soltou uma gargalhada. – Isso realmente deve deixá-lo irritado.

– Se deixa, é só porque ela é uma moça atraente da qual não quero que você se aproveite.

– Acha que eu me aproveitaria mais do que você? O roto falando do esfarrapado. Você deve estar ficando pudico com a idade.

– Sou um ano mais jovem que você.

– Ainda assim, pudico. Uma dama atraente? Ela não é amiga da Vanessa, é?

– Vanessa, prima de Grey? Pelo que sei, elas não se conhecem. Por quê?

– Só queria me certificar. – Com um sorriso largo, Juncker se levantou e alisou a calça. – Vanessa será meu fim. A pobrezinha acha que, se eu me casar com ela, poderá gerenciar minha vida de autor da mesma forma que gerencia a casa da mãe. Deus me perdoe, mas, apesar de ser muito rica e linda, não estou pronto para permitir que minha vida seja gerenciada.

– Se isso lhe serve de consolo, Grey provavelmente o partiria ao meio se você sequer cogitasse cortejar sua amada prima Vanessa. Ela é como uma irmã para ele. Então, se eu fosse você, ficaria longe da moça.

– Ah, mas você não sou eu – brincou Juncker, com uma piscadela. – Esse é o problema, meu camarada. Então traga a outra donzela e eu decido se ela é atraente ou não.

Que Deus o ajudasse. Se Thorn não tivesse cuidado, aquilo poderia acabar mal. Mas o olhar de espanto e ansiedade no rosto de Olivia quando ouvira que seu ídolo estava ali…

Ele tinha que fazer aquilo, mesmo que a levasse a descobrir a verdade.

Ele *poderia* lhe contar a verdade. Pedir que não contasse a mais ninguém. Ah, claro. Assim que soubesse, Olivia perceberia que lady Trapaça fora inspirada nela, o que a deixaria profundamente magoada, e talvez ele nunca mais conseguisse chegar perto dela de novo. Inferno, ela poderia até se recusar a fazer os testes para Grey! No mínimo, não iria com ele para sua propriedade.

Então era melhor manter as coisas como estavam. Ele abriu a porta.

Gwyn não ficava abalada pela suposta fama de Juncker, mas Olivia o encarou com a expressão de encanto com que muitas mulheres fitavam Thorn. Ele não gostou nem um pouco disso. O que era ridículo, considerando que o autor por quem ela estava apaixonada era *ele*.

Não que Juncker se importasse com esse detalhe. Assim que Thorn fez as apresentações, o maldito começou a flertar.

– É um prazer conhecê-la, Srta. Norley – disse Juncker, pegando a mão de Olivia e beijando-a com pompa. – Thorn me falou que a senhorita é fã das minhas peças.

Quando Olivia, que raramente ruborizava, ficou com o rosto vermelho como um tomate, Thorn teve vontade de esganar o amigo. E a vontade só aumentou quando Juncker abriu um sorriso provocador.

– Assisti a todas, senhor, e as achei muito divertidas – contou Olivia, atropelando as palavras.

– E qual é sua favorita? – perguntou Juncker.

– Ah, não me faça escolher! Gosto de todas igualmente. Mas se tivesse mesmo que escolher uma, provavelmente seria *As loucas aventuras de um estrangeiro em Londres*.

– Ah, aquela em que as personagens roubam fogos de artifício na Noite de Guy Fawkes para soltá-los no meio da noite, no quintal de uma hospedaria, porque alguém joga uma vela acesa na carruagem.

– Essa mesma. Mas essa não foi minha parte favorita, para ser sincera, pois não estava correto segundo as regras da química.

Thorn segurou um riso. Havia esquecido a cena escrita pelo amigo. Ele pensara em consultar um especialista no assunto, mas Juncker foi contra, argumentando que não dava tempo, então eles inventaram uma explicação, como sempre.

Agora Juncker estava olhando Olivia de soslaio.

– E o que sabe sobre química, Srta. Norley?

– Bastante, eu diria – respondeu Thorn. – A Srta. Norley é cientista. Então, acredite em mim, ela realmente entende do assunto.

– Ah – murmurou Juncker, embora ainda estivesse nitidamente irritado. – Só por curiosidade, senhorita, qual foi sua parte favorita?

– Ah! Bem, a parte em que o fazendeiro vai pegar os ovos e encontra bolas de sinuca no lugar.

Thorn assentiu. Era a cena favorita dele, de todas que havia escrito.

– Também gosto dessa parte.

Olivia olhou para ele com surpresa.

– Para quem disse que não tinha assistido a nenhuma das peças, o senhor sabe bastante sobre elas. – Ela colocou as mãos na cintura. – Acho que Grey tem razão, o senhor tem *inveja* do Sr. Juncker.

Thorn bufou.

– Foi a senhorita quem disse isso na carruagem... por que eu teria inveja de um escritor?

– Ah, eu acho que a Srta. Norley acertou em cheio – opinou Juncker, com um enorme sorriso estúpido. – Você tem inveja do meu sucesso, não é mesmo, Thorn?

Thorn lançou um olhar furioso para ele.

– Você não comentou que tinha um compromisso, Juncker? No teatro, talvez?

– Não, não, acho que não – respondeu Juncker, com um sorriso triunfante. – Prefiro muito mais conversar um pouco com a Srta. Norley sobre as *minhas* peças.

Thorn teve vontade de enfiar um manuscrito pela goela de Juncker. Mas isso apenas reforçaria a ideia ridícula de que ele invejava o sucesso do amigo.

– Na verdade – disse Gwyn, com um brilho suspeito no olhar –, pensei em convidar o Sr. Juncker para o jantar. Não seria ótimo, Olivia?

– Sim! – respondeu ela, e sorriu para Juncker.

Ela nunca sorrira daquela forma para Thorn, exceto quando ele lhe dissera que tinham guardado amostras do corpo na câmara fria. O que precisaria fazer para que ela sorrisse apenas por estar perto dele? O que ele precisaria fazer para conseguir *isso*?

Thorn fez uma careta de amargura. Agora estava sendo absurdo. Recorrer a algo extremo só para fazer uma mulher sorrir? Nunca. Vira seus irmãos e seu cunhado agirem assim, e estava ótimo para eles. Pessoalmente, ele era cético sobre quanto o amor deles iria durar, embora apostasse em alguns poucos anos.

Instintivamente, porém, ele sabia que, para conquistar tal devoção de uma mulher, era preciso expor as próprias fraquezas. Estremeceu só de pensar. Já era bem ruim que Juncker soubesse como usar suas falhas contra ele. Felizmente, Thorn não precisava morar com Juncker.

– Resolvido, então – disse Gwyn, despertando Thorn de seus pensamentos sombrios. – Você também vai jantar conosco, certo, Thorn?

Droga, ele deveria ter prestado mais atenção no rumo que aquela conversa estava tomando. Tinham planejado toda a noite sem consultá-lo.

– Eu não perderia por nada – respondeu Thorn. – Mas estou um pouco preocupado com a Srta. Norley. A senhorita tem certeza de que não está cansada demais? Temos uma longa viagem à frente amanhã.

Ou ela realmente gostava de atormentá-lo ou não se importava com o que ele dizia, porque negou categoricamente:

– Não estou nem um pouco cansada. Adoraria um jantar agradável, conversando com amigos.

Maravilha. Quer dizer que havia sido relegado à categoria de "amigo". Ele vinha torcendo para ter a chance de trocar uns beijos e carícias naquela noite, se conseguissem se livrar de Gwyn, mas estava claro que isso não ia acontecer.

Tanto melhor. Porque, se não fosse cauteloso, acabaria por correr sérios riscos de arruiná-la. E isso era inaceitável.

⁓

Olivia não ria tanto desde a última vez que assistira a uma peça do Sr. Juncker. Fazia sentido, já que ele precisava de muito senso de humor para escrever personagens e situações tão engraçados. E enquanto o Sr. Juncker e Gwyn a divertiam durante todo o jantar, Thorn se alternava em fazer cara feia para ela e para o amigo.

Agora tinha *certeza* de que ele tinha inveja. Na verdade, talvez fosse ciúme. Porque toda vez que o olhar do Sr. Juncker recaía sobre o corpete de seda do vestido dela, que mostrava mais de seu colo do que seus outros vestidos de noite, Thorn soltava um resmungo que apenas ela parecia escutar. Era um tanto intrigante.

Eles terminaram a sobremesa enquanto Gwyn contava sobre uma visita que o rei da Prússia fizera à residência do padrasto deles, que era embaixador, um hábito comum de Sua Majestade, pelo que entendera.

Gwyn se inclinou na cadeira.

– Então o rei perguntou a Thorn, que estava correndo pelo salão: "Para onde você está indo com tanta pressa, rapazinho?" Depois de fazer uma mesura perfeita, Thorn respondeu ao rei em alemão, com toda a formalidade que lhe cabia: "Perdoe-me, Vossa Majestade, mas preciso encontrar um lugar aceitável para depositar meus excrementos." Ele estava falando sério!

Thorn bufou.

– Mas ele não disse essa palavra, disse? – perguntou Olivia, dividida entre uma gargalhada e o choque.

– Infelizmente, sim – respondeu Gwyn.

– A palavra é a mesma em alemão e inglês – explicou o Sr. Juncker.

– E Thorn é muito sincero quando se trata de suas necessidades, até mesmo as desagradáveis – acrescentou Gwyn.

O Sr. Juncker resfolegou.

– Ah, sim, escrupulosamente sincero. Esse é o nosso Thorn.

Thorn fitou o amigo e a irmã, furioso.

– Esse não é um assunto apropriado para se discutir à mesa.

– Já acabamos de comer – disse Gwyn.

– Então você e a Srta. Norley deveriam se dirigir à sala de estar, para que eu e Juncker possamos tomar nosso conhaque.

– De jeito nenhum – contrariou Sr. Juncker. – Ninguém sai desta sala até que eu escute toda a história. Na verdade, se for mesmo preciso, vamos todos para a sala de estar. – Ele lançou um olhar provocador para Thorn. – Estou adorando a companhia das damas. – Então se virou para Gwyn. – Continue, madame.

– Vocês devem levar em consideração que Thorn tinha apenas 6 anos na época. E, como estávamos no jardim, foi fácil para ele escapulir da nossa babá enquanto ela cuidava de outras três crianças, duas ainda de cueiros.

– Outras *três* crianças? Não eram quatro? – questionou Olivia.

– Grey já tinha um tutor na época. – Gwyn ficou pensativa. – Ou talvez tenha sido depois que ele voltou para a Inglaterra. Não lembro. Eu só tinha 6 anos também.

– Não nos deixe na expectativa – pediu Olivia. – Qual foi a resposta do rei?

– Ele riu muito, graças a Deus, do contrário eu diria que papai teria castigado Thorn. Depois disso, nossa babá recebeu ordens para nos levar para longas caminhadas sempre que recebíamos alguma visita da realeza. Frederico, o Grande, morreu dois anos depois, acho. E Thorn chorou quando ficou sabendo. O rei parecia ser um bom homem.

– Ele sempre me tratou melhor do que eu merecia – opinou Thorn, e o olhar afetuoso entre ele e a irmã deixou Olivia emocionada. Desejava muito ter tido um irmão ou irmã.

– Vocês devem ter muitas histórias para contar sobre terem crescido na Prússia em uma família grande – disse Olivia. – Minha infância foi muito enfadonha, se comparada à de vocês. Éramos só eu e minha madrasta a maior parte do tempo. Na verdade, esse é o maior período que já ficamos afastadas, então temo que ela esteja se sentindo solitária.

131

– Sua madrasta é viúva? – perguntou Juncker.

Olivia sentia o olhar de Thorn sobre si.

– É como se fosse. Meu pai está sempre em Londres, por algum motivo ou outro. Exceto durante a temporada de caça, quando ele se enfia na floresta todos os dias. E mesmo quando estamos na cidade, ele está sempre no clube, no Parlamento ou só Deus sabe onde. – Ela preferia não saber, sinceramente. A possibilidade de seu pai ter uma amante sempre a incomodara.

– Ainda assim, você gosta de peças sobre homens que arranjam problemas na cidade – comentou Thorn.

– *Homens* não – corrigiu Olivia. – Solteiros. Todas as peças do Sr. Juncker são sobre homens solteiros e as confusões em que se metem. E zombam dos casados que agem como solteiros.

– Você acha? – questionou o Sr. Juncker, olhando para Thorn.

– Não olhe para *mim* – retrucou Thorn. – Foi você quem escreveu.

– Sim, mas eu não me lembro de nenhuma parte que zombe de homens casados – disse Juncker.

Olivia franziu o cenho.

– Como quando Felix e o amigo dele tentam roubar as amantes dos homens casados? Ou a piada sobre as panças dos maridos? Ou usar as gírias atuais para fazer troça com os homens porque são muito velhos para saber o que significam?

– Ah, sim – concordou Juncker. – Essas partes.

– Essas cenas não foram inspiradas em experiências suas? – perguntou Olivia.

– Algumas, sim. Porém menos do que as pessoas pensam.

Olivia o fitou.

– Então de onde o senhor tira os personagens cômicos, como lady Trapaça e lady Ganância?

Juncker deu um tapa na própria cabeça.

– Daqui, minha querida. Eles vêm daqui. Os melhores autores não se baseiam na vida real. As ideias vêm de sonhos e fantasias e dos sussurros do universo nos ouvidos deles.

– Até parece – duvidou Thorn. – Você só fala esses absurdos quando está tentando impressionar as damas.

– Alguém tem que fazer isso, já que você não está se esforçando nem um pouco – comentou Juncker.

– Eu não preciso me esforçar – replicou Thorn. – Elas já me conhecem.

– E o que elas conhecem de você parece não impressioná-las.

Olivia prendeu a respiração. Havia uma palpável tensão entre os dois cavalheiros, e Juncker estava definitivamente colocando lenha na fogueira. Mas por quê?

– Para ser sincera – começou Gwyn –, a mim Thorn não precisa impressionar, porque somos irmãos. O que eu acho ótimo, pois também não tenho a menor necessidade de impressioná-lo.

– Prefiro que os cavalheiros sejam eles mesmos quando estão perto de mim – disse Olivia. – Não preciso que fiquem me paparicando. Sem mencionar que nada é mais desagradável do que um cavalheiro que guarda segredos.

– Então você prefere sempre a verdade nua e crua, mesmo que magoe seus sentimentos? – perguntou Thorn.

Pensando no pai, Olivia encontrou o olhar dele.

– Sim, prefiro.

– Não seja boba, minha querida – disse Gwyn. – Nenhuma mulher quer *realmente* ouvir o marido reclamar que ela fala muito ou que acorda com o rosto inchado.

– Isso é tarefa de um irmão, não do marido – comentou Thorn com um sorrisinho. – Eu faço o meu melhor e digo toda a verdade a Gwyn.

Ela deu a língua para Thorn, antes de se virar para Olivia:

– Confie em mim, há certas coisas que o homem deve esconder da esposa.

– Se você diz… Como sou solteira, não sei muito sobre o assunto. Mas minha madrasta provavelmente preferiria que meu pai fosse mais sincero com ela sobre onde passa as noites.

– Ah, nesse caso, eu concordo – disse Gwyn. – Joshua sabe que se eu o pegasse fazendo algo que não deve, serviria a cabeça dele em uma bandeja.

Thorn riu.

– A única pessoa de quem o major Wolfe tem medo neste mundo é da minha irmã. Aliás, ela é a única de quem *eu* tenho medo.

Juncker estremeceu.

– É exatamente por isso que ainda não me casei.

– Digo o mesmo. – Thorn encontrou o olhar de Olivia. – Embora eu esteja começando a ver as vantagens de ter uma esposa.

133

– Mesmo? – questionou Juncker. – Isso é uma novidade. – Ele tirou as palavras da boca de Olivia.

Thorn olhou de soslaio para o amigo.

– Fique à vontade para ir embora quando quiser, Juncker.

– Thorn! – repreendeu Gwyn. – Que grosseria.

– Tudo bem, lady Gwyn. – Juncker se levantou. – Estou acostumado com o tratamento insensível do seu irmão.

Ele fez uma pose dramática de vítima, arrancando uma gargalhada de Gwyn e Olivia. Thorn apenas ergueu as sobrancelhas em desdém.

– Agora, falando sério – disse Juncker –, creio que abusei de sua hospitalidade. Além disso, há mulheres a serem cortejadas, cartas a serem jogadas e conhaque a ser bebido. A noite é uma criança e pretendo aproveitá-la ao máximo. Meu amigo, fique à vontade para me acompanhar.

– Lamento, mas tenho muitas questões para resolver antes de partirmos para Berkshire amanhã, e me divertir não é uma delas – retrucou Thorn. – Certamente nos veremos da próxima vez que eu vier a Londres, certo?

– Certamente. – Juncker fez uma mesura elaborada para Olivia e Gwyn. – Boa noite, boa noite! "A despedida é uma dor tão suave que te daria boa-noite até o amanhecer."

– Espero que não – disse Thorn. – Partiremos amanhã. Vou acompanhá-lo até a porta.

– Meu Deus, *eu* vou acompanhá-lo até a porta – interveio Gwyn. – Afinal, a casa é minha.

– Desculpe, não foi minha intenção passar dos limites.

– E no entanto foi o que fez. É o que sempre faz.

Gwyn se levantou e se dirigiu para a porta com Juncker. Mas, antes de chegarem lá, ela se virou e fez uma careta para o irmão.

Olivia riu.

Thorn apenas bufou.

– Parece que ela tem 5 anos.

– Eu diria que *você* tem 5 anos – comentou Olivia. – Foi muito rude com o Sr. Juncker, provocando-o a noite toda.

Inclinando-se, Thorn fixou nela um olhar sombrio.

– Você parece terrivelmente preocupada com os sentimentos do Juncker. Gostaria que ele tivesse ficado mais? Quer que eu o chame de volta para que possam continuar flertando?

– O quê? Eu não estava flertando, pelo amor de Deus! Sua inveja... ou seu ciúme... está se sobrepondo ao seu bom senso.

– Eu não tenho inveja daquele... daquele palhaço! – exclamou ele, cruzando os braços. – Você mesma disse que eu não poderia ter inveja porque sou duque.

– Quis dizer que você tem inveja de ele ser um escritor. Mas hoje mostrou que também tem ciúme do interesse dele por mim, embora eu não imagine por quê. Afinal, você sempre deixou claro que sou boa apenas para uma coisa... e não é casamento.

Thorn passou os dedos pelo cabelo, desarrumando-o todo.

– Eu nunca disse isso. Nunca sequer insinuei isso.

– Certo. – Ela se levantou, deixando o guardanapo na mesa. – Vou me recolher. Poderia, por favor, avisar sua irmã?

Ela deu a volta na mesa, mas não foi rápida o suficiente para evitar Thorn, que a encontrou na cabeceira e bloqueou seu caminho.

Ele esquadrinhou o traje dela com uma imprudência flagrante.

– Colocou esse vestido para provocar Juncker? Ou para *me* atormentar?

– Coloquei este vestido porque gosto dele. O fato de deixar você com ciúme é apenas um prazer a mais. – Então, apenas para ver a reação dele, acrescentou: – Pelo visto, o Sr. Juncker também gostou. Certamente olhou bastante.

A expressão tempestuosa de Thorn a fez parar de provocá-lo.

– Ele não estava olhando para o vestido. Estava olhando para o corpo dentro dele. – Certificando-se de que estava bloqueando a visão do lacaio, o dedo de Thorn desceu do pescoço dela até o vale entre os seios e ele acrescentou baixinho: – Estava imaginando o sabor deles e desses mamilos na boca dele. Estava imaginando se ousaria ficar sozinho com você para descobrir.

Apesar do arrepio delicioso que as palavras e o toque dele provocavam, Olivia conseguiu transparecer calma ao dizer:

– Então agora você lê mentes?

– Ah, sim. – Ele se aproximou mais para sussurrar no ouvido dela: – Porque posso jurar que ele estava pensando as mesmas coisas que eu durante todo o jantar. Que queria se envolver em atos escusos com você. Repetidas vezes. Com frequência.

Esforçando-se para não perder a compostura, ela afastou o dedo dele do corpete de seu vestido.

– Você parece ter tido muitas ideias travessas enquanto observava. Mas nem todo mundo tem a sua predileção por comportamentos sórdidos.

– Posso garantir que ele sim.

– Pela forma como fala dele, eu nunca poderia imaginar que vocês fossem tão bons amigos como Grey disse que são, Vossa Graça.

Ele balançou a cabeça.

– Você é a única pessoa que conheço que faz "Vossa Graça" soar como um insulto.

– E você é a única pessoa que se sente insultada ao ser chamada de uma forma perfeitamente adequada.

– Porque você usou para me colocar no meu lugar.

– Agora lê *minha* mente, senhor? Acho que deveria entrar para aquele grupo de hipnotizadores. Tenho certeza de que adorariam ter um homem tão brilhante.

– E *você*? Adoraria ter a mim?

Ela respirou fundo.

– Como o quê? Um passatempo?

– Olivia – sussurrou ele. – Não foi isso que eu...

Uma voz veio da porta.

– Meu irmão a está importunando? – perguntou Gwyn. – Porque ele também abusou da minha hospitalidade. – Gwyn se aproximou deles enquanto os dois se afastavam um do outro. – Vamos, Thorn, você tem sua própria casa. Deveria ficar lá. Sobretudo porque temos uma "longa viagem" à nossa frente amanhã.

– Claro – concordou Thorn, embora seu olhar ainda estivesse fixo em Olivia. – Muito bem, estarei aqui às dez. Espero que estejam prontas e com tudo arrumado.

– Certo – disse Gwyn, empurrando-o em direção à porta. – Agora vá. A não ser que queira me escutar reclamando amanhã na carruagem, deve permitir que eu e Olivia tenhamos uma boa noite de sono. Então "boa noite, amado príncipe".

Thorn ergueu as sobrancelhas.

– Você sabe que Horácio diz isso para um Hamlet morto, não sabe? – disse ele.

– Jura? – questionou Gwyn, com um brilho decidido no olhar. – Não fazia ideia.

– Espero que não deseje me ver morto.

– Claro que não. – Gwyn piscou para Olivia. – Só quero que vá embora para que eu e a Srta. Norley possamos descansar em paz.

– Humm. – Ele lhe deu um beijo no rosto. – Até amanhã.

Thorn fez uma mesura para Olivia.

– Diferente de Juncker, não darei boa-noite até o amanhecer. Mas desejo um bom sono e "talvez sonhar", como diria Hamlet.

Enquanto ele saía, Olivia soltou um suspiro pesado. Preferia *não* sonhar naquela noite. Se sonhasse, seria com ele. E não podia permitir que ele brincasse com suas emoções. Por um lado, ele parecia ter amolecido bastante. Por outro, não parecia ter mudado de opinião em relação a casamento, e ele fora bem firme ao afirmar, no baile de Gwyn, que nunca a pediria em casamento de novo. Então precisava ser cautelosa se não quisesse acabar no penhasco da ruína.

Porque, dessa vez, ele claramente não tinha a menor intenção de tentar salvá-la.

# CAPÍTULO ONZE

Saíram de Londres em um bom horário no dia seguinte. Thorn havia nutrido esperanças de ter uma conversa agradável com Olivia durante a viagem, mas, com as duas mulheres entretidas em falar sobre o iminente confinamento pós-parto de Gwyn, ele dormiu durante a maior parte do caminho, principalmente porque elas ignoraram suas tentativas de mudar de assunto.

Quando chegaram a Rosethorn, ele mostrou a Olivia o prédio que considerava o melhor local para o novo laboratório, mas ela insistiu para que um lacaio, não ele, a ajudasse a arrumar tudo.

Nas três horas seguintes, ela também se recusou a deixá-lo entrar no local enquanto estava trabalhando e, quando ele protestou, fez com que se lembrasse do que acontecera da última vez que ele "invadira o santuário do meu laboratório". Era difícil argumentar contra isso, ainda mais agora que ele tinha visto o que poderia acontecer se uma pessoa se comportasse de forma negligente com produtos químicos.

Além disso, ele também tinha muito a fazer: reunir-se com inquilinos, conversar com o administrador da propriedade e, à noite, ainda tentar terminar de escrever sua peça. Também tentara encontrar o condestável para conversar sobre o acidente de seu pai, mas a esposa disse que ele estava em Londres e só voltaria dali a uns dias.

Apesar de preencher seu tempo, ele ainda desejava poder jantar com Olivia. Ou ter encontros calorosos com ela no escritório ou na biblioteca.

Obviamente, depois que ele se comportara como um tolo ciumento na casa de Gwyn, Olivia estava determinada a fazê-lo arcar com as consequências de suas ações. Embora, para ser sincero, Thorn não soubesse se ela o estava evitando ou se apenas estava totalmente envolvida com o trabalho. Fosse qual fosse o motivo, ele não estava gostando.

No quarto dia, quando chegou ao salão do café da manhã e não encontrou nem sinal de Olivia mais uma vez, ficou exasperado.

– Não é cedo demais para você estar de pé? – disse ele à irmã, mal-humorado.

Gwyn tomou um gole de café e continuou lendo o jornal.

– Não é tarde demais para *você* estar de pé?

– Creio que sim. Demorei um pouco a pegar no sono.

Mas só porque ficou tentando escrever. A peça estava quase finalizada, só aquela última cena chata não saía de jeito nenhum.

Depois de colocar torrada e bacon no prato, ele se sentou em frente à irmã.

– Suponho que não tenha visto nossa hóspede hoje.

– Não – confirmou Gwyn. – Mas não estou muito preocupada com isso. Que eu saiba, Rosethorn ainda é um lugar bastante seguro.

– Era o que pensávamos sobre Carymont também.

– Mas você providenciou um guarda. Não precisa se preocupar com ela.

Teve vontade de praguejar. Não estava preocupado. Estava irritado por não conseguir vê-la.

– Ela pretende fazer *alguma* das refeições conosco?

– Isso é relevante? Ela não veio aqui para socializar. Você deixou isso perfeitamente claro quando me pediu que a acompanhasse. – Com um suspiro, Gwyn baixou o jornal. – Quais foram mesmo as suas palavras? Ah, sim: "Não espere que ela fique passeando pelo campo com você ou conversando sobre arquitetura. Ela tem uma tarefa para concluir e não pode se distrair." Talvez você deva seguir o próprio conselho.

– Só não pensei que ela seria tão antissocial. E por tanto tempo.

– Três ou quatro dias? Isso não é tanto tempo. E acho que você simplesmente *não pensou*, ponto. Considerando a forma como se comportou no jantar com o Sr. Juncker, não a culpo por querer ficar sozinha.

– Ele estava sendo um cretino.

– Porque estava usando a fama dele para flertar com ela?

Thorn teve que morder a língua para não contar a Gwyn que Juncker não tinha fama. Mas aí teria que contar toda a história sobre suas peças. E não queria arriscar que ela contasse para Olivia.

– Você teria feito o mesmo no lugar do Sr. Juncker – acrescentou Gwyn, com um sorriso astuto. – E sabe disso!

– É, acho que sim.

Aquilo pareceu resolver a questão na cabeça de Gwyn, pois ela voltou a ler o jornal. Às vezes ele se perguntava se a irmã desconfiava que ele escrevia as peças de Juncker. Mas ela certamente teria falado alguma coisa.

Frustrado por não conseguir arrancar dela nenhuma informação sobre Olivia, Thorn pegou o jornal depois que ela terminou e ficou lendo enquanto comia.

Passaram um tempo sentados em silêncio, até que o mordomo entrou.

– O condestável local está aqui para vê-lo, Vossa Graça. Disse que o senhor deixou um recado na casa dele.

– Deixei mesmo. Por favor, traga-o até aqui.

Quando o mordomo saiu, Gwyn olhou para o irmão desconfiada.

– Por que você quer falar com o condestável local?

– Porque se Olivia determinar que o pai de Grey foi envenenado, então o próximo passo será determinar se o acidente do *nosso* pai foi algo a mais.

– Ah, sim.

Nesse momento, o condestável Upton, um senhor enrugado, com orelhas grandes e fartas sobrancelhas brancas, entrou. Com o chapéu na mão, ele fez uma mesura e disse:

– Vossa Graça. Deseja me ver?

– Sim, Upton. Obrigado por vir.

– Sinto muito por não ter vindo antes. Tive negócios em Londres e só voltei ontem à noite.

– Não precisa se desculpar. Na verdade, agradecemos por vir nos ver tão logo tenha voltado. Aceita tomar o desjejum conosco?

Upton relaxou ao ver que não estava encrencado.

– Já comi, Vossa Graça, mas tomaria uma xícara de café.

– Não prefere chá? – ofereceu Gwyn. – Temos os dois.

– Café está bom, milady.

Enquanto ela servia o café, Thorn apontou para uma cadeira.

– Sente-se, condestável.

Upton lançou um olhar de preocupação para Gwyn enquanto se sentava em frente a Thorn.

– Não se preocupe – tranquilizou-o Thorn. – Minha irmã sabe sobre o que desejo discutir com o senhor, mas acho que é melhor fecharmos a porta. Não seria sábio deixar que nos escutem.

Depois de perguntar como o condestável queria o café, Gwyn o preparou e o entregou a ele. Thorn se levantou e fechou a porta, enquanto se perguntava como começar.

Era melhor ir direto ao ponto.

140

– Temos algumas perguntas para o senhor sobre o acidente de carruagem que tirou a vida do nosso pai. O senhor já era o condestável na época, não?

Upton estufou o peito.

– Sim, Vossa Graça. Sirvo como condestável há quarenta anos.

– Quando não está cuidando da ferraria na cidade. Estou certo?

– Sim, junto com meu filho. Preciso tirar o meu sustento de algum lugar, Vossa Graça.

– Claro – concordou Thorn. – Ninguém questiona isso. – O cargo não era remunerado, então a maioria dos condestáveis tinha que conciliar com um trabalho regular. – Esta é a questão. Fomos informados de que alguém pode ter adulterado a carruagem do nosso pai a fim de causar o acidente que o matou.

O condestável franziu a testa.

– Não sei de nada disso, Vossa Graça.

Gwyn pigarreou.

– Queremos que entenda, senhor, que ninguém o está acusando. Estamos simplesmente tentando descobrir a verdade. Afinal, não foi apenas nosso pai que morreu, dois lacaios também faleceram no acidente, e o cocheiro ficou gravemente ferido. Foi uma tragédia.

– Exatamente – disse Thorn, grato pela presença de Gwyn, que sabia como deixar as pessoas à vontade. Ele não era bom nisso. – E o senhor é a única pessoa que pode nos dizer alguma coisa. O administrador que cuidou de Rosethorn enquanto eu e Gwyn estávamos morando fora com nossa mãe e nosso padrasto morreu há alguns anos, então não podemos perguntar a ele. Mas achei que o senhor poderia ter examinado a carruagem depois do acidente. Que talvez se lembrasse de como estava o veículo.

– Qualquer coisa que puder nos contar será de grande valia – acrescentou Gwyn, abrindo um sorriso afável para o homem.

O condestável tomou um pouco do café, em seguida pousou a xícara na mesa.

– A carruagem acabou virando lenha para fogueira, pois foi totalmente destruída no acidente. Mas o banco do cocheiro foi encontrado bem atrás do veículo. Na época, pensamos que talvez tivesse se soltado primeiro, assustando os cavalos e fazendo com que disparassem, causando, assim, o acidente.

Um arrepio percorreu a espinha de Thorn.

– Então os parafusos que prendem o banco podem ter sido soltos? – perguntou ele.

A pessoa que tentara adulterar a carruagem de Thorn tinha feito exatamente o mesmo.

– Suponho que seja possível. A carruagem rolou estrada abaixo, mas não para muito longe, esmagando Sua Graça e arremessando o lacaio contra uma rocha. – Ele balançou a cabeça. – Perdoe-me, senhor, mas espero que esteja errado sobre a causa do acidente. Seu pai era um bom homem e excelente senhorio. Os inquilinos o adoravam. Não consigo pensar em ninguém que quisesse vê-lo morto.

– Obrigada por dizer isso, condestável – interveio Gwyn. – Como ainda não tínhamos nascido na época, só podemos contar com o que pessoas boas como o senhor nos contam sobre ele. Nossa mãe não gosta de falar sobre ele. Os dois eram tão felizes que ela ficou arrasada. Foi o que ela sempre disse.

Thorn se segurou para não falar nada. Talvez estivesse na hora de pressionar a mãe para descobrir e verdade. Depois que pressionasse o condestável.

– Eu tenho uma pergunta sobre o que aconteceu naquele dia. Uma pessoa que conhecia a família disse que meu pai estava com pressa de chegar a Londres, incitando o cocheiro a acelerar de forma imprudente, e que isso causou o acidente. O senhor sabe se pode ter sido assim?

Ele sentiu o olhar de Gwyn sobre si. Provavelmente, teria que contar a *ela* sobre a informação com que lady Norley o chantageara, mas talvez não tivesse problema. Como Shakespeare escreveu: "A verdade vem." E ele estava cansado de guardar os segredos do falecido pai.

– Permita-me discordar, Vossa Graça – disse o condestável –, mas não me parece provável. Sua Graça não era imprudente. E saber que seria pai em breve o teria tornado ainda mais responsável.

Thorn forçou um sorriso.

– Está certo. – Ele ficou brincando com a asa da xícara vazia. – Uma última pergunta. *Por que* meu pai estava indo a Londres naquele dia? Minha mãe disse que ele tinha negócios urgentes a tratar, mas parece não saber o quê. – Ou não quisera contar, o que era mais provável. – E, como o senhor mesmo disse, ele estava para se tornar pai a qualquer momento, então por que viajar e deixar minha mãe apenas com criados para assisti-la?

O condestável já estava balançando a cabeça.

– Ele não a deixou sozinha. A casa estava cheia: parentes de ambos os lados da família, amigos que queriam estar presentes para o nascimento. Ela não estava sozinha.

Thorn e Gwyn trocaram olhares. A mãe nunca contara sobre ter hóspedes. Mas ela não gostava de falar sobre aquele dia.

– O senhor, por acaso, sabe quem exatamente estava aqui? – perguntou Thorn.

– Sinto muito, senhor, mas não sei. – Ele empurrou a xícara para o lado. – Mas, sobre o motivo de seu pai viajar, o boato na cidade era de que ele tinha ido buscar uma parteira conhecida. Parecia que o parto ia acontecer antes, e todos estavam preocupados com isso. Claro, o fato de serem gêmeos explicou o nascimento prematuro. E nossa parteira local fez um bom trabalho.

Porque a mãe deles não teve outra escolha. Quando entrou em trabalho de parto, o pai já tinha morrido tentando trazer a "famosa parteira". Thorn preferia essa explicação à dada por lady Norley. Talvez ela estivesse enganada. Talvez até tivesse inventado tudo aquilo. Era estranho o pai deles viajar para visitar uma amante enquanto havia tantos hóspedes em Rosethorn.

E por que a mãe deles nunca mencionara isso? Talvez porque não tivesse relevância alguma quando comparado às terríveis circunstâncias envolvendo a morte do marido.

De toda forma, haviam obtido novas informações com o condestável. Nada concreto, mas sustentava a ideia de que ele talvez tivesse uma boa razão para ir correndo a Londres. E o fato de que havia muitos convidados era significativo em ambos os casos, na morte do pai de Grey e na morte do pai dele e de Gwyn, pois mostrava que estava acontecendo algum tipo de comemoração. Então eles deveriam seguir por esse caminho.

Thorn se levantou.

– Obrigado, senhor. Suas informações foram inestimáveis para nos ajudar a começar. – Quando o condestável se levantou, Thorn estendeu a mão. – Agradecemos pela franqueza e pelas informações que nos deu.

Os dois trocaram um aperto de mão.

– Gostaria de poder ajudar mais, Vossa Graça. – Ele pegou o chapéu e se dirigiu à porta, mas parou. – Se ainda estiver curioso sobre o acidente, deveria fazer uma visita ao cocheiro de seu falecido pai.

– Ele está vivo? – perguntou Gwyn. – Achávamos que não tivesse sobrevivido aos ferimentos.

– Bem, não se recuperou totalmente. Não está bem da cabeça e as pernas não funcionam. Mas talvez ainda se lembre de alguma coisa que seja útil. Sua mãe garantiu que ele recebesse o melhor atendimento e uma boa pensão pelo resto da vida. Lembrem-se que ele tinha 40 e poucos anos na época, então agora tem mais de 70. Mora em Newbury, com a filha.

Outra surpresa. Thorn deveria saber. Ele pagava aquela pensão, mas nunca perguntara quem era o homem que a recebia. Foi uma constatação preocupante. O que mais ele não sabia sobre o passado?

– É melhor eu ir agora – disse Upton. – Avisem-me se quiserem que eu os leve para visitar o cocheiro. – Ele fez uma mesura para Gwyn. – E obrigado pelo café, milady. A senhora se tornou uma mulher tão graciosa quanto sua mãe.

Gwyn abriu um sorriso afetuoso.

– O senhor não poderia me fazer um elogio melhor.

Depois que ele saiu, Gwyn se sentou à mesa novamente.

– Isso foi interessante.

– Para dizer o mínimo. – Thorn se sentou também e se serviu de mais café. – Você sabia que a casa estava cheia de hóspedes naquele dia? Eu não.

– É a primeira vez que ouço isso. – Ela coçou o queixo. – Deveríamos perguntar a mamãe quem estava aqui.

– Com certeza. Faça isso. Você é melhor em não levantar suspeitas.

Gwyn se levantou e foi até a janela.

– Será que não estamos cometendo um erro em não contar a mamãe sobre a investigação? Tudo isso envolve os falecidos maridos dela. Ela não deveria pelo menos saber? Talvez até possa nos dar informações úteis.

– Sim, mas, se estivermos errados, teremos despertado lembranças dolorosas à toa.

– Mamãe não é tão frágil quanto vocês, homens, pensam. Além disso, pelo que fiquei sabendo por lady Hornsby durante meu debute, mamãe mal tolerava o pai de Grey. Ele só estava interessado na fortuna dela, que roubou logo depois do casamento. Mamãe nunca fala dele com carinho.

– Verdade, mas mamãe teve um filho com ele, um filho a quem ama muito.

– A questão é que todas as lembranças que ela tem do pai de Grey são ruins, então trazê-las à tona não vai ser um problema. Desconfio que ela tenha até ficado feliz quando ele morreu.

– É provável. – Thorn tomou mais um pouco de café. – Principalmente porque acabou conhecendo nosso pai. A relação dos dois era bem diferente. – Pela primeira vez em nove anos, ele quase conseguiu acreditar nisso.

– Acho que eles realmente se amavam – disse Gwyn.

– Ou realmente acreditavam que se amavam – opinou Thorn.

– Você ainda é tão cético assim? Olivia não mudou sua opinião sobre o amor?

– Não mesmo.

Sem contar que Olivia era pragmática demais para acreditar no amor.

Mas Gwyn estava enganada quanto a contar para Lydia sobre as suspeitas deles em relação às mortes. Ainda era cedo. Mal tinham provas de que foram assassinatos ou pistas que indicassem os culpados.

Contar a seus meios-irmãos, Sheridan e Heywood, era outra questão. Quando Sheridan levantara a possibilidade de os dois mais recentes duques de Armitage terem sido assassinados, Grey e Thorn ficaram céticos. Agora, porém, nenhum dos dois duvidava mais. E, como o atual duque de Armitage era Sheridan, Thorn já não podia se dar ao luxo de ignorar a possibilidade de seu meio-irmão ser o próximo alvo.

Esse pensamento ficou na sua cabeça o dia todo. Quando estava cavalgando para ir falar com um inquilino sobre plantar cevada no ano seguinte ou quando estava conversando com o cuidador dos cães de caça para comprar mais animais a fim de encher o canil e até depois do jantar, enquanto relaxava, já de roupão, e revisava a cópia impressa de suas outras peças para ver se já tinha escrito uma cena final como a que pretendia escrever agora.

Pensamentos sobre Sheridan e Heywood ainda povoavam sua mente quando atravessou o corredor e encontrou Olivia subindo a escada a passos rápidos, com um brilho no olhar. O vestido dela, de fustão grosso verde-garrafa, parecia ser seu preferido para trabalhar com produtos químicos. Por cima, ela vestia um avental branco.

Por alguma razão, ele a imaginou apenas de avental, e seu pulso acelerou. Queria despi-la totalmente. Queria vê-la nua.

Céus.

– Vejo que está acordada até tarde de novo.

Thorn fechou a porta do seu escritório ao sair. Não seria bom se ela entrasse e visse os escritos dele espalhados sobre a escrivaninha.

– Você também. Mas fico feliz. – Ela sorriu quando parou na frente da porta do escritório. – Como você sempre sabe quando fiz uma descoberta importante e estou me coçando para contar para alguém?

– Talvez eu possa realmente ler a sua mente.

– Duvido muito – disse ela, com uma gargalhada cadenciada. – Porque, se pudesse, saberia que eu consegui! – Ela continuou a subir a escada devagar, em um convite para que ele a seguisse.

Foi o que ele fez.

– Conseguiu o quê? É algum outro desdobramento químico que não vou entender nem se você explicar?

– Não. Na verdade, esse é o resultado de tudo que esperávamos. Encontrei arsênico exatamente onde imaginei que fosse encontrar: no estômago. O que significa que a comida foi envenenada com uma grande dose. E o fato de eu não ter encontrado nos outros órgãos confirma que o veneno foi ingerido.

– Impressionante! Meus parabéns! Isso significa que seu método funcionou exatamente como esperava?

– Sim. Posso escrever um artigo a respeito assim que você e Grey se sentirem à vontade com isso.

– Tem certeza de que esse resultado pode ser usado como evidência em um julgamento?

– Tenho. Não é incrível?

– Sim – concordou ele ao chegarem ao patamar seguinte. Achava a animação dela divertida, considerando sua causa. – Você provou que o pai de Grey foi assassinado. Incrível, de fato.

O rosto dela ficou consternado.

– Falando assim, parece *terrível*. – Lentamente, ela se dirigiu à suíte em que estava instalada, em frente ao quarto de Gwyn. – Eu não deveria ficar animada com a morte de uma pessoa.

– Só estou implicando com você. Isso já faz muito tempo. – Ele torcia para que a irmã já estivesse dormindo. Do contrário, as vozes deles poderiam fazê-la se levantar para cumprir seu papel de acompanhante, e ele estava gostando de ter Olivia só para si. – Desculpe, mas eu acho engraçado que você fique encantada com os resultados dos seus experimentos.

– Sempre me senti mais à vontade em um laboratório. Não entendo bem as pessoas. Até tento, mas o comportamento humano nem sempre é lógico.

– Concordo com você. As pessoas são seres peculiares.

– Como dizia Shakespeare: "Porque o homem é…"

– "…uma criatura inconstante."

– Sim! Eu amo essa fala!

– E eu vejo como seu sucesso em encontrar arsênico é um feito e tanto, não apenas para você, mas para todos nós. Significa que não estamos imaginando coisas.

Ela parou em frente à entrada de sua suíte.

– Sobre o pai de Grey ter sido assassinado?

Ele olhou de relance para a porta do quarto da irmã.

– Mais do que isso. É uma longa história, que podemos discutir amanhã. Não quero acordar Gwyn.

– Claro. – Ela continuou baixinho: – Por que não conversamos um pouco na saleta da minha suíte? A não ser que esteja muito cansado.

A chance de tê-la mais um pouco só para si pesava mais do que qualquer outra coisa que estivesse sentindo.

– Estou ótimo – disse, e abriu a porta para ela.

Olivia pareceu não notar nem se importar quando ele fechou a porta atrás de si. Porém, depois do que tinha acontecido entre eles na noite da explosão, não queria correr o risco de ser pego com ela, nem por Gwyn nem por algum criado. Queria ao menos beijá-la e, para isso, precisava de privacidade.

– Só um momento.

Ela foi até o quarto. Thorn a ouviu dispensando a criada, e seu sangue correu veloz pelas veias. Pelo visto, ele não era o único a desejar privacidade.

Quando ela voltou à saleta, respondeu ao olhar inflamado dele com um defensivo.

– Não quero que ela fique me esperando até tarde. Já esperou muito.

– Claro.

Agora que estavam sozinhos, ela não correspondeu ao olhar dele.

– Acho que devo agradecer a você por esta suíte adorável – disse, indicando com um gesto a saleta, que tinha um sofá estofado com tecido adamascado verde-esmeralda e cortinas combinando.

– A mim não. – Ele a encarou, desejando que ela olhasse para ele. – Eu a teria colocado em um quarto perto do meu.

Ela demonstrou surpresa.

– Muito engraçado, mas pouco provável. Sua irmã teria protestado, *eu* teria protestado e até você sabe que não poderia ser tão descarado.

– Não poderia?

Ela corou.

– Além disso, é uma linda suíte. Talvez não saiba, mas verde é minha cor preferida.

– Um gosto acertado. Você fica linda de verde.

– Eu nunca… Não é por isso. Eu… apenas gosto da cor. – Ela endireitou os ombros. – Enfim, deveríamos estar conversando sobre a morte do pai de Grey e como isso aponta que vocês não estão imaginando coisas.

Droga. Ela só dispensara a criada por gentileza. Enquanto isso, ele estava fervendo de excitação com a possibilidade de levá-la para a cama.

– Prefiro falar sobre o que faremos agora – disse ele.

– Fiz algumas anotações apressadas sobre meus métodos, mas preciso organizá-las amanhã. E *precisamos* escrever para Grey contando a novidade.

– Não era a isso que eu estava me referindo. Quis dizer sobre o que *nós* faremos. Você e eu.

– Eu… não pensei muito sobre isso.

– Deveria. Porque esta pode ser nossa última noite juntos. Você terminou a tarefa que Grey lhe deu e agora não há mais nada que possa fazer até o julgamento. E como eu não a encontrei durante todos esses anos desde a manhã em que a pedi em casamento, é improvável que voltemos a nos encontrar. É isso que quer?

Ela ergueu o queixo.

– Acho que eu é que deveria lhe fazer essa pergunta.

– A única coisa que sei é que a ideia de não vê-la de novo… – … *é como uma flecha no meu peito*. Não, revelador demais. – Bem, não me satisfaz.

– Nem a mim – confessou ela, ligeiramente ofegante.

– Tem certeza? Quando nos conhecemos, você pareceu não gostar muito de mim.

– Porque você estava se comportando como um cretino. – Ela amoleceu. – Mas depois que o conheci melhor, você ficou mais… atraente.

– Nove anos depois.

– E por nove anos… – Ela foi até a janela para contemplar o gramado. – Nosso primeiro beijo… foi… foi…

– Especial?

– Meu único beijo.

Aquilo o surpreendeu.

– Mesmo? Você pareceu… confortável na ocasião.

Ela o olhou por cima do ombro.

– Homens não são os únicos a sentir desejo. Para mim, nosso beijo foi mágico.

– Não o suficiente para convencê-la a se casar comigo. – Quando ela balançou a cabeça, ele levantou a mão. – Já sei, já sei. Minha proposta não foi muito irresistível. Mas você me disse, na casa de Grey, que não teria se casado comigo mesmo se eu tivesse sido mais... cortês.

– Nove anos atrás, talvez. Mas você e eu mudamos bastante desde então. Você ficou mais cético, enquanto eu aprendi certas vantagens de... estar perto de um homem como você.

Ele ouvia o próprio sangue correndo nas veias enquanto se aproximava dela.

– Quais vantagens, por exemplo?

– Companheirismo, para começar. Acho estimulante conversar com um homem que aprecie minhas conquistas na ciência, mesmo que não as compreenda. – Ela o fitou com intensidade enquanto ele se aproximava. – Que compartilhe meu interesse pelo teatro, entre outras coisas.

– Acha estimulante conversar com um homem sobre química e teatro? – Ele chegou perto o suficiente para sentir o aroma sensual dela, para ver seus olhos escurecerem de desejo. – Eu acho estimulante estar tão perto assim de você. – Ele pegou o rosto dela nas mãos. – Tocá-la. – Ele abaixou o rosto até sua boca estar a poucos centímetros da dela. – Beijá-la. Sua boca foi feita para beijar.

Então ele fez exatamente isso.

# CAPÍTULO DOZE

Olivia mal conseguia pensar enquanto Thorn a distraía com lábios, língua e dentes. Por que o beijo dele tinha que ser tão divino, com a doce suavidade de um anjo e a urgência febril do diabo? A combinação a deixava com as pernas bambas.

Ela queria mais de tudo... da boca, das mãos dele... do seu corpo rijo. O robe de seda azul-cobalto que ele vestia roçava sua pele, como se até o tecido desejasse acariciá-la, excitá-la.

Ele se afastou um pouco.

– Estava com saudade.

– De mim ou *disso*?

– Por que não os dois?

Sem aviso, ele a levantou e a colocou sentada sobre o largo parapeito da janela e puxou o xale dela para que pudesse beijar, sugar e lamber sua pele nua, desde o pescoço até os seios. O mero roçar do bigode dele a fez desejá--lo ainda mais.

Ela o agarrou pelos ombros e deixou que o prazer de senti-lo a envolvesse, como se entrasse em uma banheira de água quente.

– O que estamos fazendo, Thorn?

– Não sei você, mas *eu* estou tirando proveito desta situação. – Como se para enfatizar o fato, ele enfiou os dedos lentamente no coque que ela usava para trabalhar, soltando os grampos. – Meu Deus, como seu cabelo é lindo. Brilha como um dia de verão ensolarado ou um campo de cevada no outono.

Ele era tão poético quanto o Sr. Juncker. Será que se dava conta disso?

– É sério – insistiu Olivia.

O olhar dele a fazia arder.

– Sempre falo sério quando o assunto é cabelo.

Ela balançou a cabeça, fazendo as mechas se soltarem mais.

– Quero saber se você não acha isso pouco sensato da nossa parte...

– Mas estou fazendo mesmo assim. – Como que em transe, ele espalhou o cabelo dela sobre seus ombros. – É isso que nós, libertinos, fazemos. – Ele acariciou seus seios, fazendo com que ela ansiasse por mais.

Olivia o beijou na têmpora, depois no cabelo, e fez uma última tentativa de protestar.

– Meu querido libertino, não tem medo que alguém nos flagre?

– Não a esta hora.

A lembrança de que todos estavam na cama e que eles poderiam se comportar mal impunemente foi suficiente para excitá-la. E por que não deveria ficar com ele? Não precisava proteger sua virtude. Depois disso, sua intenção era ser química pelo resto da vida. Sozinha.

Pensar isso a deprimiu, fazendo com que se entregasse ainda mais ao... ao momento.

Thorn desamarrou o avental dela e o jogou no sofá, depois puxou suas saias para poder se colocar entre as pernas dela. A rigidez da excitação dele a pressionou bem no ponto que já ansiava por ele, fazendo-a suspirar. O contraste entre o calor do corpo dele e o frio que vinha da janela às suas costas a fez estremecer.

– Vamos para um lugar mais quente – sugeriu Thorn. – Coloque as pernas em volta do meu corpo.

Olivia obedeceu, só para ver o que ele faria. Thorn então a ergueu e a levou para o quarto, passando pela porta que ela não tivera a intenção de deixar aberta. Ou tivera?

O mero movimento do corpo dele contra sua região íntima desnuda a deixava mole. Será que era errado sempre se sentir úmida lá embaixo quando ele fazia aquelas coisas? Será que era normal?

Ela não se importava. Santo Deus, ele a estava deixando louca.

Thorn a deitou na cama, em seguida tomou o rosto dela nas mãos e a olhou no fundo dos seus olhos.

– Eu quero você. E acho que você também me quer. Estou enganado?

– Não. – Ela balançou os pés para se livrar dos sapatos, ansiosa para começar. – Mas não quero ser simplesmente mais uma de suas muitas conquistas.

– Não tem nada de simples no que existe entre nós. Você não poderia ser só mais uma conquista nem se quisesse.

Para surpresa de Olivia, aquelas palavras a tranquilizaram. Mas ela sabia que deveria ter cuidado. Afinal, um homem como ele diria qualquer coisa para levar uma mulher para a cama. Por algum motivo, ela sentiu que dessa vez era... diferente.

Ou estava apenas sendo extremamente ingênua?

De qualquer forma, ela sabia, no fundo do coração, que já tinha feito sua escolha. Queria tê-lo em sua cama. Naquela noite. Talvez nunca mais tivesse a chance de descobrir como era estar com um homem. Como era estar com *ele*. Em todo aquele tempo, nunca havia conhecido um homem que a atraísse nem sequer minimamente. Thorn a estragara para os outros.

Ele tirou o robe, em seguida se ajoelhou na frente dela para levantar suas saias de novo, de forma que pudesse desamarrar a liga e abaixar as meias. De forma lenta. E sedutora. Cada movimento a fazia querer levantá-las de novo só para que ele pudesse abaixá-las mais uma vez.

– Suponho que isso seja um sim – disse ele com a voz abafada, enquanto passava os dedos pelas coxas macias dela. – Que você deseja dividir a cama comigo esta noite.

– E eu que pensei que você estivesse apenas brincando de ser minha criada – implicou ela.

Ele a olhou de soslaio.

– Acho que não sou do sexo certo para isso.

– Preciso me certificar.

Ela desabotoou o colete dele e o tirou, depois abriu os três botões da camisa para ver seu peitoral nu.

– Minha nossa! – exclamou ela, impressionada. – Definitivamente, você não é uma criada.

Que peitoral magnífico! Alguns anos antes, ela vira um esboço do *Davi* de Michelangelo e desde então vinha imaginando Thorn como aquela escultura, mas de carne e osso. Ainda assim, em sua imaginação, não pensara em acrescentar pelos na metade superior do torso e um caminho mais estreito de pelos descendo até o umbigo.

Passou a mão pelos músculos, que eram tão esculpidos quanto os da estátua. Só que a pele de Thorn era quente e sensível, os músculos se flexionando sob seu toque de forma muito gratificante.

Um gemido gutural saiu baixinho da garganta dele quando Olivia passou o polegar pelos mamilos e deu um beijo no espaço coberto por pelos entre os dois. O cheiro dele era tão bom que sua vontade era se esfregar inteira nele. Que loucura!

Mas quando ela deslizou as mãos para abrir os botões da calça dele, Thorn disse, em um gemido:

– Minha vez.

Então levantou a saia dela até a cintura e abaixou a cabeça de forma a enterrar a boca no meio de suas coxas.

Ela mal podia acreditar! Ele realmente a estava lambendo lá?

Ele logo a levou a um frenesi de excitação, então se afastou e a encarou com um olhar faminto.

– Seu gosto é o paraíso. Posso continuar?

– Ah, pode, sim – concordou ela, empurrando a cabeça dele de forma a estimulá-lo a voltar.

Ele obedeceu, rindo. Então colocou a língua dentro dela, do mesmo jeito que colocara o dedo dias antes. Ah, que maravilha! Que provocante! Aquela era uma droga na qual ela podia facilmente se viciar.

Ele começou a movimentar a língua sobre um ponto que parecia ficar mais sensível a cada lambida. Olivia então percebeu que soltava sons estranhos e que ondulava o corpo contra ele, até que, de repente, ele se afastou.

– Ainda não, querida. Quero vê-la totalmente nua, primeiro. – Enxugando a boca com um lenço, ele encarou os seios dela. – Lindos como eles são, quero ver você inteira, cada pedacinho nu para mim.

Até as palavras a faziam ansiar por mais.

Como se soubesse que a havia deixado com as pernas bambas demais para ficar de pé, ele se levantou e se sentou ao seu lado. Então a virou para que pudesse desamarrar o vestido.

Juntos, tiraram o vestido e o espartilho. Então, em poucos segundos, ele arrancou a combinação também, restando-lhe apenas o cabelo para cobrir sua nudez.

Thorn deslizou a mão pelas costas dela, até o traseiro.

– Você é uma deusa, docinho. – Por trás, ele a envolveu com os braços e pegou seus seios, acariciando-os sem o menor pudor. – Começando por essas belezas – ele deslizou a mão pela barriga dela até as partes íntimas – até essa lindeza aqui. Olhe no espelho. Quero que veja o que eu estou vendo.

No espelho? Ela olhou em volta e percebeu que a imagem dos dois estava perfeitamente refletida no espelho em frente à cama. Parte dela se perguntava se ele o tinha posicionado ali de propósito, se já levara outras mulheres a sua casa para isso.

Outra parte dela apenas se deliciava com a expressão de desejo nu e cru no rosto dele enquanto acariciava seu mamilo com uma das mãos e usava os dedos da outra para excitá-la lá embaixo. Só de ver as carícias, ela ficava úmida.

– Quando será a *minha* vez? – perguntou ela. – Eu também quero ver você nu.

Olivia estava curiosa com aquela protuberância rija que acariciara por poucos minutos na última vez que tiveram aquele tipo de intimidade.

– Ah, Deus, sim – murmurou ele, rouco.

Ele tirou os sapatos, desabotoou a calça e a roupa íntima e as jogou longe junto com as meias.

– Pronto – falou, parado na frente dela com as mãos na cintura. – Pode olhar. Só não demore muito, senão vou ficar constrangido.

Ela duvidava que ele pudesse se constranger, considerando que já estava inteiramente nu na frente dela, mas foi revelador vê-lo em toda a sua glória. O esboço de *Davi* tinha as partes masculinas bem menores e mais domesticadas.

O membro grosso que apontava para ela, do meio de um ninho de pelos pretos, com grandes bolas penduradas, era uma visão e tanto. Certamente não era uma estátua.

Ela engoliu em seco. Aquela *coisa* deveria entrar nela, da mesma forma que o dedo e a língua dele haviam entrado?

Deus do céu.

Ela estendeu a mão para tocá-lo e aquilo se mexeu, como se tivesse vida própria. Thorn segurou a mão dela.

– Agora não, docinho, ou não conseguirei fazer direito.

– Tem jeito certo e errado?

– Mais ou menos. – Ele se aproximou. – Deite-se e vou lhe mostrar a forma certa. – Ele acrescentou, baixinho: – Supondo que eu sobreviva até lá.

Ela obedeceu, e em seguida ele estava ajoelhado entre suas pernas.

– Tem certeza de que quer isso? – indagou ele.

– Como posso ter certeza se nunca fiz antes?

Ele gemeu.

– Eu consigo parar agora, antes que algo aconteça, se for isso que você quer.

Muita coisa já tinha acontecido. Ela se recusava a voltar atrás.

– Não pare – sussurrou Olivia.

– Graças a Deus – sussurrou ele, então pressionou de leve a ponta do seu *membro* para dentro dela e começou a abrir caminho, pouco a pouco.

No início, foi enlouquecedor. Parecia não encaixar.

Ele deve ter pensado a mesma coisa.

– Você é tão apertadinha... tão quente, molhada, estreita...

– Tem certeza de que esta é a forma *certa*?

– Ah, sim, confie em mim, docinho – ele conseguiu falar. – É o mais certo possível... para mim. Mas não sei se a primeira vez... se é bom para uma virgem. Tentarei fazer... da melhor maneira para você.

Ele posicionou um travesseiro por baixo do quadril dela, levantando-o. Ela não entendeu por quê. Mas foi bom.

– Melhor? – perguntou Thorn.

Olivia assentiu. Não conseguia falar, consumida pela sensação de estarem tão intimamente ligados. Ele pareceu ficar ainda maior dentro dela. Então começou a massagear aquele ponto que parecia ser o centro de todas as sensações prazerosas, até que, como uma barragem se rompendo, o prazer tomou conta dela.

Arfando, ela arqueou o corpo na direção do dedo dele, enquanto ele começava a entrar e sair, entrar e sair, em um ritmo pouco familiar e maravilhoso. Isso ia além de toda a experiência dela, e Olivia só conseguia se agarrar aos braços musculosos que o mantinham acima dela e rezar para que ele a levasse para onde quer que estivesse indo.

Porque ele, definitivamente, estava indo a algum lugar, com seus músculos se contraindo e o rosto corado. Então ela começou a sentir como se também fosse a algum lugar. As investidas cada vez mais rápidas atingiam aquele ponto de prazer, e os olhos dele a fitavam com tanta intensidade que ela logo estava ofegante e arqueando mais o corpo para acompanhar os movimentos, ansiosa por cada sensação que se espalhava pelo seu corpo.

– Ah, minha querida... Você está me matando. Você é ... uma *delícia*.

– Você também – respondeu ela, e percebeu que não era mentira. – Isso é... incrível.

Era mesmo. Ondas de calor irradiavam pelo seu corpo, ficando maiores, mais fortes, mais quentes até que, de repente, formaram arcos dentro dela, a intensidade do êxtase a fazendo gritar.

Como se tivesse recebido permissão, ele investiu com força dentro dela, soltando um grito rouco e se aliviando. Ali, debaixo dele, os corpos dos dois ainda unidos e a cabeça de Thorn descansando no ombro dela, um contentamento a dominou, algo que ia além de qualquer coisa que já havia sentido. Aquele era o seu lugar, com ele. Ele podia não compreender ainda, mas ela compreendeu.

E isso bastava. Por enquanto.

Thorn se deitou ao lado dela, o coração batendo mais devagar, o corpo tomado por uma satisfação plena. E mesmo assim ele a desejava mais. E mais, e mais, e mais.

Não fazia sentido. Nove anos antes, teria ficado em pânico sabendo que o futuro agora era o casamento. Ficara em pânico quando foram pegos apenas se beijando! Mas agora não sentia nada além de contentamento e um eco do desejo satisfeito.

Se fizessem amor de novo, ele poderia conduzi-la com menos urgência e mais cuidado. Mas esse era um pensamento insano. Implicava que... *precisava* dela. E ele não precisava de ninguém.

Ele olhou para seus corpos nus aninhados e sentiu o sangue esquentar. Deus, estava encrencado. Estendeu o braço para puxar a colcha e, pelo bem de sua sanidade, cobriu as partes mais tentadoras dela. Embora, para ser sincero, se fosse seguir essa lógica, teria que cobri-la da cabeça aos pés.

A reação de Olivia foi deitar a cabeça no ombro dele.

– Não foi o que eu esperava.

Ele nem precisava perguntar a que ela se referia.

– Foi pior? Ou melhor?

– Muito melhor, definitivamente.

Ela estava brincando com os pelos no peito dele. Thorn sentiu uma pontada no membro. Desejou que passasse, mas isso nunca adiantava, ainda mais quando estava perto dela. Mas precisava tentar.

– O que você esperava? – perguntou ele, torcendo para que algo afastasse de sua mente o fato de que a desejava de novo.

– Ah, você sabe... o que sempre falam para as moças. – O olhar dela estava fixo em algum ponto além dele. – Que, quando se casar, você terá relações dolorosas com seu marido, mas tudo bem porque ele lhe dará peles e joias.

Meu Deus. *Isso* diminuiu sua ereção.

– Em outras palavras, dizem para as moças que o casamento as transformará em prostitutas – concluiu ele.

Ela o encarou.

– Foi o que *eu* sempre disse! Por que acha que eu não queria me casar? Qual a diferença entre manter um casamento e ser amante de um homem?

– Tem uma diferença: seus filhos não serão bastardos. – Ele acariciou uma mecha de cabelo rebelde e altamente sensual dela. – Se você esperava "relações dolorosas", por que deixou que eu… hã…

– Porque eu não sabia *em que* acreditar. E quando não sei algo, sempre prefiro testar e descobrir por mim mesma.

– Como um experimento.

– Exatamente! – Ela abriu um largo sorriso.

Então era *assim*. Vê-la sorrindo para ele. Não era de espantar que Juncker tivesse ficado tão cheio de si. Vê-la assim fazia o peito dele explodir de satisfação.

Ele riu.

– Prefiro bem mais esse tipo de experimento àqueles que você estava fazendo.

– Em alguns aspectos, é certamente mais prazeroso. – Ela ficou pensativa. – Aliás, você acha que Grey vai ficar *muito* chateado quando tiver certeza sobre a morte do pai?

– Duvido. Ele já tinha essa suspeita há algum tempo. Além disso, ele nem conheceu o pai e, considerando o que sempre escutou das pessoas, o falecido duque não era uma pessoa muito agradável.

– Isso é muito triste. Desculpe perguntar, mas se ele nem chegou a conhecer o pai, por que se importa se o homem foi assassinado?

Thorn refletiu sobre quanto deveria contar, mas, a essa altura, fazia sentido que ela soubesse de toda a história. No mínimo, testemunharia no julgamento, se conseguissem descobrir o culpado. Além disso, Olivia poderia ajudá-los a ver algo novo nas outras mortes. Afinal, era uma mulher inteligente.

– Grey acha possível que a pessoa que envenenou o pai dele possa também ter assassinado meu pai e meu padrasto, sem falar no falecido tio de Sheridan.

Olivia arregalou os olhos.

– Mas… achei que seu pai tivesse morrido em um acidente de carruagem.

– E morreu. Eu conversei com o condestável local hoje de manhã, e ele disse que é possível que o acidente tenha acontecido porque alguém mexeu na carruagem. Talvez tenham soltado os parafusos do banco do cocheiro, que foi encontrado a certa distância do veículo.

– Meu Deus, que terrível!

– Isso tudo são conjecturas, entende? Então pode ser difícil provar. Mas estou disposto a investigar e ver o que descobrimos.

– E as outras mortes? Foram por envenenamento também?

– Não. O que só dificulta as coisas. Na verdade, a morte do pai de Grey era a mais fácil de provar, por isso resolvemos investigá-la primeiro. Os outros morreram de formas diferentes, mas todas as mortes pareceram suspeitas: todas foram acidentais. Por isso a importância de descobrirmos a verdade. Porque nenhum de nós se sentirá seguro enquanto não tivermos certeza da causa da morte dos nossos pais... e dos dois tios de Beatrice e Joshua, sendo que um deles era nosso padrasto.

Ela o abraçou mais forte, como se quisesse protegê-lo.

– Quantas mortes...

– Os quatro eram duques. E dois morreram relativamente jovens.

– Isso é pavoroso! E coitada da sua mãe, ficar viúva três vezes. Como ela suportou?

– Primeiro de tudo, não a envolvemos nessa investigação, como falei. Não queremos contar nada enquanto não tivermos certeza.

– Sensato da parte de vocês. Não há por que alarmá-la à toa.

– Exatamente.

– Mas o que eu quis dizer foi como ela suportou perder três maridos? Deve ter sido muito difícil.

– Foi, sim. Ainda é. – Ele sorriu. – Felizmente, ela tem a todos nós com quem contar.

Olivia mudou de posição, deitando-se de costas e fitando o teto.

– Ah, mas não é a mesma coisa, você sabe disso. Não consigo imaginar estar acostumada a ter um marido e, por algum motivo, tê-lo arrancado de mim por algo alheio à minha vontade. Uma vez já seria terrível. Mas três vezes? Seria um pesadelo.

Ela tinha razão. E Thorn sabia que a mãe sofrera. Mais um motivo para nunca se casar, na opinião dele. Sendo que a mãe, obviamente, não pensava assim.

– Para ser sincero, nossa mãe só amou de verdade um de seus maridos. Pelo menos no sentido grandioso de amor romântico que sobrevive a tudo.

– Seu pai? Aquele que minha madrasta disse que tinha uma amante?

– Sim. Embora eu não tenha mais certeza se acredito totalmente nela.

– Antes acreditava, me parece. É por isso que não aposta na felicidade e no amor no casamento? – indagou ela, baixinho. – Por causa do que minha madrasta disse sobre seus pais?

Droga. Estavam seguindo por um caminho que ele preferia não discutir no momento. Sabia que teria que pedir Olivia em casamento, mas ainda não estava pronto para isso.

*Você tem medo que ela recuse de novo,* sussurrou a consciência dele.

Isso não era verdade. Ele não tinha medo de nada.

Ainda assim, ali estava ele, pensando que ela merecia mais do que aquilo. Afastou o pensamento.

– É por isso? – insistiu ela. – É por isso que você não acredita em amor e felicidade? Por causa do que minha madrasta lhe disse?

Thorn suspirou.

– Em parte. E também porque fui testemunha de um casamento infeliz. Assim como você. Disse que se sua madrasta fosse viúva não faria diferença, pois seu pai sempre a deixa sozinha.

– Sim, mas não acho que tenham um casamento infeliz. Eles não brigam. Apenas… não fazem muita coisa juntos. Nem meu pai e minha mãe faziam, até onde me lembro. Papai só não… combina com casamento. Desconfio que tenha uma amante. Ou várias. Embora, sinceramente, eu não tenha certeza. Ele não seria tolo de ostentá-las. – Ela o encarou. – Qual casamento infeliz você testemunhou? O da sua mãe com seu padrasto?

– Não. Assim como seus pais, eles não eram exatamente infelizes. Mas nenhum dos dois era apaixonado. Foi uma união por questões práticas, que foi útil a ambos. Acho que eles tinham carinho verdadeiro um pelo outro… mas não o tipo de amor romântico que os poetas exaltam. – Ele pegou uma mecha de cabelo dela que estava sobre o ombro. – Na verdade, eu apostaria que eles eram felizes exatamente porque o amor *não* fazia parte do casamento.

– Ou seja, foi mais um casamento que não era infeliz que você testemunhou. Aposto que está usando isso como desculpa para continuar sendo solteiro e livre.

Ele ficou tenso. *Peça a mão dela em casamento, seu cretino. É isso que ela quer.*

Que sua consciência se danasse.

– Acredite em mim, testemunhei muitas uniões infelizes na sociedade, do ponto de vista da cama de várias mulheres casadas. Elas achavam que dormir comigo compensaria a infelicidade matrimonial. Mas estavam enganadas.

– Da cama de várias mulheres casadas? – Uma expressão de sofrimento cruzou o rosto dela. – Quantas?

Por que ficava falando coisas que só pioravam a situação? Ele definitivamente não queria revelar quantas mulheres tinha levado para a cama. Não para *ela.*

– O suficiente para me deixar cético em relação às minhas perspectivas de ser feliz com uma noiva típica. As damas que tentam chamar minha atenção só me querem por eu ser um duque rico. Nunca se interessaram por mim. Assim como nenhuma dessas mulheres casadas. Eu era apenas um meio para chegarem a um fim.

Ela o olhou de soslaio.

– Como pode ter certeza disso? Sobre as jovens.

– Simplesmente tenho. – Ele se virou para ficar de lado, encarando-a. – Precisamos falar sobre isso agora? – Passando a mão pelo seio dela, ele a beijou na boca. – Tem coisas muito mais prazerosas que podemos fazer.

Apesar da carícia, ela pareceu hesitar. Então, com um sorriso forçado, puxou-o para mais um beijo.

Ele estava a salvo. Sim, *ia* pedi-la em casamento, só não agora. Não enquanto ainda tinham aquelas poucas horas a sós.

*Cretino. Cafajeste. Infame.*

Sim, ele era todas essas coisas. E pretendia continuar sendo por mais algumas horas. Ainda tinha muito tempo para oficializar a situação.

# CAPÍTULO TREZE

Quando Olivia acordou, Thorn não estava mais na cama. E, a julgar pelo sol forte invadindo o quarto, ele provavelmente tinha sido sábio em se levantar. No entanto, não havia razão para que *ela* se apressasse, já que estava sozinha.

Puxou as cobertas até o queixo com um suspiro de puro contentamento. Haviam feito amor duas vezes. E, embora tivesse ficado um pouco dolorida, não conseguia deixar de se sentir mulher. Não mais uma menina, embora já tivesse um tempo que não era mais menina.

Sim, uma mulher. Mulher *dele*.

Com uma pontada, ela olhou para o travesseiro ao lado. Foi quando lembrou que, em algum momento durante a segunda vez, tinham entrado embaixo das cobertas. Mas agora era quase como se ele nunca tivesse estado ali.

Ora, isso era ridículo. Ele estivera ali e a tratara como se ela fosse especial para ele.

*Como da última vez? Quando sua madrasta precisou chantageá-lo para pedir sua mão em casamento?*

– Shhhh – fez ela em voz alta, para seu lado mais realista. – Me deixe aproveitar um pouco mais.

De repente, sua camareira temporária entrou no quarto.

– Ah, graças a Deus a senhorita acordou. Sua madrasta está aqui. Furiosa. Está com Sua Graça e quer ver a senhorita.

Ela levou um momento para digerir aquela informação, o pânico tomando o lugar da deliciosa névoa de satisfação. Sua madrasta, ali?!

Santo Deus! Alguma coisa séria devia ter acontecido. Senão, como a madrasta saberia de seu paradeiro? E Thorn estava com ela? A situação só piorava.

Olivia já ia se levantar quando percebeu que estava completamente nua.

Para não levantar suspeitas, ela pediu à criada:

– Você poderia providenciar um bule de café para mim? Do contrário, não sei se conseguirei conversar com minha madrasta.

161

– Claro. Mas é melhor se apressar, pois Sua Graça parece um pouco...
irritado com lady Norley.

– Imagino – resmungou Olivia.

Assim que a criada saiu, Olivia se levantou de um pulo, encontrou a camisola e se vestiu. Então congelou ao ver suas roupas jogadas em uma cadeira. *Ela* não tinha feito aquilo, então devia ter sido obra *dele*.

Correu até a janela onde ele soltara seu coque. Não havia sequer um grampo caído ali. Ele devia ter recolhido todos e guardado em algum lugar.

Quando voltou para o quarto, encontrou-os na penteadeira. Seu coração parou. Ele fizera de tudo para evitar o risco de que ela tivesse sua reputação arruinada para sempre.

Podia interpretar aquilo de duas formas. Ou ele estava sendo extremamente cortês com a mulher com quem pretendia se casar ou estava cobrindo seus rastros para não *precisar* se casar. Com certeza já tinha feito aquilo inúmeras vezes com suas amantes.

A criada voltou, anunciando que trariam o café em breve. Então a jovem foi até a cama e viu algo.

– Senhorita, tem... hã... sangue aqui – disse a criada, apontando para a coberta.

Ah, não, Thorn tinha deixado passar um vestígio crucial da... da indiscrição deles. Pense rápido, Olivia.

– Ah, eu cheguei tão tarde e estava tão exausta que mal tive tempo de me despir antes de deitar. Quando acordei à noite, percebi que minhas regras tinham descido, mas estava tão cansada que não consegui fazer nada além de vestir a camisola e pegar alguns panos. Não percebi que tinha manchado as cobertas. Espero que não seja difícil de limpar.

Olivia sabia que estava falando demais, mas estava desesperada. Porque, se Thorn se esforçara tanto para esconder o que acontecera, ele devia ter seus motivos, e ela não queria arruinar a própria vida só porque não fora capaz de mentir de forma convincente.

A criada corou, mas pelo menos a expressão de desconfiança sumiu.

– Ah, senhorita, não se preocupe. Nós, mulheres, sabemos que isso acontece. Eu lhe garanto que resolvo tudo.

– Obrigada.

A criada a ajudou a se vestir e não disse mais nenhuma palavra sobre o assunto. Olivia só podia torcer para que a jovem tivesse acreditado.

Mas sua madrasta estava ali. E Olivia achou aquilo mais tranquilizador do que deveria. Seria bom ter um ombro em que chorar se Thorn realmente se provasse o libertino da noite anterior.

Mesmo que ele a pedisse em casamento, já dissera que nunca lhe daria amor nem felicidade. E provavelmente estava falando sério. Olivia não sabia como se sentia em relação a isso. Quando estava pronta, tomou um pouco de café e desceu correndo para a sala de estar. Ao entrar, encontrou Gwyn e Thorn tentando controlar sua madrasta.

– Eu juro, lady Norley – dizia Thorn –, não escondi sua enteada nem a levei para lugar nenhum. Tenho certeza de que ela vai descer a qualquer momento. – Então ele a viu à porta. – Olhe, aqui está ela. Devia estar dormindo profundamente. Os criados me contaram que ela ficou trabalhando no laboratório até tarde da noite.

A madrasta foi até Olivia e lhe deu um beijo nas duas bochechas, a preocupação evidente em seus olhos.

– Você está bem? Eu fiquei tão preocupada!

– Estou bem, sim.

Gwyn se manifestou:

– Que tal chá e café para todos nós?

– E talvez torradas com manteiga para mim? – sugeriu Olivia, faminta depois de uma noite tão agitada.

– Claro – concordou Gwyn com um sorriso, e deixou a sala.

Com relutância, Olivia voltou sua atenção para a madrasta:

– Como me encontrou?

A madrasta apertou os lábios.

– Nem me lembre que você não me disse a verdadeira razão para ir à propriedade de Greycourt. E nem tentou me avisar que tinha concordado em vir para cá com… – ela lançou um olhar gélido para Thorn – …com um homem que já quase arruinou sua vida. E agora está, obviamente, tentando arruinar de novo.

Thorn ficou em silêncio, o que não era comum para ele.

– Não diga isso! – protestou Olivia. – O duque tem sido gentil e cortês. Além disso, como pode ver, a irmã dele, lady Gwyn, ficou aqui o tempo todo como minha acompanhante. Tudo perfeitamente adequado.

A madrasta bufou.

– Você nunca se preocupou que as coisas fossem adequadas. Mas não

163

percebe a velocidade com que uma mulher deixa de ser um diamante de primeira água para se tornar assunto de fofocas maldosas. – Ela fuzilou Thorn com o olhar. – Entretanto, *eu* sei exatamente como isso pode acontecer. Vi muitas vezes, em todos os meus anos na sociedade.

– Tudo que fiz foi praticar minha profissão – mentiu Olivia. – Greycourt e a esposa foram anfitriões muito gentis e me deram a chance de ser uma cientista de verdade. De fazer alguma coisa importante em vez de... bordar almofadas e aturar a corte de homens que não têm o menor interesse em mim além da minha modesta riqueza. Se viemos para cá foi só porque...

Ela percebeu tarde demais que tinha falado o que não deveria, a julgar pela expressão da madrasta.

– *Por quê?* – indagou a madrasta.

– Aconteceu um ... hã... um problema no meu laboratório de Carymont. Alguém o invadiu e quebrou algumas coisas...

– Você quer dizer que explodiram o lugar, não é? Eu diria que "quebrou algumas coisas" é um eufemismo – opinou a madrasta, num tom magoado. – Você, mocinha, ainda está escondendo algo de mim.

Olivia se surpreendeu ao dizer:

– E a senhora está fazendo a mesma coisa. Para começar, ainda não explicou como soube que saí de Carymont.

Quando a madrasta hesitou, Thorn se intrometeu:

– É importante que saibamos, lady Norley.

– Muito bem. – Ela endireitou os ombros. – Recebi uma carta anônima em casa, dizendo que eu deveria procurar por minha enteada, pois ela não estava mais em Carymont. A carta *não* dizia para onde você tinha ido, mas fui a Carymont para descobrir. Então vim direto para cá.

– A senhora trouxe a carta? – perguntou Thorn.

– Claro que sim. – Lady Norley procurou em sua bolsa. – Aqui está, Vossa Graça – disse ela ao entregar a carta. – Embora eu não saiba o que mais poderá descobrir aqui.

Ele examinou tudo, incluindo o envelope.

– Chegou pelo correio regular?

– Não. Foi deixada com o mordomo de nossa casa em Surrey.

– Posso ficar com ela?

– Claro – respondeu a madrasta, embora tenha ficado visivelmente confusa com o pedido.

164

Olivia viu Thorn franzir a testa.

– Em que está pensando? – perguntou ela. – Quem pode ter enviado?

– O mesmo rapaz que explodiu o laboratório, provavelmente. – Thorn se virou para lady Norley. – A senhora notou se alguém a seguiu até aqui?

– Se alguém me *seguiu*? Deus do céu, não! Não fiquei olhando pela janela para ver se tinha alguém atrás de nós, mas nosso cocheiro certamente teria percebido e me informado.

Olivia se virou para Thorn.

– Acha que o sujeito mandou a carta para ver aonde ela iria? Na esperança de *me* encontrar?

Thorn deu de ombros.

– Já chegamos à conclusão de que nada vai detê-lo na tentativa de impedir que você determine se o duque foi envenenado.

– Envenenado! – exclamou ela. – Meu Deus! – Lady Norley começou a remexer em sua bolsa. – Onde estão meus sais aromáticos? Preciso dos meus sais...

Olivia foi até ela, vasculhou sua bolsa e lhe entregou os sais aromáticos.

– Obrigada, minha querida – agradeceu a madrasta, e passou-os embaixo do nariz, provavelmente mais para fazer cena do que por uma real necessidade de impedir um desmaio.

– Vou colocar homens vigiando a estrada, para prevenir – informou Thorn.

– Não há necessidade – declarou a madrasta, ainda cheirando os sais. – Olivia e eu partiremos imediatamente. Não posso permitir que ela fique aqui com o senhor e seja arruinada para sempre.

– Mas... – começou Olivia.

– Não tenho a menor intenção de arruiná-la – afirmou Thorn, interrompendo-a. – Pretendo me casar com ela.

Olivia congelou. Ele realmente tinha dito aquilo?

Sua madrasta, por outro lado, não se tranquilizou nem um pouco com a proposta improvisada.

– Só por cima do meu cadáver – disse ela, surpreendendo Olivia e Thorn.

Ele estreitou os olhos.

– Talvez devamos conversar a sós, lady Norley.

– De jeito nenhum – intrometeu-se Olivia. – Da *última* vez que vocês dois conversaram a sós, a senhora o chantageou para obrigá-lo a me fazer uma proposta enfadonha de casamento.

165

– Você sabia sobre a chantagem? – indagou a madrasta.

– Não até recentemente. E esse é outro assunto que a senhora escondeu de mim.

– Eu não queria magoá-la.

– Tenho certeza de que suas intenções eram nobres. Todo mundo parece ter intenções nobres para me deixar de fora das coisas.

Nesse momento, Gwyn voltou com criados, trazendo café e chá, vários bolos de aparência deliciosa, torradas e manteiga. Enquanto eles esvaziavam as bandejas, Gwyn convidou Olivia, Thorn e lady Norley a se sentarem.

Olivia comeu uma torrada enquanto esperava os criados saírem. Depois que eles se retiraram, ela disse a Thorn:

– A única forma de eu sequer considerar me casar com Vossa Graça é se me fizer uma proposta genuína.

Gwyn pareceu surpresa com o comentário, mas teve o bom senso de não se intrometer.

Sentado em frente a Olivia, Thorn abriu um sorriso carinhoso.

– Esta *é* uma proposta genuína, docinho. Eu realmente desejo que seja minha duquesa.

Um milhão de perguntas pipocaram na cabeça de Olivia. Ela se virou para a madrasta:

– A senhora poderia aguardar no corredor por alguns minutos? Sua Graça e eu precisamos ter uma conversa em particular.

A madrasta olhou para Olivia, depois para Thorn.

– Você não vai se casar com um homem com a reputação dele. Aprendi minha lição quando se trata de Thornstock. E você, minha querida, pode conseguir algo melhor.

Olivia duvidava seriamente disso, mas não tinha tempo para dar a explicação necessária.

– Por favor, deixe-me conversar com o duque sozinha.

Gwyn finalmente interferiu, levantando-se e estendendo a mão para a madrasta de Olivia.

– Lady Norley, a senhora conhece os belos jardins do meu irmão? Está um dia lindo lá fora e sei que gostaria de dar uma volta.

A madrasta pareceu apreensiva, mas acabou se levantando e acompanhando Gwyn. Assim que elas saíram, Thorn foi se sentar ao lado de Olivia e pegou a mão dela.

– Docinho, me diga quais são suas objeções e vou tentar resolvê-las.

A principal objeção era que ele não a amava e não tinha a menor intenção de mudar isso. Mas ela era covarde demais para dizer isso, principalmente porque ainda não tinha certeza se *ela própria* o amava. Sem contar as muitas outras objeções.

– No baile da sua irmã em Londres, você falou que nunca me pediria em casamento de novo – disse ela. – Mudou de ideia?

– Tudo mudou.

– Porque dormimos juntos? – indagou ela, baixinho.

– Porque agora eu a conheço. Quando percebi que você não fazia ideia de que sua madrasta estava me chantageando, consegui vê-la com mais clareza, ver a mulher adorável e de princípios pela qual me encantei nove anos atrás.

– Você não se encantou por mim!

Ele se aproximou mais.

– Você acha mesmo que eu sempre beijo mulheres que acabei de conhecer? Posso lhe garantir que não. Mas você e seu interesse em química me fascinaram. Por que acha que fiquei tão furioso quando fomos pegos? Eu tive certeza de que você tinha conspirado com sua madrasta para me apanhar em uma armadilha e que, de alguma forma, você tinha me deixado cego.

– Ah, pelo amor de Deus – murmurou ela, e fez menção de se levantar.

Mas ele continuou:

– O que quero dizer é que, para mim, as coisas entre nós mudaram. Ou nós tiramos as máscaras e agora conseguimos nos ver como realmente somos. Você não concorda?

– Talvez.

– E existem razões práticas para nos casarmos. Independentemente de como você se sinta, eu tirei sua inocência. Uma pessoa que não sabemos quem é já descobriu que você deixou Carymont e informou sua madrasta, então o que impede que essa pessoa conte para o resto da sociedade? E se a seguiram até aqui, saberão que você está comigo. Só esse fato já pode ser sua ruína.

– Não me importo com isso. – Ela largou a mão dele para pegar uma xícara de café. – Não me importo de ser uma pária. Afinal, nunca pertenci à sociedade. Por que você acha que eu gosto tanto das peças do Juncker? Porque ele zomba daqueles que fazem de tudo para se encaixar e exalta aqueles que são autênticos. Às vezes, parece que ele escreve as peças para *mim*. Sei que isso parece tolice, mas é como me sinto.

A expressão dele ficou tensa, lembrando-a de que ele não gostava das peças do amigo.

– O que quero dizer é – Olivia apressou-se em explicar – que eu não me importo de ter minha reputação arruinada.

Ele a fitou com atenção.

– Mas se envolver em um escândalo não vai ajudá-la a se estabelecer como uma química legítima.

– Químicos não se importam com a sociedade nem com escândalos. Apenas se importam em isolar novos elementos, fazer experimentos para provar suas hipóteses e descobrir novas composições que poderiam ajudar as pessoas. Além disso, você não me deixaria ser química se nos casássemos.

– Por que não?

Ela tomou um gole do café.

– Você me deixaria fazer experimentos que pudessem levar a situações perigosas?

– É *comum* seus experimentos explodirem na sua cara?

– Não é uma regra geral. Mas é possível.

– Entendo. – Ele também se serviu de café. – Isto é algo que teríamos que resolver: o que você poderia fazer no seu laboratório. – Ele fitou a xícara. – E, sinceramente, nós dois temos hobbies, então apenas teremos que concordar até onde permitiríamos que o outro fosse nesses hobbies.

Essa certamente era uma forma curiosa de colocar a situação.

– Eu não considero o que faço como um hobby. Levo meu trabalho a sério.

– Certo. Então podemos chamar de passatempo.

– Profissão – corrigiu ela.

– Duquesas não costumam ter uma profissão – destacou ele.

– Você com certeza não está me garantindo que poderei continuar trabalhando como química se nos casarmos – sinalizou, encarando-o. – E quais são os *seus* hobbies?

O rosto dele ficou alarmado.

– Nada que poderia incomodá-la, posso garantir. Só as coisas normais de cavalheiros.

– Como bebidas, jogos e mulheres?

Ele a fitou com um olhar sombrio.

– Eu seria fiel a você, se é isso que está perguntando.

Essa era uma das perguntas.

– Você já sabe qual é o *meu* hobby. Por que não pode me revelar o seu?

– Como eu disse, não é nada tão concreto quanto o seu. – A expressão fechada dele desmentia isso. – Gosto de ir ao teatro e ao meu clube, esse tipo de coisa.

– Como meu pai.

– Não. Minha intenção é ficar perto de você e dos nossos filhos. Pretendo ser um bom marido, não um cretino egoísta. – Ele se conteve. – Não que eu esteja chamando seu pai de cretino, mas...

– Ele é – afirmou ela, secamente.

E estava claro que não conseguiria uma resposta melhor de Thorn. Talvez pudesse viver com aquilo também. Contanto que ele a deixasse praticar a profissão que escolhera.

– Falando em filhos – continuou ele –, e se você descobrir que está esperando um?

– Isso seria uma outra questão. Aí eu teria que me casar com você. Não faria um filho meu sofrer a desonra de ser um bastardo quando foi o *meu* comportamento negligente que o trouxe para este mundo.

– Seu e meu. E eu sou ainda mais culpado, pois a seduzi.

Ela deu de ombros.

– Eu *queria* ser seduzida.

Ele pegou a mão dela de novo.

– E agora que fez uma vez, é quase certo que vai querer fazer de novo. Supondo que tenha gostado.

– Eu gostei – admitiu ela.

Um sorrisinho apareceu nos lábios dele.

– Esse é um ponto a favor do nosso casamento, não acha?

– Suponho que sim. – Ela olhou para suas mãos entrelaçadas. – Eu só... não quero que se case comigo por um impulso nobre de salvar minha honra. Ou porque acredita que deve me proteger do criminoso ou criminosos que você e sua família estão tentando encontrar.

– Admito que prefiro mantê-la por perto, em parte porque me preocupo com o criminoso ou criminosos que podem estar à espreita. Mas o resto da verdade é mais egoísta: quero me casar com você por causa de um impulso ignóbil de tê-la na minha cama sempre que eu quiser. Isso faz com que se sinta melhor sobre minha proposta de casamento?

Ela arqueou uma sobrancelha.

– Pelo menos é mais do seu feitio.

Ele ficou sério de novo.

– Acho que podemos fazer dar certo, Olivia. Nós dois preferimos a companhia um do outro à da boa sociedade. Queremos as mesmas coisas da vida. E fazemos sentido juntos. Para mim, isso basta. Não basta para você?

Ela sentiu uma pontada que tentou ignorar. Não, não bastava para ela, mas só porque ainda ansiava por amor e felicidade e tudo que isso implicava. Infelizmente, ele não tinha esse mesmo anseio. E talvez nunca viesse a ter.

Ela poderia viver com isso?

– Sim – respondeu Olivia. – Basta.

Por ora, pelo menos. Ela viveria um dia de cada vez, e esperaria o momento em que aprenderiam a se amar.

Agora vinha a parte mais difícil: contar para sua madrasta.

# CAPÍTULO CATORZE

— Perdeu a cabeça? – questionou lady Norley. – Se você se casar com esse homem, será a sua ruína.

– Por favor.

Elas discutiam na sala de estar, enquanto Thorn estava no corredor contando para a irmã sobre o noivado. A madrasta estava sendo irracional.

– Estou falando sério! Você conhece a reputação dele? Sabe das mulheres que ele seduziu? Você ficaria melhor se não se casasse com ninguém, e eu nunca disse isso, como bem sabe.

Olivia a olhou de soslaio.

– Não consigo entendê-la. Anos atrás, você o chantageou para que se casasse comigo, e agora não *quer* que eu me case com ele?

– Anos atrás, eu queria ser uma boa mãe para você. E isso, na minha opinião, significava encontrar o melhor noivo. Na época, achei que fosse Thornstock. Primeiro, porque ele era um duque. Segundo, porque foi pego beijando-a, então vocês claramente se gostavam. – A voz dela ficou mais dura. – E naquela época ele não era quem é hoje: um patife devasso.

– Não fale assim – pediu Olivia com firmeza. – Eu quero me casar com ele, e ele quer se casar comigo. Então a senhora terá que aceitar. Tenho idade suficiente para não precisar da sua permissão – acrescentou, acalmando-se. – Mas, ainda assim, eu gostaria de ter sua bênção.

A madrasta se sentou pesadamente no sofá, soltando um suspiro.

– Eu quero fazer a coisa certa por você. Mas às vezes não sei o que é.

– Às vezes nem *eu* sei o que é. – Olivia se sentou ao lado dela e pegou sua mão. – Mas eu agradeço seus esforços e sei que tudo que fez foi pensando no melhor para mim.

– Seu pai sempre deixou bem claro que se casou comigo por dois motivos apenas: para dar um herdeiro a ele e para dar uma mãe para você. Eu fracassei no primeiro, mas tenho me esforçado muito no segundo. Sempre quis ser uma boa mãe para você.

– E a senhora é, de verdade.

A madrasta apertou a mão dela com força.

– Eu me apaixonei por você no momento em que a vi. – Lágrimas escorriam pelo seu rosto. – Você era uma menininha perdida aos 8 anos, ainda sofrendo pela morte da sua mãe verdadeira, e precisava demais de mim. Mas agora...

– Preciso da senhora ainda mais. Temos um casamento para planejar, e esta casa para colocar nos trilhos.

Em seu íntimo, Olivia não achava que a casa realmente precisasse de ajustes, mas a madrasta estava sempre buscando coisas para mudar na própria casa, então era provável que tivesse sugestões para a de Olivia também.

Só então ela se deu conta de que teria sua própria casa: um lugar que seria dela para administrar como bem quisesse. É claro, Thorn tinha uma governanta e um mordomo, e provavelmente um milhão de outros empregados, mas tinha que haver alguém no comando para orientá-los. Essa pessoa seria *ela*. Que pensamento inebriante!

Havia vantagens no casamento que ela não tinha considerado. *Eu quero me casar com você por causa de um impulso ignóbil de tê-la na minha cama sempre que eu quiser.*

As bochechas delas ficaram quentes. Outra vantagem: compartilhar a cama com Thorn.

– Você está vermelha – comentou a madrasta.

– Está bem quente, não acha? – respondeu Olivia, levando as mãos ao rosto.

O olhar da madrasta se estreitou.

– Você está corando por causa *dele*.

– Qual é o problema? Não devo achar meu futuro marido atraente?

A madrasta suspirou.

– Claro que sim. Só quis dizer que está mais apaixonada por ele do que eu imaginava. – Ela fitou as próprias mãos. – Suponho que tenha sido ele quem lhe contou sobre a chantagem.

– Foi. Ele queria explicar por que ficou com tanta raiva quando o recusei. – Olivia olhou para o outro lado da sala e através da janela, por onde podia ver Thorn e Gwyn caminhando pelo jardim, e o aperto em seu peito doeu. A chantagem era um assunto difícil para ela. – A senhora realmente achava que eu era tão incapaz de atrair um marido que precisava chantagear um homem para me pedir em casamento?

172

– Claro que não, querida! Foi isso que você pensou?

– Achei que desejava se livrar da sua enteada desajeitada que gosta de química antes que ficasse presa a ela pelo resto dos seus dias. – Uma amargura ressentida se projetou em sua voz. – A senhora deve ter ficado muito decepcionada comigo quando recusei o pedido dele, depois de tudo que tinha feito.

– Na verdade, não. Nada que você fizer vai me decepcionar, querida. – A madrasta deu tapinhas na mão dela. – E nunca foi minha intenção que soubesse do meu acordo com ele. Garanto que só estava tentando fazer o melhor. Nunca foi minha intenção me livrar de você. Por que acha que estou aqui? Para salvá-la de um casamento ruim.

– Não preciso que ninguém me salve desta vez. Melhor: eu mesma posso me salvar, se precisar. – Ela sorriu. – Então, tenho sua bênção?

A madrasta a encarou seriamente.

– Você o ama?

A pergunta a pegou desprevenida, provavelmente porque evitava pensar no assunto por causa do ceticismo que ouvira na voz dele ao falar sobre amor e felicidade no casamento. Então falou a verdade:

– Não sei. Se eu me permitir amá-lo, tenho medo de que ele parta meu coração.

Dizer isso em voz alta tornou a possibilidade ainda mais real.

– Entendo o seu medo, embora tenha sido diferente comigo – disse lady Norley. – Quando me casei com seu pai, eu sabia que não era uma união por amor, e aceitei. Eu não tinha recebido nenhuma outra proposta de casamento, então encarei o risco. – Ela segurou o queixo de Olivia. – Não me arrependo nem um pouco, porque tive você para me fazer feliz, *você* para amar. E, embora eu possa não compreender sua paixão por química, aceito sua necessidade de fazer isso. Ora, o grande duque de Greycourt conta com seu conhecimento! É mais do que a maioria dos químicos consegue. Tenho muito orgulho de você.

Olivia lhe deu um abraço apertado, com os olhos cheios de lágrimas.

– Isso significa muito para mim. – Mais do que a madrasta poderia imaginar.

Lady Norley se afastou para fitá-la, preocupada.

– Mas, minha querida, tenha certeza do que quer. Você conhece a reputação dele.

– Sim, eu conheço, mas também sei que parte dessa reputação não é justa.

Ainda assim, a conversa que tinham tido sobre hobbies era um pouco perturbadora, principalmente porque ela tinha certeza de que Thorn estava escondendo o *dele*. Mas não estava disposta a contar isso à madrasta.

– Bem, então, se você o ama, faça de todo o coração. Ouso dizer que é melhor arriscar a rejeição do que passar o resto da vida como passou os últimos nove anos, sem amar ninguém. Ele parece realmente querer se casar desta vez. E se você o quer... – ela soltou um suspiro – ...então tem minha bênção.

– Obrigada!

Olivia se levantou do sofá, mas a madrasta pegou sua mão.

– Com uma condição: se você tiver *alguma* preocupação, alguma razão para mudar de ideia sobre ele, deve prometer falar comigo e com seu pai e nós ficaremos ao seu lado, independentemente de qualquer coisa.

– Mesmo que isso signifique eu abandonar o mesmo duque duas vezes?

A madrasta riu.

– Mesmo assim. Mas vamos torcer para que não seja necessário.

– Vamos torcer.

Porque ela não sabia se sobreviveria a isso uma segunda vez.

Thorn estava andando de um lado para outro no corredor, esperando Olivia e lady Norley terminarem de conversar. Esperava que a madrasta não a tivesse dissuadido da ideia. Se a baronesa se intrometesse entre ele e Olivia uma segunda vez, ele iria... iria...

Iria o quê? *O que* podia fazer? Olivia estava presa a ele por uma corda bem fina, que qualquer coisa poderia arrebentar.

– É estranho vê-lo tão nervoso por causa de uma mulher – comentou Gwyn, enquanto esperava calmamente sentada em uma cadeira no corredor. – Ou talvez apaixonado, para variar?

– Talvez – respondeu ele, de forma evasiva.

Embora não estivesse disposto a contar à irmã, sabia se prevenir para não se apaixonar. Pois a paixão levava à loucura.

As palavras de Olivia na noite anterior não saíam de sua mente: *Aposto que você está usando isso como desculpa para continuar sendo solteiro e livre.*

Nem um pouco. Estava usando isso como desculpa para permanecer são.

Ou pelo menos estava tentando. O fato de achar alarmante a possibilidade de perdê-la não era um bom sinal. Dizia para si mesmo que só estava preocupado com a segurança dela, com a possibilidade de o criminoso que explodira o laboratório aparecer ali e tentar lhe fazer mal.

Mas a verdade era que não queria que ela fosse embora com a madrasta. Enquanto contava a Gwyn sobre a proposta de casamento, acostumara-se com as palavras "noivado" e "compromisso". E, principalmente, com a palavra "esposa". Por mais louco que parecesse, gostava da ideia de ter Olivia como esposa.

A porta da sala de estar se abriu e revelou lady Norley com o braço nos ombros de Olivia.

Thorn entrou, o coração martelando no peito.

– E então? Vou fazer uma viagem para Londres para conhecer o barão ou não?

– Vai – respondeu Olivia, de forma presunçosa.

Graças a Deus.

– Nesse caso, lady Norley, gostaria de jantar conosco hoje? Gwyn e eu ficaríamos muito felizes de ter a senhora, bem como a Srta. Norley, claro, como nossas hóspedes esta noite. Considerando que a senhora tenha trazido roupas suficientes.

– Eu ficaria encantada. – Lady Norley deu um tapinha no ombro de Olivia. – Senti muita saudade dessa mocinha aqui nos últimos dias.

Ele assentiu para Gwyn, que se apressou para ir consultar a cozinheira sobre o cardápio para aquela noite.

Olivia sorriu para a madrasta.

– Agora que terminei meus experimentos, posso ir para casa com a senhora amanhã. – Ela olhou para ele. – Se Vossa Graça concordar, claro.

– O que você quiser está bom. Mas eu as acompanharei até Londres. – Quando Olivia lançou um olhar estranho para ele, Thorn acrescentou: – Assim posso pedir a permissão do barão para me casar com você, claro.

Ele nunca se arriscaria a deixar Olivia ser pega pelo criminoso, principalmente porque não fazia ideia de quem era.

– Lady Norley – continuou Thorn –, preciso discutir mais um assunto com a senhora enquanto minha irmã não está presente. – Ele foi até o sofá. – Por favor, sente-se. Srta. Norley, a senhorita também.

Logo seria a duquesa de Thornstock. *Sua* duquesa. Era estranho pensar como essas palavras soavam satisfatórias!

Quando os três estavam acomodados, ele disse:

– Quando a senhora me contou anos atrás sobre a amante do meu pai, a quem estava se referindo? E quão confiável era a fonte que lhe deu essa informação?

Lady Norley ficou bastante vermelha.

– Eu acho que talvez... possa ter... exagerado um pouco sobre quanto eu sabia.

– Como assim? – questionou ele, inclinando-se para a frente.

– Estou dizendo que isso era apenas um boato antigo. Uma coisa que espalharam pela sociedade, mas que ninguém podia provar.

– Como pôde usar uma informação falsa para chantagear Thorn a me pedir em casamento? – indagou Olivia.

A baronesa ergueu o queixo.

– Não tenho certeza se era falsa, só sei que não era necessariamente... verdadeira.

Olivia balançou a cabeça, obviamente não muito satisfeita com a resposta da madrasta.

Thorn, porém, ficou. Ele se recostou, sentindo o coração leve pela primeira vez em muito tempo. Mas não podia se acomodar. Ainda precisava descobrir a verdade.

– Então não foi minha mãe quem lhe deu essa informação?

– Não – respondeu lady Norley. – Sua mãe nunca falaria uma palavra ruim sobre seu pai. Ela o adorava.

– Isso não está em questão – disse Thorn. – O que eu preciso saber é se *ele a* adorava?

– Acredito que sim. É difícil afirmar – respondeu ela –, considerando que eu nunca vivenciei isso, mas ele parecia adorá-la.

Thorn soltou a respiração. Todos aqueles anos pensando que a mãe mentira descaradamente para ele ou que tinha sido enganada, e era tudo baseado em fofocas e insinuações. Isso somado ao que o condestável dissera firmava sua convicção de que o pai não fizera nada para merecer o que quer que os fofoqueiros tivessem espalhado sobre seus últimos dias nesta terra.

– A senhora pode me dizer quem as fofoqueiras acreditavam ser a amante dele?

Desta vez, lady Norley ficou realmente mortificada.

– Na verdade, é uma amiga da sua mãe, e estava no baile da sua irmã. Eliza. Lady Hornsby.

– Lady Hornsby – repetiu ele. – Com meu *pai*? A senhora... alguma vez viu alguma coisa entre eles que pudesse dar algum crédito a esse boato?

– Não. Ele a cortejou rapidamente quando ela ainda era Srta. Rundle e sua mãe estava se preparando para se casar com o duque de Greycourt. Essa foi a origem do boato, acredito, que começou a crescer quando Eliza e sua mãe se casaram com seus respectivos maridos. Na verdade, acho que Eliza pode ter apresentado seu pai e sua mãe alguns anos depois. Mas, além disso, não sei de mais nada.

– Não é muito comum que uma jovem respeitável seja apontada como amante de alguém, então por que as pessoas achavam isso possível?

Lady Norley deu de ombros.

– Eliza sempre foi rápida. Quero dizer, tem uma razão para as pessoas a chamarem de viúva alegre pelas costas. Ela faz o que quer. Sempre fez.

– Uma característica admirável – opinou Olivia baixinho.

Thorn segurou uma gargalhada antes de se virar para lady Norley.

– Então a senhora não acha que de fato estivesse acontecendo alguma coisa entre ela e meu pai.

– Eu duvido muito disso. Eliza já estava casada com lorde Hornsby na época, e eu não acho que ele teria tolerado tal comportamento por parte da esposa, se é que me entende. Embora ela não tenha precisado lidar com o velho diabo por muito tempo. Ele morreu apenas alguns anos depois do casamento.

Thorn olhou para Olivia, cujo olhar mostrou que estavam pensando a mesma coisa: era estranho que o marido de lady Hornsby tivesse morrido tão pouco tempo depois do casamento.

– De que ele morreu? – perguntou Olivia.

– Ah, não me lembro... Uma febre, talvez?

– Tinha muita coisa acontecendo – disse Thorn, friamente.

– Sinceramente, não tenho certeza – disse lady Norley. – Mas ele já era bem velho quando se casou com Eliza. Ela foi sua segunda esposa. Acho que ele já tinha uns 70 anos.

– E ela tinha 20 e poucos – comentou Olivia. – Pobrezinha, se casar com um homem cinquenta anos mais velho.

177

Pobrezinha mesmo. A não ser que ela tivesse o hábito de se livrar de maridos, alguns que nem eram dela.

– Em todo caso – disse lady Norley –, espero que saiba que está tomando uma boa mulher como esposa. Olivia pode ser uma jovem inusitada, mas será leal ao senhor.

– Como um basset hound – comentou Olivia, os cantos dos olhos brilhando de felicidade.

Sua madrasta bufou.

– Não foi o que eu quis dizer, e você sabe disso.

– Eu só estava implicando com a senhora.

Estava implicando com *ele*. Mas Thorn não se importava. Conseguira a mão dela em casamento. E achava isso mais satisfatório do que esperava.

Estava feliz pensando nisso quando ouviu uma comoção vindo do corredor.

– Eu não vou fazer isso! – gritou um jovem. – E você não pode me obrigar!

– Eu posso muito bem obrigá-lo a fazer o que eu quiser, se você quiser escapar da prisão.

Thorn reconheceu a segunda voz como sendo do marido de Gwyn. Antes que Thorn pudesse se levantar, o major Wolfe já estava entrando na sala de estar com um jovem cujas mãos estavam amarradas nas costas.

– Encontramos o criminoso que você estava procurando, Thorn. – Wolfe empurrou o rapaz. – Este é Elias. É o sujeito que explodiu o laboratório da Srta. Norley.

# CAPÍTULO QUINZE

Olivia o encarava com incredulidade. O rapaz devia ser mais jovem do que ela: mal tinha idade para se barbear, muito menos para explodir alguma coisa.

Ela se levantou.

– Por que você faria isso? Eu nunca o vi e com certeza nunca lhe fiz mal, então por que tentar me matar?

– Esta, Elias, é a Srta. Norley – explicou o major Wolfe. – Era dela o laboratório que você destruiu.

O rapaz ficou pálido.

– Eu juro que eu não tentei matar ninguém, não.

– Mas admite ter perpetrado ato de sabotagem contra o laboratório – insistiu o major.

– Não fiz nada disso aí, não, senhor, seja lá o que for – respondeu Elias. – Eu só tinha que derrubar umas coisas para a senhorita não fazer uns experimentos. Ninguém me avisou que as coisas podiam pegar fogo sozinhas. Eu dei no pé assim que começou, mas foi tudo muito rápido. Do nada estava tudo explodindo atrás de mim.

A madrasta de Olivia se levantou de um pulo, apontando o dedo para Elias.

– Sua criatura horrível! Foi a minha filha que você quase matou!

Olivia a pegou pelo braço.

– Talvez seja melhor a senhora subir e descansar um pouco. Fez uma longa viagem hoje de manhã, e tenho certeza que um cochilo lhe faria bem. Acredito que Vossa Graça já tenha mandado arrumar o seu quarto, e os criados dele já foram buscar seu baú.

– Com certeza – respondeu Thorn. – Isso está sendo feito enquanto falamos. A senhora só precisa se acomodar. – Quando a madrasta hesitou, Thorn acrescentou: – Prometo que lhe contaremos tudo que descobrirmos, mas acredito que a história desse cretino só vai deixá-la aborrecida.

– Para dizer o mínimo. – Ela olhou de Olivia para Thorn e murmurou: – Embora eu *esteja* cansada depois de toda essa agitação. – E permitiu que

Thorn chamasse um criado para levá-la a seu quarto. Mas, antes de sair, ela fixou um olhar sombrio em Thorn. – Garanta que este bandido receba o que merece.

– Não se preocupe, tenho todas as intenções de fazer isso – garantiu Thorn. – Os atos dele não ficarão impunes.

Aparentemente, ele achou que Olivia também iria, pois pareceu surpreso quando ela não acompanhou a madrasta e os criados. Quando ele tentou protestar, ela disse:

– O rapaz destruiu meu laboratório e podia ter me matado e só Deus sabe quem mais. Eu vou ficar.

Thorn concordou, mas não pareceu feliz. No momento, Olivia não se importava. Era a vida dela, e tinha que se certificar de que nada parecido voltasse a acontecer, com ela ou com qualquer pessoa.

– Como eu falei – continuou Elias para Olivia, levantando o queixo –, eu não queria matar ninguém. E eu sabia muito bem que a senhorita não estava lá dentro quando invadi, porque esperei a senhorita sair.

Ela sentiu um arrepio.

– Quer dizer que você estava me *vigiando* enquanto eu trabalhava? Como ousa? – Isso foi suficiente para fazer com que ela quisesse se trancar em casa e nunca mais sair. Aproximou-se para cutucar o peito dele. – Você não tinha esse direito, seu maldito!

– Talvez não, mas foi o jeito de garantir que a senhorita não corria perigo – disse Elias.

Com fogo nos olhos, Thorn se colocou entre os dois.

– Você teve sorte – disse ele para o jovem. – Se o laboratório fosse mais perto de outras estruturas, podíamos ainda estar tirando corpos lá de dentro.

As palavras fizeram Olivia estremecer. Porque se Elias tivesse sido imprudente ao ponto de destruir o laboratório dali também, poderia ter colocado fogo em toda Rosethorn.

– Eu podia ter colocado a vida da senhorita em perigo, se quisesse – protestou Elias. – Recebi ordens de destruir o lugar com ela dentro ou não, mas esperei ela sair.

O coração dela parou por um momento. Quem quer que estivesse por trás das maquinações de Elias não se importava se ela morresse na destruição? Meu Deus.

180

Thorn se agigantou para cima de Elias, o rosto coberto pela fúria de um anjo vingador.

– Então quem o contratou para destruir o lugar? Quem é esse diabo misterioso?

Elias hesitou.

– Não posso dizer, senhor.

– Deve me chamar de *milorde*. Sou o duque de Thornstock, e a senhorita química é minha noiva. Então, se não me contar quem lhe pagou, serei seu pior pesadelo até o dia em que for enforcado!

O major Wolfe pareceu ficar momentaneamente surpreso com a novidade de que Olivia agora era noiva de Thorn.

Olivia ficou surpresa ao ouvir Thorn usar seu título para intimidar uma pessoa, mas, se havia uma situação que pedia isso, era aquela. Com uma expressão que não mostrava remorso, Elias respondeu:

– A pena pro que eu fiz não é forca. Foi dano a propriedade, e o máximo que eu posso pegar é deportação. É mais provável que eu pegue uns anos em Newgate. Posso passar as noites lá. Isso é bem melhor do que cortarem a minha garganta. Ou pior.

– O que pode ser pior do que cortarem a sua garganta? – perguntou o major Wolfe.

Elias mantinha com um olhar teimoso no rosto.

– Uma morte lenta e longa com veneno é pior. E é isso que vai acontecer comigo se eu contar.

– Veneno? – indagou Thorn para o major Wolfe. – Pelo menos agora sabemos que estamos no caminho certo.

Naquele momento, Gwyn entrou na sala.

– Fiquei sabendo que Joshua… Você! – Quando todos a fitaram, confusos, ela disse para o marido: – Ele é o sujeito que tentou fazer com que a carruagem de Thorn sofresse um acidente em Cambridge alguns meses atrás, quando eu, você, Thorn e mamãe fomos para Londres para o meu debute.

O espanto no rosto de Elias deixou transparecer a culpa.

– Tem certeza? – perguntou o marido dela.

– Absoluta. Como você não se lembra dele?

– Não consegui dar uma boa olhada nele como você.

– Bem, eu nunca esqueço um rosto. – Gwyn encarou Elias com raiva. – E eu certamente não me esqueci do rosto dele. Nós podíamos ter morrido!

181

– Eu já falei que não queria matar ninguém – murmurou Elias.

O major Wolfe sacudiu o jovem até os dentes dele baterem.

– Então *o que* estava tentando fazer, seu desgraçado?

– Impedir que vocês fossem para Londres. Foi só o que me mandaram fazer: mexer na carruagem para que não chegassem em Londres. Não sei por que e nem me importei.

– Deve haver mais do que isso – opinou o major Wolfe. – Se você tinha apenas que quebrar a carruagem, o que nos impediria de alugar outra? Ou esperar mais um dia para que Thornstock mandasse buscar outra? Não faz sentido.

– Só sei o que me mandaram fazer – declarou Elias.

O major o empurrou em uma cadeira, depois foi para um canto, chamando os outros.

– O que fazemos com ele? O rapaz confessou que destruiu o laboratório, mas teria uma sentença leve por isso.

– Ele não pode ser acusado de tentativa de assassinato? – indagou Olivia.

– Poderia – respondeu major Wolfe –, se conseguissem provar que ele sabia que a destruição do laboratório poderia matar alguém. Mas ele nem sequer sabia que podia causar uma explosão.

– Sim – concordou Olivia –, mas agora que eu provei definitivamente que o pai de Grey foi envenenado...

– *Provou*? – perguntaram o major Wolfe e Gwyn em uníssono.

– Ela provou – contou Thorn, com um orgulho na voz que emocionou Olivia. – E acho que o que a minha noiva está tentando dizer é que temos mais do que apenas dano à propriedade aqui. Foi uma tentativa de atrapalhar a justiça. Isso certamente levaria a uma sentença maior.

– *Se* pudéssemos provar que essa era a intenção do rapaz. O que não podemos. E parece que ele não tinha a intenção de matar ninguém quando soltou os parafusos do banco, então tampouco podemos acusá-lo de tentativa de assassinato nesse caso.

– A propósito, descobri que foi assim que aconteceu o acidente do nosso pai – contou Thorn a Gwyn.

– Então... *isso* é assassinato – concluiu Gwyn.

– Mas não foi cometido por ele – destacou Olivia. – Olhe para o rapaz. Não era nem nascido quando houve o incidente com o pai de vocês.

– Verdade – concordou Thorn. – Mas quem quer que esteja pagando para ele deve ser responsável por isso também, e mandou Elias fazer o trabalho sujo. Podemos acusar *esse* homem de assassinato.

– Ou mulher – sugeriu Gwyn. – Se conseguirmos descobrir quem é o bandido, saberemos se é homem ou mulher.

– Acredito que sim – disse Thorn.

– E ainda tem as mortes dos meus tios – acrescentou o major. – Podemos desconfiar apenas da morte do tio Armie, mas temos quase certeza de que quem quer que tenha entregado aquele maldito bilhete chamando tio Maurice na casa do dote também o empurrou da ponte.

– Não temos como provar que esse sujeito fez essas coisas. Mas tem uma coisa que *podemos* provar. – Ele olhou para o major Wolfe. – Você pode desamarrá-lo por um momento, por favor?

Apesar de apreensivo, o major fez como lhe foi pedido. Enquanto isso, Thorn foi até a escrivaninha e pegou papel, tinta e pena. Então colocou tudo sobre a mesa e fez um gesto chamando Elias.

Agora preocupado, Elias se levantou e foi até a mesa, esfregando os pulsos.

– Não sou muito de escrever, senhor.

– Estou lhe oferecendo uma chance de se livrar de uma sentença maior em Newgate ou em um navio-prisão.

Elias ficou pálido. Os navios-prisões eram antigas embarcações que ficaram obsoletas nos mares e foram transformados em prisões flutuantes no Tâmisa. Eram lugares notoriamente úmidos, lotados e desagradáveis para cumprir pena.

Thorn colocou a pena e a tinta na frente de Elias.

– Você já confessou ter explodido o laboratório da Srta. Norley acidentalmente. Então, agora escreva isso de próprio punho. Explique que não sabia que quebrando os jarros e jogando os produtos químicos no chão poderia incendiar o laboratório.

Elias balançou a cabeça.

– Isso vai mesmo me ajudar a não ficar em um navio-prisão?

– Posso providenciar isso, se eu gostar do que ler. – Ele esperou enquanto Elias escrevia, mas o rapaz não tinha escrito mais do que algumas frases quando Thorn disse: – Isso basta. – E tirou o papel de Elias. Então pegou outro papel no bolso e comparou os dois.

Ele olhou para Olivia.

– A carta para sua madrasta dizendo que você tinha saído de Carymont foi definitivamente escrita por Elias. E poderia provar a intenção de lhe fazer mal. – Ele fez cara feia para Elias. – Era isso que você estava planejando? Seguir lady Norley até aqui e destruir *o novo* laboratório? Ou pior, machucar a Srta. Norley?

Elias o encarou e cruzou os braços.

– Não vou dizer nada. O senhor vai ter que me mandar para a cadeia.

– Pretendo fazer isso agora mesmo – disse o major Wolfe, rapidamente amarrando os braços do rapaz nas costas de novo. – Talvez alguns dias em Newgate ou em um navio-prisão soltem a sua língua, rapaz.

– Espere! – pediu Gwyn. – Você já vai embora? Não nos vemos há dias!

– Eu a levaria comigo, querida – retrucou o major Wolfe –, mas viemos em um coche de aluguel de dois lugares e não há espaço.

– Levaremos Gwyn de volta – informou Thorn. – Eu já havia prometido a lady Norley e Olivia que as acompanharia até Londres amanhã, e Gwyn é bem-vinda para se juntar a nós.

Olivia sorriu para Gwyn.

– Vou adorar mais uma oportunidade de conversar.

Gwyn respondeu com um sorriso.

– Acho maravilhoso.

Então ela acompanhou o major Wolfe e seu prisioneiro para fora, provavelmente para poder passar mais alguns minutos preciosos com o marido.

– Parece que sua irmã e o major se amam muito – comentou Olivia ao se ver novamente sozinha com Thorn.

*Será que algum dia nós seremos assim? Você é capaz disso?* Ela sabia que não deveria fazer perguntas cujas respostas a desagradariam.

Thorn a puxou para si.

– O que eles estão sentindo é paixão – afirmou, dando-lhe um beijo. – Conheço o sentimento.

Ela também conhecia, mas tinha esperança de que ele sentisse por ela não apenas paixão, mas também amor. O que não era justo, considerando a incerteza que tinha em relação aos próprios sentimentos.

– Não acha que é mais do que paixão?

– Acredito que *eles* acham que é mais do que paixão. E eles têm o direito de se iludir.

Thorn tentou beijá-la de novo, mas ela se afastou.

– Seus pais também tinham esse direito?

184

Thorn fechou a cara.

– Prefiro não falar sobre meus pais agora. Gwyn pode voltar a qualquer minuto e impedir que eu roube um beijo seu.

– Tarde demais – disse Gwyn, alegre, à porta. – Já voltei. E agora que vocês estão noivos, acho que é hora de falarmos sobre o casamento. Bem, talvez seja melhor esperarmos lady Norley.

– De jeito nenhum – retrucou Olivia. – Eu amo minha madrasta, mas ela leva uma eternidade para tomar decisões e acaba não resolvendo nada.

– Vou contar o que aprendi ao planejar meu casamento, pouco tempo atrás. Comecem pela lista de convidados. Assim saberão exatamente o tamanho da cerimônia e onde realizá-la.

– Aqui – decidiu Thorn. – Será aqui. Vou conseguir uma licença especial amanhã, quando for a Londres, e aí poderemos marcar a data em breve. Mas que seja aqui.

Gwyn olhou para ele e para Olivia com desconfiança.

– Existe algum motivo para vocês estarem se casando com tanta pressa?

Thorn levou um susto com aquela suspeita.

– Seu irmão nem pensou que tamanha urgência poderia parecer questionável, já que são necessárias semanas para se planejar um casamento – disse Olivia, balançando a cabeça. Então sorriu. – Mas não, não há nenhuma razão para pressa. Apenas a impaciência de seu irmão.

– Ah, você quer dizer que ele é *homem* – concluiu Gwyn.

– Exatamente. E, como todo homem, supõe que os desejos de sua noiva são os mesmos que os desejos *dele*.

– Vocês sabem que estou ouvindo, não sabem? – indagou ele.

– Ah, nós sabemos – brincou Olivia.

– Só não nos importamos – acrescentou Gwyn.

Ambas riram. Ah, como Olivia estava achando divertido implicar com ele junto com a irmã!

– Voltando à lista de convidados – disse Olivia. – Não devemos decidir antes onde queremos fazer a cerimônia? Se todos os duques de Thornstock se casaram em Rosethorn, por exemplo, eu não iria querer romper com a tradição, e o local teria espaço para um casamento grande com café da manhã. Mas, se minha madrasta insistir que eu me case na nossa paróquia e que o café da manhã seja em nossa casa, então não poderíamos convidar muita gente.

185

Gwyn tocou o queixo com o dedo.

– Se me lembro bem, minha mãe disse que o casamento dela com nosso pai foi aqui. Quantas pessoas será que compareceram?

– Pergunte a ela. Aproveite e pergunte também quem estava presente no dia do nosso nascimento – sugeriu Thorn, secamente.

– Ah! – exclamou Gwyn. – Acabei de encontrar um jeito de descobrir quem estava naquela ocasião, assim como quem estava no batizado de Grey, sem precisar contar a mamãe o verdadeiro motivo de nosso interesse. Vamos dizer que queremos convidar as mesmas pessoas para o seu casamento!

Olivia ficou receosa.

– Mas eu não conheço essas pessoas, algumas já devem até ter morrido.

– Ela não pretende realmente convidá-las, docinho – explicou Thorn. – A ideia é apenas usarmos isso como desculpa para conseguir as listas de convidados das duas ocasiões sem alarmar nossa mãe sem necessidade. Então poderemos comparar as listas e descobrir quem compareceu às duas festas. Assim conseguiremos reduzir bastante a lista de suspeitos de ter matado os dois primeiros maridos de mamãe. Supondo que tenha sido a mesma pessoa.

– Que ideia brilhante! – exclamou Olivia.

– Obrigada – agradeceu Gwyn, com modéstia.

Olivia então pensou melhor.

– Mas se o criminoso pagou a alguém como Elias para colocar o veneno na comida e para adulterar a carruagem, isso não deve nos ajudar muito.

– Não sei… – discordou Gwyn. – Eu suspeito que o culpado dificilmente confiaria em um capanga para matar alguém. Poderia facilmente ser rastreado. Afinal, Elias teria nos contado quem o contratou se temesse ser acusado de assassinato. Mas como o rapaz sabe que seu ato não vai levá-lo à forca…

– Bem pensado – concordou Thorn. – Bem, colocarei na minha lista de afazeres em Londres: pedir a mamãe as listas de convidados das duas festas… e torcer para que a memória dela esteja boa.

– Aposto que ela tem essas listas guardadas dentro de alguma caixa com a etiqueta "Casamento com o duque de Thornstock" e outra escrito "Casamento com o duque de Greycourt". Você sabe como mamãe é, sentimental até a raiz dos cabelos. Acho que ainda tem o vestido de debutante no sótão de Rosethorn.

– Tem mesmo? – Olivia estranhou aquilo. – Que estranho, já que ela nunca mais poderá usar o vestido de novo, considerando todas as mudanças na moda com o passar dos anos.

– Já Olivia, pelo visto, não é nada sentimental... – comentou Gwyn com o irmão.

Ele riu.

– Não que eu tenha notado.

Olivia teve a sensação de que os gêmeos estavam zombando dela. Mas não se importava. Finalmente estava prestes a ganhar irmãos que a provocariam. E a apoiariam. E a incluiriam em todos os seus esquemas.

Embora isso não compensasse o fato de Thorn não ser capaz de lhe dizer que a amava, compensava muitas outras coisas.

# CAPÍTULO DEZESSEIS

A satisfação de Thorn por Olivia ter aceitado seu pedido de casamento começou a diminuir quando sua noiva, sua irmã e sua futura sogra passaram o jantar discutindo os detalhes da cerimônia. Na verdade, sua satisfação estava se transformando em pânico.

Isso se devia, em parte, à transformação de Olivia enquanto fazia planos. Ela estava tão empolgada quanto as outras duas. Ele esperava isso da irmã e de lady Norley, mas não de Olivia, que parecia não ter gostos muito femininos. Por que ela se importava com aquelas coisas se o casamento deles seria mais para satisfazer seus desejos mútuos do que uma união romântica? Era incompreensível.

Ainda assim, ali estava ela com as outras duas, discutindo quem seriam as damas de honra, o que servir no café da manhã e o que vestir. Pessoalmente, ele preferia que ela não usasse nada, mas desconfiava que sua mãe não aprovaria tamanha devassidão. Embora Olivia talvez aprovasse.

Ele sorriu ao pensar isso.

– Então você concorda comigo e com Olivia? – inquiriu Gwyn.

Droga. Queriam a opinião dele. E ele não tinha opinião. Só queria passar pelo casamento para chegar logo à noite de núpcias. Porque toda vez que pensava na solenidade dos votos do matrimônio sentia um aperto no peito. Não estava pronto.

Não era digno.

Que ridículo. Dignidade não era o problema.

– Se concordo sobre o quê? – perguntou.

– Achamos que é melhor eu usar um adereço de cabeça para um casamento na igreja – explicou Olivia. – Nesse caso, um chapéu de seda com fitas e renda seria melhor. – Ela lançou um olhar condescendente para a madrasta. – Lady Norley acha que eu deveria usar apenas flores de laranjeira no cabelo.

O fato de sua noiva e sua irmã gêmea se darem bem agradava Thorn enormemente, mas se darem *tão* bem era outra coisa. Ele não gostava de ser deixado de fora dos planos.

– Como nós *não* vamos nos casar na igreja – opinou ele –, acho que isso não importa. Vamos nos casar em Rosethorn com uma licença especial que eu...

– Licença especial! – exclamou lady Norley. – Seria maravilhoso, Vossa Graça. E muito gentil de sua parte.

Ora, ora, uma aliada inesperada.

– Isso mesmo, uma licença especial para que possamos nos casar quando e onde quisermos. E vamos convidar apenas familiares. Deus sabe que só os meus já enchem a sala de jantar, mas podemos apertar para incluir também os seus.

– Parece que você já tomou muitas decisões sem consultar sua noiva – comentou Olivia.

Santo Deus.

– Você mesma disse que, se todos os duques de Thornstock se casaram aqui, não iria querer quebrar a tradição. Ou prefere se casar em uma igreja e esperar os proclamas por três semanas?

– Não sei – respondeu Olivia. – Mas gostaria de manter as possibilidades em aberto, se não se importa. E talvez precisemos de três semanas para que seja feito um vestido adequado.

– Tenho certeza de que meu marido ia preferir que ela se casasse na nossa paróquia, Vossa Graça – acrescentou lady Norley. – Ele é amigo do vigário local, que às vezes caça em nossas terras. Mas o senhor só precisa dizer "licença especial" para ele concordar com sua opinião.

Thorn franziu a testa.

– Terei que confiar na senhora. Ainda não conheço o pai de Olivia.

Deus, não tinha nem sido apresentado a seu futuro sogro, o homem cuja bênção ele gostaria de ter para sua união. Aquilo estava indo tão rápido quanto a noite em que beijara Olivia e fora pego pela madrasta dela.

Era melhor não pensar muito sobre o fato de estar prestes a trelar os bigodes, juntar as escovas de dentes, dividir os lençóis... e todas as outras expressões para se colocar um bambolê de ouro no dedo sem pensar nas consequências.

De toda forma, estava farto de planos nupciais. Ainda precisava terminar a cena final de sua peça, que conseguira definir em sua mente naquela manhã, enquanto esperava Olivia acordar. Sem dúvida, precisaria de algumas horas para isso. Depois, só precisaria se manter em silêncio sobre a autoria das peças até que essa última fosse encenada e publicada. Então poderia parar. Não poderia? Porque se contasse a Olivia a verdade sobre...

Não, isso era impensável.

Ele se levantou.

– Senhoras, sintam-se à vontade para continuarem a conversar aqui ou na sala de estar, onde acharem mais confortável. Tenho trabalho a fazer antes da nossa viagem amanhã, então não poderei ficar. Ficarei feliz com o que decidirem, seja na igreja, na nossa capela daqui ou na casa dos Norleys. Só me avisem se vou precisar conseguir uma licença especial. Boa noite.

Ele se dirigiu ao escritório, mas mal tinha chegado ao corredor quando Olivia apareceu ofegante.

– Estava falando sério quando disse que ficaria feliz com o que decidíssemos?

– Eu costumo falar sério – respondeu ele, torcendo para conseguir esconder a irritação com todo o processo.

Preocupada, ela se aproximou.

– Você parece irritado.

Ela podia não conseguir compreender as pessoas, mas não tinha a menor dificuldade para compreendê-lo. Ele passou a mão no cabelo.

– Só não estou acostumado com esse tipo de coisa.

Olivia sorriu.

– Com planos de casamento? Ou a que as coisas não sejam feitas do seu jeito?

– Muito engraçado, docinho. – Ele a puxou para um beijo intenso que o deixou excitado e incomodado.

E a ela também, considerando que estava ofegante quando se afastou.

– O que eu faço com você? – indagou ela, baixinho.

– Várias coisas irresponsáveis e travessas que provavelmente não deveria fazer enquanto não nos casarmos.

O rosto dela se iluminou.

– É por *isso* que você quer se casar logo.

Ele abriu um sorriso travesso.

– Você demorou um pouco para deduzir isso.

– Você não me explicou muito bem – rebateu, virando-se para voltar à sala de jantar, mas parou à porta com um olhar sedutor. – Agora que me esclareceu, acho que vamos mesmo nos casar aqui, com uma licença especial.

Thorn riu, e ela voltou à sala de jantar. Esse casamento ia dar certo. Pelo menos ele podia ter certeza de que ela teria a mesma disposição dele para os esportes praticados na cama. E isso com certeza lhe bastava.

Olivia deu boa-noite à madrasta bem mais tarde do que deveria. Haviam discutido muitas coisas com Gwyn, que acabara de ir se deitar, e agora Olivia não sabia o que fazer. Não estava cansada o suficiente para se recolher, mas também não queria ler nada.

Talvez devesse perguntar a Thorn o que ele queria que fosse feito com o laboratório. Continuaria ali para ela usar? Ou ele preferia que fosse instalado em uma construção mais afastada da casa? Precisava saber, caso fosse necessário empacotar tudo ainda naquela noite.

*Você só quer mais um beijo quente, sua safada.*

Sim, ela queria. Quando se beijavam, ela se convencia de que não estava cometendo um erro ao aceitar se casar. E estava precisando desse tipo de reafirmação. Porque a insistência de Thorn em ver o casamento deles como um acordo meramente físico e prático estava começando a inquietá-la.

Olhando para os dois lados do corredor para conferir se não havia ninguém por perto para vê-la, Olivia desceu a escada correndo e foi até o escritório de Thorn. A porta estava entreaberta. Ela bateu o mais alto que ousou, não querendo chamar a atenção de ninguém. Não obtendo resposta, entrou para ver se ele estava mesmo ali.

Estava, mas dormindo profundamente. Ela se aproximou. Ele estava sentado na poltrona, a cabeça deitada no encosto. Era difícil acreditar que aquele homem tão bonito, de cabelo selvagem e corpo musculoso, logo seria dela.

E o que eram todos aqueles papéis espalhados pela mesa? Não pareciam cartas comerciais, contratos nem coisa do tipo. Com um olhar furtivo para conferir se Thorn estava mesmo dormindo, ela pegou uma folha.

Estava escrito na estrutura de peça teatral. Um dos personagens se chamava Felix. Que estranho. Ela pegou mais algumas folhas e as leu. Sem dúvida, era uma das peças de Juncker, mas… não reconheceu qual. E Olivia tinha assistido e lido todas.

Será que Thorn estava lendo o manuscrito do Sr. Juncker para dar sua opinião? Autores às vezes pediam isso aos amigos, não?

Tomando cuidado para não fazer barulho, ela passou os olhos pelas outras folhas sobre a mesa, mas não encontrou nenhuma que tivesse alguma observação em caligrafia diferente. E conhecia Thorn o suficiente para saber que ele não omitiria suas opiniões. Ficaria muito satisfeito em corrigir os erros do amigo.

Será que Juncker tinha dado a peça como um presente para Thorn, como um poeta que oferece a primeira cópia de seu poema inédito? Nesse caso, só podia ter sido para zombar da inveja que Thorn sentia dele. No entanto, embora essa ideia fizesse sentido pelo que observara entre os dois, ela não conseguia imaginar Thorn lendo a última peça de Juncker e chamando isso de trabalho.

Uma nova hipótese se infiltrou na mente de Olivia, mas era terrível demais para absorver. Thorn crescera na Alemanha, assim como Felix. E o jeito de falar de Juncker era mais poético e extravagante do que a sagacidade que ela percebia nos diálogos das peças "dele".

Deus do céu, e se Konrad Juncker apenas assinasse as peças de Thorn? Isso explicaria por que Thorn ficava tão rabugento perto do amigo. Explicaria também sua suposta inveja. Então ele não tinha inveja do sucesso de Juncker – ele ficava irritado por não poder ter seu sucesso reconhecido.

Mas por que ele não contaria para *ela*? Não fazia sentido. Se Thorn fosse o verdadeiro autor das peças, seria de esperar que ele lhe confessasse isso no mínimo para fazê-la parar de elogiar o brilhantismo de Juncker.

Olivia então se debruçou por sobre a mesa e viu que a pena ainda estava na mão de Thorn, a ponta tocando o papel bem no meio de uma frase. Uma frase que *Thorn* estava escrevendo quando pegara no sono. Ele era o autor. Só podia ser.

Ele criara os personagens incríveis que tanto a encantavam. Felix certamente era baseado nele. Lady Ganância… quem seria? Sem falar na divertida lady Trapaça, que tentava com tanto afinco agarrar um marido…

O arquejo de horror dela acordou Thorn.

Ela. Trapaça era ela! E Ganância era sua madrasta. Elas eram a inspiração para as personagens de quem toda Londres ria e zombava. *Por isso* ele não lhe contara que era o verdadeiro autor.

– Olivia? – chamou ele, esfregando os olhos. Então seguiu a direção do olhar dela. – Olivia… não é o que você está pensando – disse, baixinho, em um tom culpado.

– Então você *não* está escrevendo as peças usando o nome do seu amigo Juncker?

Ele hesitou.

– Bem… é o que estou fazendo, mas nunca tive a intenção de… Não era…

Trapaça. Ele a via como uma mulher traiçoeira como lady Trapaça, sempre armando esquemas para conseguir um marido. Ah, Deus!

Era assim que ele a enxergava? Com o choro preso na garganta, Olivia se virou e se dirigiu à porta.

– Não, não, não, não… – ecoava Thorn, levantando-se de um pulo e dando a volta na mesa. – Droga, Olivia…

– Por que não me chama logo de *Trapaceira*? É assim que você me vê, não é?

Ele a alcançou.

– Você não é a Trapaça, juro. – Quando ela lhe lançou um olhar fulminante, ele acrescentou: – Não mais. Pode ter sido no início, mas só porque eu estava furioso com o que tinha acontecido… Eu queria me sentir…

– Poderoso – completou ela. – No controle. O poderoso duque de Thornstock examinando seu domínio enquanto as pessoas o reverenciam, em vez do jovem que acabou de chegar a Londres e de quem as pessoas zombam por causa de seu sotaque e seus comportamentos estranhos.

– Isso! Você entendeu!

– Não. Eu entendo que você tenha decidido descontar sua raiva em duas mulheres que pensou que o tivessem tratado mal: eu e minha madrasta. Eu entendo que tenha nos transformado em… caricaturas para fazer as pessoas rir. O que não entendo é o que *eu* fiz para merecer isso.

Ele apenas continuou encarando-a, um rubor subindo pelo seu rosto.

– Você tinha direito de ficar furioso com minha madrasta. Ela o chantageou e o humilhou, forçando-o a me pedir em casamento. – Lágrimas fechavam a garganta de Olivia, mas ela as engoliu, determinada a não permitir que ele visse que a magoara profundamente. – Só o que *eu* fiz foi recusar um pedido de casamento que você nem queria me fazer! Por que foi tão terrível?

– É que… é difícil de explicar.

– Não, não é. – Ela engoliu a bile que lhe subia à garganta. – Você já admitiu que não estava preparado para se casar. Bem, eu também não. Era o momento errado para nós dois e pronto. Mas você transformou a história em uma espécie de vingança. Você me transformou em lady Trapaça... e eu não fiz *nada* para merecer isso!

– Olivia... – murmurou ele, e a puxou pelo ombro como se quisesse abraçá-la.

– Ah, não, Vossa Graça – disse ela, desvencilhando-se. – Você não vai tentar me fazer esquecer isso com beijos. É imperdoável.

– Claro que não vou – respondeu ele. – Eu ia lhe contar, mas...

– Você teve muitas oportunidades e mesmo assim não disse uma palavra. – Algo ainda pior ocorreu a ela. – Suponho que seja *este* – ela apontou para a mesa – seu hobby secreto! Não me espanta que não quisesse que eu soubesse.

– Eu não queria que *ninguém* soubesse. Ninguém da minha família sabe, nem minha mãe. Duques não devem escrever teatro, como você sabe muito bem.

– Achei que eu e você... que nós fôssemos íntimos o suficiente para... – Ela balançou a cabeça. – Vejo que me enganei. – O peso no peito dela dificultava a respiração. – Ou isso ou você não queria que eu entendesse o seu jogo.

Ele fez uma careta.

– Que jogo?

– Como você deve ter rido de mim quando contei que amava suas peças! Deve ter achado hilária a minha... minha incapacidade de ver que Trapaça era inspirada em mim, e mais ainda quando falei que ela e a mãe eram minhas personagens preferidas! Você se sentiu triunfante por eu não ter percebido, como sempre, que estavam zombando de mim?

Thorn agora exibia uma expressão surpresa.

– Eu não fiz nada disso, juro! E me arrependo por não ter lhe contado, mais do que você pode imaginar.

– Só porque eu descobri. – Ela o fitou, o coração partido. Melhor que acontecesse agora enquanto ainda tinha seu orgulho. – Como posso acreditar em qualquer coisa que diga? Você fingiu ser alguém que não é. Permitiu que eu ficasse falando sobre suas peças como uma tola...

– Você *não* é uma tola. Nunca a enxerguei dessa forma, muito menos agora.

Ela o ignorou. O que faltava dizer, que estava encurralado?

– Se você é capaz de guardar esse segredo, me pergunto quantos outros ainda esconde. Pelo que sei, você teve amantes espalhadas por toda Londres. Ah, Deus, seu comportamento comigo, sua determinação em me levar para a cama... era apenas parte de um esquema maior de vingança?

– Claro que não! Como pode pensar isso?

– Posso pensar isso porque não o conheço mais. – Ela endireitou os ombros. – Não vai haver casamento.

– Por favor, Olivia, não tome uma decisão precipitada que afetará toda a nossa vida. Eu arruinei você!

– Para outros homens, sim. Mas não da forma que acha. Você arruinou os homens para mim. Não sei se conseguirei voltar a confiar em alguém.

Ele estremeceu.

– Pelo menos espere um dia, pense nas consequências dessa decisão.

– Não preciso de um dia – retrucou ela, baixinho. – Já considerei as consequências. Está claro que nunca vou conseguir seu respeito, muito menos seu amor. E preciso dos dois para me casar.

Enquanto se afastava, sentindo um peso enorme no peito, Olivia percebeu que tinha, sim, se apaixonado, apesar de todo o cuidado que tivera. Aquela vontade maluca de voltar correndo e dizer que o perdoava, quando sabia que não deveria, era como nas histórias de amor não correspondido que lera por anos. Parecia que o sofrimento era o outro lado do amor.

Uma vez, ela dissera a Thorn que ciência e coração não tinham nada a ver um com o outro. E agora sabia que estava certa. Porque se tivessem, alguém já teria inventado uma cura para coração partido.

# CAPÍTULO DEZESSETE

Com um nó no estômago, Thorn ficou vendo Olivia ir embora. Ela não podia estar falando sério, não depois de como fizeram amor, dos perigos que enfrentaram juntos. Nada disso contava?

*Não se ela pensar que tudo foi um estratagema elaborado como vingança por tê-lo humilhado.*

Mas ela certamente entendia...

*Que você é um cretino? Um covarde? Você teve todas as chances de contar a ela, de explicar, mas ficou com medo de acontecer exatamente o que aconteceu e por isso não fez o que deveria. Porque não confiou nela. Porque não acreditou que ela o compreenderia.*

Ele mandou sua consciência ficar quieta e suas pernas a seguirem, mas, quando chegou ao corredor, não a viu em lugar nenhum.

Certo, o quarto dela era lá em cima. Subindo dois degraus de cada vez, chegou ao andar superior a tempo de vê-la entrando no quarto da madrasta. Droga, isso era ruim. Muito ruim.

Foi até a porta e bateu, mas, claro, não teve resposta. Insistiu. Na terceira batida, a porta se abriu, e lady Norley apareceu abraçada a Olivia.

– Eu já falei, Vossa Graça – disse Olivia, o rosto indecifrável como uma folha de papel em branco. – Não posso me casar com o senhor.

Lady Norley parecia implacável.

– Vamos partir imediatamente. Obrigada por sua hospitalidade, mas terei que pedir aos seus criados que tragam minha carruagem e nossa bagagem.

– Vocês não podem ir embora agora – declarou ele, a garganta seca. – Não a esta hora da noite, quando as estradas estão cheias de ladrões. Não temos certeza se o bandido que contratou Elias não está à espreita. Vocês podem estar em perigo. Lady Norley, convença-a a esperar até de manhã, pelo menos. – Isso lhe daria uma chance de fazê-la mudar de ideia.

A lembrança do que Elias tentara fazer pareceu ter efeito sobre lady Norley, mesmo que não tivesse mudado em nada a decisão de Olivia, já que a baronesa olhou para a enteada com preocupação genuína.

196

– Minha querida, talvez devamos esperar até o amanhecer. As estradas devem ficar muito escuras à noite.

– A senhora trouxe dois lacaios, como de costume, não trouxe? – indagou Olivia. – Isso deve ser suficiente.

– Eles estão armados? – questionou Thorn. – Porque, se não estiverem, não serão muito úteis.

O olhar dela se fixou no dele.

– Nós vamos embora e ponto final. É noite de lua cheia, e a rota para Londres é a mesma usada pelos coches dos correios, então haverá bastante movimento mesmo a esta hora.

Ele se segurou para não praguejar.

– Muito bem. Então dois lacaios meus irão com vocês também, e estarão armados. – Quando Olivia fez menção de protestar, ele acrescentou: – Isso não está aberto a discussão.

– Como sempre – resmungou ela.

A madrasta foi mais graciosa:

– Obrigada, Vossa Graça. É muita gentileza de sua parte.

A hora seguinte foi dedicada aos preparativos para a viagem, mas, embora ele tenha tentado falar com Olivia de novo, a madrasta não o deixou se aproximar. Lady Norley disse apenas:

– Dê tempo a ela.

Ele se perguntava se Olivia contara que ela era a lady Ganância das peças. Porque, por algum motivo, achava que ela não o estaria olhando com tanta bondade se soubesse.

Inferno, que confusão. Ele sabia como colocar um fim àquela loucura. Dizer que a amava. Mas estaria condenado caso se dobrasse às exigências dela. Não estava apaixonado e não falaria nada diferente disso. Por que deveria? Já tinha implorado pelo perdão dela.

Isso o fez parar. Tinha implorado, não tinha?

Bem, ele tinha certeza de que pedira desculpas. Era a mesma coisa que implorar pelo perdão, não era?

*Claro que não.*

– Cale a boca – disse ele para sua consciência.

– Falando sozinho de novo?

Ao se virar, ele viu Gwyn.

– Sempre.

Ela usava um robe que não escondia sua gravidez tão bem quanto os vestidos. Havia uma protuberância na região da barriga.

Ver aquilo teve um efeito estranho nele, fazendo-o pensar que, sem Olivia, talvez nunca tivesse filhos. Podia ter arruinado Olivia para os homens, mas ela com certeza o estragara para as mulheres. Nenhuma outra mulher serviria, só ela.

O pânico que sentiu era definitivamente diferente do que aquele que sentira no jantar. E se nunca conseguisse reconquistá-la? E se morresse um velho solteirão como o tio de Olivia? Outro membro da família dela que ele ainda não conhecia. Nem sequer sabia seu nome! Deus, deveria ter feito mais perguntas.

Prometeu a si mesmo que as faria quando ela voltasse. Porque, sim, ia conseguir que ela voltasse. *Precisava* conseguir. Acataria o conselho da madrasta dela e lhe daria tempo, depois se reaproximaria. *Quanto* tempo lhe daria... bem, isso era uma incógnita.

– O que está acontecendo? – perguntou Gwyn quando dois criados passaram carregando um baú.

Ele convencera lady Norley a arrumar as coisas delas com a ajuda das criadas, em um esforço de atrasar o processo. É claro que não adiantou muito.

– Lady Norley e Olivia estão indo embora.

– No meio da noite? – Ela o olhou desconfiada. – O que você fez?

Ele cruzou os braços.

– Por que supõe que eu fiz alguma coisa?

– Porque você tem um talento natural para afastar as pessoas de quem gosta.

Por trás da irmã, lady Norley se aproximou.

– Estamos indo, Vossa Graça. Mais uma vez agradeço por sua hospitalidade. – Ela sorriu para Gwyn e acrescentou: – A vocês dois. Olivia já está na carruagem e me pediu que... que me despedisse em nome dela.

– Claro – respondeu ele, engasgado.

Lady Norley deu um tapinha no braço dele.

– Não sei o que aconteceu entre vocês, mas vou conversar com ela.

– Eu agradeceria – disse Thorn, embora tivesse plena certeza de que, quando ela soubesse, ficaria tão furiosa quanto a enteada.

Assentindo, lady Norley já ia se afastando, mas então parou para acrescentar:

– Ah, mandarei seus criados de volta assim que chegarmos em casa.

– Casa? Estão indo para Surrey, não para Londres?

Ele nem sabia onde elas moravam quando não estavam na cidade. Pensar que não se importara em saber o deixou ainda mais irritado.

– Sim, para casa. Não é muito longe daqui. Até amanhã à noite seus criados estarão de volta.

Ele enfim soltou a respiração. Seus criados poderiam lhe dizer exatamente onde elas moravam.

Lady Norley desceu a escada e, como se atraído por um dos ímãs no laboratório de Olivia, Thorn foi até a janela para vê-la na carruagem. Mal conseguiu ver seu perfil. Ela não ergueu os olhos nem quando o veículo se afastou.

– Você deve tê-la deixado muito furiosa – comentou Gwyn, olhando pela janela por cima do ombro dele.

– Pode voltar para a cama quando quiser, mana – disse ele, afastando-se.

– Não enquanto você não me contar o que aconteceu. Não vou deixar que me afaste desta vez, Thorn. Levamos um tempo para consertar nosso relacionamento da outra vez, e eu me recuso a voltar para a época em que mal nos falávamos. Conheço você melhor do que imagina.

– Então você não precisa que eu lhe conte o que aconteceu, precisa? – Ele a fitou com atenção. – Vou facilitar para você. Se acertar o que foi, depois dou todos os detalhes.

– Certo – concordou ela. – Eu poderia pensar que foi alguma coisa sobre o desejo dela de continuar trabalhando como química, só que não consigo imaginar você criando um problema por isso, além dos possíveis riscos.

Ele a encarou com sua melhor cara de pau. Orgulhava-se de saber fazer uma, já que lhe era muito útil quando apostava.

– Se não é isso, então devem ser as peças.

– Que peças?

Tarde demais. Tinha certeza de que sua cara de pau tinha desaparecido.

– As que você escreve e o Sr. Juncker assina.

Desviando o olhar, ele disse:

– Deu sorte com seu palpite.

Ela bufou.

– Por favor, não insulte minha inteligência. Sei disso há muitas semanas.

– Semanas? – Ele a fitou pasmo. – Como?

Ela começou a enumerar coisas nos dedos.

– Primeiro, eu assisti a uma das peças, e tem muitas referências à nossa infância em Berlim. Era impossível não notar.

– Juncker é meu amigo. Eu poderia ter contado a ele.

– Ele pode ser seu amigo, mas, se incluísse tantos detalhes da sua vida pessoal, você deixaria de ser amigo dele muito antes de ele ter escrito meia dúzia de peças. Eu te conheço, você é muito reservado. Não se importa de incluir tais detalhes nas suas peças porque todo mundo acha que são coisas que aconteceram com Juncker. Ou que são fruto de muita pesquisa. Não afeta a forma como as pessoas olham para você. Mas sei que não teria gostado nem um pouco se *ele* tivesse se apropriado das histórias.

Deus, às vezes sua irmã gêmea era inteligente demais.

– Certo, admito que você tem razão.

– Podemos nos sentar para que você me conte o resto da história? Estou carregando muito mais peso do que você. Ninguém conta isso a nós, mulheres, quando nos estimulam a ter filhos.

– Claro – concordou ele prontamente, e a acompanhou para a antessala da suíte dela.

Quando ambos estava confortavelmente acomodados no sofá, ela foi direto ao ponto:

– Segundo, depois que eu assisti a uma das suas peças, li todas as outras para confirmar minha suspeita. Foi fácil. Você tem cópias delas na gaveta inferior direita da sua escrivaninha.

– A gaveta que fica *trancada*!

– A chave fica na gaveta de cima. – Gwyn deu de ombros. – Era como se você estivesse implorando para ser pego.

Ele fez uma careta.

– Não esperava que minha irmã vasculhasse minhas gavetas.

Ela levou a mão ao peito, fingindo horror.

– Nunca mais diga isso, por favor. Eu tremo só de pensar em vasculhar suas gavetas.

Tardiamente, ele escutou o que tinha acabado de dizer:

– Eu também! E você *sabe* que estou falando das gavetas da minha escrivaninha.

Ela sorriu.

– Eu mexi nas gavetas da sua escrivaninha porque, depois de assistir a uma peça, queria descobrir se você tinha as outras. É realmente um elogio ao seu talento como escritor que eu tenha gostado tanto da peça a ponto de ter procurado outras.

– É um elogio à sua bisbilhotice – opinou ele, de cara feia. – Só isso.

– Terceiro – continuou Gwyn –, a forma como se comportou com Juncker. Quarto, seu passado com Olivia...

– O que você sabe sobre meu passado com Olivia? – perguntou ele, sentindo a bile lhe subir à garganta. Uma coisa era Olivia saber a verdade, mas descobrir que outros também a tinham detectado...

– Tudo, acho. Arranquei essa informação de Grey quando percebi que você e ela estavam se comportando de forma estranha um com o outro no meu baile.

Maldito Grey.

– Nosso meio-irmão está ficando mais fofoqueiro que uma mulher.

Gwyn ergueu as sobrancelhas.

– Vou fingir que não ouvi isso.

– Boa ideia – concordou ele. – Parece que hoje estou fazendo de tudo para despertar a fúria das mulheres da minha vida. – Ele soltou um suspiro. – Por favor, me diga que Grey também não desconfia que... que...

– Que a Srta. Norley e a madrasta são Trapaça e Ganância? Acredito que ninguém deduziu isso.

– Exceto você.

Ela abriu um sorrisinho enviesado.

– Eu tenho a honra, e a maldição, de ser sua irmã gêmea. Quando fiquei sabendo sobre seu relacionamento com ela, não foi difícil entender como você interpretou a história. Não sei como *ela* nunca deduziu.

– Primeiro, ela não se vê como Trapaça porque nunca foi Trapaça na realidade. E... bem...

– Ela só descobriu hoje à noite que você escreveu as peças.

– Isso está ficando um pouco assustador. Como você consegue...

– Nada assustador. É uma simples dedução. Ela obviamente não sabia a verdade na noite em que jantamos com Juncker. *Eu* teria agido como ela só para atormentá-lo um pouquinho por não revelar a verdade, mas ela não sabe fingir nem mentir, o que acredito que você tenha descoberto quando foi para a casa de Grey e passou a conhecê-la melhor.

Ele assentiu.

– Eu nunca teria pedido a mão dela em casamento se não tivesse percebido isso. E, assim que percebi, gostei dela na mesma hora. Senti uma afinidade. Nós dois temos dificuldade para nos encaixar. – Ele lidara com isso assumindo seu personagem de libertino, enquanto ela se enfurnara em laboratórios. – Nenhum de nós jamais se sentiu à vontade na sociedade. – Ele se deu conta do que tinha perdido e enterrou a cabeça nas mãos. – Ah, Deus, Gwyn, o que faço agora?

A irmã estendeu o braço para acariciar as costas dele.

– Conte a ela a verdade.

– Ela *sabe* a verdade. É por isso que está furiosa. E eu já pedi desculpas.

– Não estou falando dessa verdade. Nem de um pedido de desculpas apressado. Isso não vai apagar a enormidade do que você fez. Porque não é por isso que ela está com raiva. Ela está pensando no mundo inteiro rindo dela pelas costas. Até agora, ela achava que você estava do lado dela, ambos sem se encaixar. O fato de você ser um duque e ela uma mera senhorita só reforça como é notável terem sentido essa afinidade. Então, de repente, você mudou de lado e ela está totalmente sozinha, com exceção da madrasta, outra vítima do seu deboche.

A vergonha tomou conta dele.

– Ah, meu Deus, você tem razão. Olivia só conseguia falar disso. Não sei como ela vai me perdoar.

– Você tem que fazer o que for preciso para garantir que ainda está do lado dela.

– Como?

– Sinto muito, mano, mas cheguei ao limite da minha habilidade de gêmea para deduzir as verdades sobre o relacionamento de vocês. Só você pode descobrir isso. Você já a pediu em casamento, e suponho que tenha dito que a ama…

Ele gemeu.

– Você ainda *não* disse que a ama, seu idiota? – Ela afastou a mão das costas dele. – Deus, como os homens são burros!

Franzindo a testa, ele se endireitou no sofá.

– Ela também não disse que me ama.

– Então tiro a parte do "burro". – Ela coçou o queixo. – Por outro lado, ela provavelmente não queria revelar como se sentia depois que descobriu que você vinha mentindo durante todo esse tempo.

Olivia dissera alguma coisa a esse respeito: *Se você é capaz de guardar esse segredo, me pergunto quantos outros ainda esconde. Pelo que sei, você teve amantes espalhadas por toda Londres!*

– E se eu ainda não tiver certeza se a amo? – perguntou ele. – Não vou mentir para ela.

– Deus do céu, é claro que você a ama. Se não amasse, estaria desesperado desse jeito agora?

– Esse desespero é o motivo pelo qual rezo para *não* estar apaixonado. Depois de passar tantos anos, desde que a conheci, achando que nosso pai não amava de verdade nossa mãe, apesar do que nos falaram...

– Por quê?

Droga. Tinha esquecido que não contara a Gwyn sobre a chantagem. E como não era baseado em nada real, não queria contar agora e fazê-la ter raiva de lady Norley.

– Um boato que ouvi. Não importa. Depois disso, já consegui evidências de que era mentira. O que quero dizer é que passei anos fechando meu coração para o amor, tendo certeza de que quem sente isso está se iludindo ou pedindo para sofrer ao entregar seu coração a alguém que não merece.

– Meu Deus, você não *acredita* no amor?

– Mas com Olivia... não sei.

– Bem, você tem que decidir isso antes de fazer qualquer coisa. Não tem por que consertar as coisas se você não puder dizer que a ama. Mulheres querem isso. Geralmente, os homens também.

As últimas palavras de Olivia lhe vieram à mente: *Está claro que nunca vou conseguir seu respeito, muito menos seu amor. E preciso dos dois para me casar.*

– Ela quer o meu amor – revelou ele. – Ela me disse isso.

O amor... e o respeito. Ela já tinha o respeito, sabendo ou não.

– Se você está se perguntando como consertar as coisas, me parece que é porque não quer perdê-la.

– Você deduziu isso, foi? – questionou ele, agora um pouco constrangido por demonstrar suas emoções.

Exceto que, se não conseguisse demonstrar suas emoções para sua irmã gêmea, desconfiava que estaria perdido. Seria confirmado que era um cretino arrogante e indigno de ser amado.

– Você logo descobrirá isso sozinho. Mas me prometa que, se a ama, não vai lutar contra isso porque está determinado a ser um libertino cansado do mundo. Porque isso só vai lhe causar sofrimento.

– Falando por experiência própria? – indagou ele.

– Bem, não a parte do libertino cansado do mundo. Mas a luta contra o amor? Talvez um pouco. O amor é uma coisa engraçada. Viva-o com alguém que o corresponda e será a experiência mais linda e maravilhosa que pode imaginar. Mas tentar lutar contra seus sentimentos? É como tentar empurrar a agulha de uma bússola para longe do magnetismo do norte. Pode empurrar quanto quiser, mas, no momento em que soltar, ela voltará para o norte. A não ser que quebre a bússola. E uma bússola quebrada não serve de nada, não é mesmo?

Não. Ele deveria saber disso. Era uma bússola quebrada havia muito tempo. E proteger seu coração só tinha servido para... entorpecê-lo.

Não queria mais ficar entorpecido. Não queria mais ficar sozinho.

Então agora teria que decidir o que fazer a respeito disso.

# CAPÍTULO DEZOITO

Olivia olhava pela janela sem enxergar nada. Tivera seu ataque de nervos, depois chorara as mágoas e agora se sentia como um elemento químico devia se sentir quando não consegue se unir a nenhum outro: sozinho e inútil.

Desiludido.

Não, um elemento químico nunca se sentiria daquela forma. Só ela.

Sua madrasta tinha ficado quieta enquanto Olivia chorava, apenas lhe dando tapinhas tranquilizadores e dizendo palavras afetuosas como "Vai passar" ou "Estou aqui", como se faz com uma criança. Olivia não se sentia uma criança. Sentia-se uma mulher enganada. E seu lenço molhado provava isso.

– Está melhor, querida? – perguntou a madrasta.

– Acho que sim.

– Você se importa em me contar o motivo da briga com Sua Graça?

– A senhora ficaria furiosa.

Lady Norley deu de ombros.

– Pelo menos eu saberia como ajudá-la.

Olivia não queria sofrer sozinha, mas tampouco queria revelar algo que nem a família de Thorn sabia. Decidiu-se por uma versão modificada da verdade.

– Sabe aquelas peças do Juncker de que gostamos tanto? Bem, o Sr. Juncker é amigo de Thorn. Anos atrás, o duque contou a ele sua versão do que aconteceu naquela noite no baile dos Devonshires. Então o Sr. Juncker criou lady Ganância e lady Trapaça, inspirado no que ouviu de Thorn. Aquelas duas personagens que nos fazem rir tanto? Somos nós.

– Não diga isso! – exclamou a madrasta. – Não somos como elas!

– *Ele* acha que somos.

– O Sr. Juncker? Ou o duque?

– O duque. Quer dizer, os dois, acho.

Olivia sentia o olhar da madrasta fixo nela.

– Não creio que o duque pense que somos assim – declarou a madrasta. – Pelo menos não mais.

Deus do céu, ela estava dizendo praticamente a mesma coisa que Thorn. Que estranho.

Olivia amassou o lenço encharcado de lágrimas.

– Para quem estava furiosa comigo por aceitar me casar com ele, a senhora mudou totalmente de ideia.

– Admito que eu não o aprovava quando cheguei a Berkshire, às pressas. Mas então eu vi como ele a tratava e como a olhava.

– Com egoísmo e desrespeito?

– Com afeto. Talvez até amor.

O corpo de Olivia ficou rígido.

– Não sei o que a senhora acha que viu, mas não foi amor.

A madrasta afagou o braço dela.

– Seu coração não amoleceu nem um pouquinho quando ele fez questão de mandar dois lacaios armados para protegê-la?

– Ele estava apenas… tentando impressionar a senhora.

– Por que ele iria querer me impressionar? Você já o havia recusado uma segunda vez, e ele tinha todo o direito de querer que você fosse embora logo. Mas ele não queria.

Isso era verdade, mas ela odiaria admiti-lo.

– Thorn não sabe o que quer. Faz parte na natureza temperamental dele.

– Ontem ele disse que concordaria com tudo que você decidisse para o casamento. Ouso dizer que não existe outro homem vivo que faria isso. – Isso Olivia não teve como contestar. Lady Norley então perguntou: – Por que você ficou tão irritada com o fato de ele ter contado ao amigo sobre a noite no baile e de o amigo dele ter criado personagens inspirados em nós?

– Thorn sabia que o amigo dele estava zombando de nós e não fez nada para impedir. Deixou que continuasse colocando as personagens em situações ridículas.

Lady Norley de ombros.

– Elas tinham que ser engraçadas. Talvez originalmente tenham sido inspiradas em nós, mas o amigo dele as transformou em algo bem diferente. Já me falaram que escritores fazem esse tipo de coisa. Em especial dramaturgos. Precisam divertir o público, para que não fiquem entediados. Além do mais, o duque tinha todo o direito de ficar furioso na época. Afinal, eu o chantageei.

– Você estava tentando me proteger – defendeu Olivia, embora a madrasta tivesse certa razão. – Mas ele não tinha por que ficar com raiva de *mim*. Eu não fiz nada além de tirar uma mancha do colete dele... e beijá-lo.

– Verdade. Mas você não imagina como todos estimulam as mães a fisgar um duque para as filhas. Existem poucos duques elegíveis por aí, e três são da família de Thornstock, então ele certamente foi avisado muitas vezes de que as moças e suas mães estão de tocaia, prontas para jogar uma armadilha e prendê-lo em um casamento, só por causa de seu título e sua riqueza.

– Eu não faria isso – afirmou Olivia com firmeza.

– Como ele poderia saber? Admita, até descobrir que Ganância e Trapaça eram inspiradas em nós, você as achava muito divertidas. Porque conheceu muitas damas como elas. Por isso elas são tão engraçadas: todos conhecemos alguém parecido. E Thornstock provavelmente conhece muitas pessoas parecidas com elas. Fico surpresa por ele não ter feito nada além de contar ao amigo sobre nós. Graças a Deus, o Sr. Juncker nunca contou a história real do que aconteceu naquela noite. Thornstock deve tê-lo deixado bem assustado.

Olivia ficou em silêncio. Se abrisse a boca naquele momento, contaria toda a verdade, e isso ainda lhe parecia errado. Na opinião dela, Thorn tinha outros motivos, mais importantes, para manter em segredo até de sua família que ele era o autor das peças.

De repente, ela se lembrou de como implicara com ele, dizendo que tinha inveja de Juncker. O constrangimento fez um calor subir pelo seu rosto. Era estranho como ele se comportava naquelas situações. Ficava rabugento, irritado. Não porque estivesse com ciúme, mas porque precisava esconder algo do qual sem dúvida se orgulhava. Não precisava do dinheiro que vinha de sua escrita, isso estava claro. Escrevia por prazer. E por uma evidente paixão pelo teatro.

– Mas as travessuras do Sr. Juncker não são a única razão para você estar furiosa com Thornstock, são? Tem mais alguma coisa a deixando chateada.

Olivia suspirou. A madrasta podia não entender seu trabalho como química, como Olivia pensava ou o que ela queria da vida, mas sempre percebia quando ela estava chateada.

– Estou só... preocupada com a reputação dele – disse Olivia. – E se ele quiser continuar frequentando a cama de mulheres casadas? – E mentindo sobre isso da mesma forma como mentira sobre o autor preferido dela. – Ou indo ao clube todas as noites e passando os dias no Parlamento? Ou...

– Como seu pai.

Com relutância, Olivia assentiu.

– Eu... eu amo muito Thorn. Tanto que acho que não conseguiria suportar saber que ele está fazendo essas coisas. Essa traição já está doendo demais.

A madrasta lhe deu um beijo no rosto.

– Querida, casamento não é garantia de uma vida feliz. É como... como jogar sinuca. Você bate em uma bola com seu taco, querendo que a bola vá para determinado lugar, mas ela segue em outra direção completamente diferente. Mas isso não quer dizer que deva parar de jogar sinuca. Precisamos tentar, mesmo correndo o risco de ter o coração partido.

A madrasta pegou sua mão.

– Não deixe que o comportamento de seu pai a convença a abrir mão de seus sonhos, sejam eles ser bem-sucedida como química, no amor ou ambos. Seu pai fez a escolha dele e eu fiz a minha. Você deve fazer a sua de acordo com o que deseja para sua vida. Às vezes, temos sorte. – Ela deu um beijo na mão de Olivia. – Eu certamente tive.

Lágrimas enchiam os olhos de Olivia ao apertar a mão da madrasta. Ela não acreditava em sorte. Então precisava descobrir como fazer a sua: enterrando-se no trabalho o tempo todo ou arriscando um casamento com Thorn. Ou, como a madrasta dissera, "ambos". Queria ambos. E começou a acreditar que Thorn era o único homem na Inglaterra que poderia e lhe daria aquilo.

No dia seguinte, Thorn acompanhou Gwyn até a casa dela em Mayfair. Aproveitando que estava lá, contou a Wolfe que conversara com o cocheiro do acidente do pai. Tinha sido difícil, considerando o estado mental do homem, e Thorn só conseguira uma informação útil: o cocheiro disse que vira alguém se afastando da carruagem no fatídico dia, mas que, como havia muitos convidados na casa e a pessoa usava um manto com capuz, não conseguiu identificar se era um homem ou uma mulher, nem mesmo se a carruagem havia sido adulterada. Estava chovendo, por isso ele não estranhou que a pessoa usasse um manto com capuz.

Depois, Wolfe e Thorn discutiram como convencer Elias a revelar quem era seu mandante, mas a verdade era que seria mais fácil verificar as listas de convidados das duas festas e ver quem estava presente em ambas. Para isso, teria que falar com a mãe. Thorn não sabia quais informações contar a ela, mas precisava contar alguma coisa.

Infelizmente, temendo que a mãe soubesse de seu noivado antes que pudesse lhe contar a novidade pessoalmente, ele mandara um bilhete apressado assim que Olivia aceitara seu pedido. Agora, precisava informar a ela que não haveria mais casamento. No entanto, se pedisse a lista de convidados sem dar um bom motivo, ela tentaria arrancar a verdade dele, e Thorn queria consultar os irmãos antes de contar a ela sobre a investigação. Assim, decidiu fingir ainda estar noivo, pedir a lista de convidados e rezar para que a mãe não desconfiasse de nada.

Quando chegou a Armitage House, parou apenas para tirar o sobretudo e o chapéu. Wolfe já lhe dissera que sua mãe estava ali, e não em Lincolnshire. Ela preferira ficar em Londres porque Sheridan estava na cidade, e eles estavam tentando desembaraçar os complicados negócios do pai de Sheridan. Não que a mãe pudesse fazer muita coisa, mas ela parecia querer estar por perto caso o filho tivesse perguntas.

Quando Thorn passou pelo vestíbulo e viu a bandeja com uma pilha de cartões de visita, parou de imediato. O cartão de William Bonham estava por cima. Talvez sua mãe tivesse outra razão para ficar na cidade. Respirou fundo. Gwyn aprovava a amizade entre a mãe e o homem que cuidava dos negócios do padrasto, mas Thorn não tinha certeza se era uma boa ideia. Depois de três casamentos, achava que a mãe estaria pronta para dar por encerrada sua vida de casada.

*Não se ela estiver apaixonada.*

Ele fez uma careta. Era uma união tão improvável que ela teria que estar mesmo apaixonada para insistir. As amigas a cortariam do círculo de amizades caso ela se casasse com alguém tão abaixo de sua classe. Mas ela não parecia se importar muito com as amigas da sociedade. Assim como Olivia.

Ignorando a dor que sentiu ao se lembrar dela, Thorn se juntou à mãe na sala de café da manhã, o local preferido dela à tarde, já que era quando, perversamente, recebia a melhor luz. Gwyn sempre dizia que o responsável por planejar aquela sala precisava encontrar outra profissão.

– Thorn! – exclamou a mãe, e se levantou para ir recebê-lo com um beijo. – Como foi em Berkshire?

– Bem.

– E como vai sua noiva? Estou tão feliz por vocês dois! Eu não fazia ideia de que você estava procurando uma esposa, muito menos uma moça como a Srta. Norley.

O golpe em seu coração foi rápido e doloroso, e foi ainda pior porque ele precisava esconder a verdade.

– Qual é o problema com a Srta. Norley?

– Nenhum, até onde sei. Eu mal troquei duas palavras com ela no baile. Você não me falou que a estava cortejando, e não me ocorreu fazer nenhuma pergunta a ela. Só me pareceu muito quieta.

– Ela é. Mas a senhora vai gostar dela quando conhecê-la melhor. – *Se eu conseguir reconquistá-la.* – Ela ama teatro.

– Que maravilha! Alguém para me acompanhar às minhas peças favoritas. – Ela abriu um sorriso maroto. – E onde ela está?

– Em Surrey, com a madrasta.

– Ah, claro. – A mãe lhe deu o braço e o levou para um aconchegante grupo de poltronas perto das janelas. – Quando ela voltar à cidade, traga-a aqui para que possamos discutir os planos para o casamento.

– Você, Olivia e lady Norley, as três cheias de planos – resmungou ele enquanto a mãe se sentava em sua poltrona preferida. – Vocês agem como se um casamento precisasse do mesmo planejamento estratégico que um ataque à França.

– Como uma mulher que se casou três vezes, posso garantir que precisa, sim. Confie em mim, filho.

– É, imagino que tenha razão. – Sentando-se diante da mãe, Thorn abriu um sorriso sem graça. – Aliás, eu estava pensando se a senhora ainda tem a lista de convidados da festa de batizado de Grey.

– O quê? Por quê?

Agora viria a parte em que precisava mentir para ela. Maldição.

– Bem, Olivia e eu queremos fazer uma cerimônia reservada em Rosethorn, só com as pessoas mais próximas à senhora e à família.

– A lista do batizado de Grey não vai ajudá-lo – informou ela. – Muitos eram amigos do pai dele, não meus.

– É por isso que também queremos a lista dos convidados à celebração do meu nascimento e de Gwyn. Pensamos em comparar as duas listas e ver se conseguimos descobrir quem eram amigos apenas do pai de Grey e apenas do meu pai. Qualquer outra pessoa que foi aos dois eventos seria amigo da família. *Seus* e nossos.

– Por que não me pedir apenas uma lista dos meus amigos atuais?

– É mais complicado que isso, mãe – disse ele, começando a se irritar.

– Com você, as coisas são sempre complicadas.

Ele estreitou o olhar.

– O que a senhora quer dizer?

– De todos os meus filhos, você sempre foi o que mais guardou segredos.

– De forma alguma. Grey é...

– Grey tem seus segredos, sim, imagino eu, mas achava que estivesse me protegendo ao esconder o que o tio fez por tantos anos. Você já é mais misterioso de uma forma geral. Em relação a tudo. – Ela o olhou de soslaio. – E agora esse noivado repentino. Por que tenho a sensação de que não está me contando tudo? Sei que vocês cinco estão tramando alguma coisa, mas ninguém me diz o que é.

– Não estamos... – Ele se esforçou para se acalmar. – Vai me dar as listas ou não, mãe?

Ela alisou a saia com uma afetação que não fazia jus à mulher de fibra que era.

– Tenho certeza de que guardei em algum lugar. Encaixotei tudo do batizado de Grey e deixei no sótão de Carymont depois que o pai dele morreu. Deus sabe que eu não queria ficar com nada do meu casamento com aquele homem. – Então continuou, agora com mais suavidade: – Mas é claro que guardei tudo do meu casamento com seu pai e do nascimento de vocês dois. Estão no sótão de Rosethorn.

– Então vou procurar lá. E pedirei a Grey que procure em Carymont.

Lydia tinha o olhar distante.

– Eu amava tanto seu pai... Desejo para você e para a Srta. Norley o mesmo que ele e eu tivemos. Se aprendi alguma coisa com meus três casamentos, é a importância de haver confiança, carinho e amor verdadeiro. Seu pai era tudo para mim. Juro, se eu não tivesse você e Gwyn, não sei se teria sobrevivido à perda dele.

Nos últimos anos, sempre que a mãe começava a falar assim, Thorn inventava uma desculpa para se afastar. Era muito difícil ouvi-la elogiando um homem que ele pensava tê-la traído. Mas agora ele queria respostas para suas perguntas. E, dessa vez, não fugiria da verdade.

– Mãe, alguns anos atrás eu ouvi um boato de que, quando sofreu o acidente, papai estava vindo a Londres para se encontrar com uma amante. A senhora acha que pode ser verdade? Se não, quem pode ter espalhado esse boato e por quê?

A perplexidade tomou conta do rosto dela.

– Santo Deus! – exclamou ela. – Esse absurdo já circulava na sociedade desde antes de eu me casar com seu padrasto. É claro que não é verdade. Seu pai estava indo às pressas encontrar uma parteira em Londres para mim.

– Mas ele nunca chegou lá.

– Não. Da última vez que o vi, ele me beijou e disse que voltaria o mais rápido possível. Mas nunca voltou. – Com lágrimas escorrendo, ela tomou o rosto de Thorn nas mãos. – De manhã, você e Gwyn estavam nos meus braços. O condestável me contou sobre o acidente no mesmo dia.

O fato de haver histórias conflitantes sobre as razões para seu pai ir correndo para Londres o intrigava.

– A senhora tem certeza de que nosso pai não estava vindo a Londres por alguma razão… pessoal?

– Como uma amiga? – indagou ela. – Tenho certeza. A mulher que as pessoas estavam inventando ser amante dele era minha grande amiga Eliza. A história toda era absurda. Seu pai nem gostava dela, sempre a achou desagradável. Foi uma das razões para não tê-la cortejado por muito tempo. Além disso, Eliza estava aqui, *ao meu lado*, quando seu pai morreu, então obviamente ele não estava indo a Londres para se encontrar com ela.

– Parece que não.

Mas, na opinião dele, lady Hornsby ainda não estava eliminada como possível suspeita de ter planejado a morte de seu pai. Ela poderia ter adulterado a carruagem dele a qualquer momento em que estivesse em Rosethorn, talvez para se vingar dele por não tê-la pedido em casamento.

Ora, lady Hornsby podia ter sido amante do pai dele, e o duque podia ter terminado com ela *antes* de se casar com Lydia. Lady Hornsby talvez tivesse passado aquele tempo todo fervendo de raiva.

– Por que raios você está remexendo essas coisas do meu passado? – perguntou Lydia. – O que trouxe isso à tona? Você me pediu as listas de convidados, Sheridan quis saber quais eram os planos do pai *dele* quando morreu… Estão me deixando preocupada.

– Eu juro, mãe, que vamos lhe contar quando tudo estiver resolvido. Mas, enquanto isso, tome cuidado com quem permite entrar em seu círculo social. Achamos que há pessoas próximas que não são confiáveis.

Ela ergueu o queixo.

– Quem?

– Lady Hornsby, por exemplo. Cora, tia de Grey. Outras mulheres com quem a senhora debutou.

– Isso não faz o menor sentido. Você está sendo muito desconfiado. Vai incluir a madrasta da moça de quem acaba de ficar noivo nessa miscelânea de "outras mulheres"?

– Sim.

Embora, sinceramente, ele não apostasse muitas fichas em lady Norley.

– É melhor não dizer isso para *Olivia*.

– Eu não estava pretendendo...

– Com licença – interrompeu o mordomo, surgindo à porta. – O major Wolfe está aqui.

Depois de anunciado, Wolfe entrou na sala, a expressão ficando sombria ao se aproximar de Thorn.

– Eu estava procurando por você.

– Major! – exclamou a mãe. – Não vai nem dar um beijo na sua sogra antes de começar a tratar de negócios com meu filho?

– Boa tarde, duquesa – murmurou ele ao se abaixar para dar um beijo no rosto dela. – Infelizmente, precisarei roubar Thorn um pouco.

Ele se endireitou e fixou o olhar em Thorn.

– Preciso falar com você em particular. É sobre nosso amigo Elias.

O coração de Thorn disparou. Não podia ser uma boa notícia. Não com a expressão que via no rosto do major.

– Claro – respondeu Thorn. – Com licença, mãe, mas terei que deixá--la. – De toda forma, era um momento apropriado para fazer isso, pois assim poderia escapar das perguntas diretas da mãe. – Volto para vê-la, prometo.

Thorn e Wolfe mal tinham passado pela porta quando Wolfe murmurou:

– Elias foi morto.

– O quê? Como?

– Com uma alta dose de arsênico – respondeu Wolfe.

– Meu Deus. – Thorn baixou a voz quando se aproximaram de um lacaio. – Como sabe que foi arsênico?

– O veneno estava na comida *e* na bebida dele. Só que ele não comeu tudo, os ratos comeram o que sobrou. Eles também estavam mortos quando Elias foi encontrado de manhã. O corpo está com um legista agora, mas, quando falei com ele, ele me disse estar quase certo de que foi arsênico.

– Alguém sabe quem o envenenou?

– Estava na comida dele, que passou por várias mãos, então qualquer um pode ter feito isso. – Depois que Thorn pegou seu sobretudo e chapéu, ele e Wolfe saíram. – Principalmente porque quem manda em Newgate são os próprios bandidos. Gente da pior espécie, pode acreditar.

Thorn estremeceu.

– Eu acredito. Mas é possível que o veneno fosse para outra pessoa?

– Improvável. Embora ele não tenha recebido nenhum visitante desde que eu o coloquei na cela depois de sair de Rosethorn ontem. A comida era definitivamente para ele.

– Inferno. Alguém está se esforçando muito para que não descubramos quem envenenou o pai de Grey.

Wolfe assentiu.

– Então, o que faremos agora? – perguntou Thorn.

– Sugiro que vá ao encontro da Srta. Norley e a avise do perigo.

Droga, Thorn não tinha pensado nisso. Se o criminoso conseguira pegar Elias em Newgate, obviamente conseguiria pegar Olivia em Surrey. E, considerando que ela conseguira provar o envenenamento do pai de Grey, devia estar correndo perigo. Se alguma coisa acontecesse com ela, Thorn nunca se perdoaria. Deveria ter mandado que seus lacaios armados ficassem com ela até que pudesse ir até lá.

– Gwyn me disse que a Srta. Norley foi para Surrey, mas não soube me dizer onde – continuou Wolfe.

– Meus lacaios já devem ter voltado de lá. Eu ordenei que voltassem para cá, não para Berkshire. – Thorn acelerou o passo em direção a sua casa, que ficava perto dali. – Eles saberão nos dizer onde encontrá-la.

Ele poderia ir a Surrey e contar a ela o que acontecera com Elias. Então faria o que nunca tinha feito com nenhuma outra mulher: imploraria que ela o perdoasse e o aceitasse de volta.

Gwyn estava certa sobre uma coisa: tentar lutar contra seus sentimentos era como tentar impedir que a agulha de uma bússola apontasse para o Norte. Ele queria Olivia, precisava de Olivia.

E, sim, amava Olivia. Ela era a tinta em seu tinteiro, a pena em sua mão. Cada palavra que escrevera na noite anterior, da cena final de sua última peça, tinha a ver com Olivia, com seu senso de humor e suas observações excêntricas, sua lógica e seu calor.

Precisava fazê-la ver que eles deveriam ficar juntos, que ele podia ser o tipo de marido que ela queria. Que nunca mais se esconderia dela. Porque, se não pudesse ser ele mesmo quando estivesse perto dela, não poderia ser ele mesmo com mais ninguém.

# CAPÍTULO DEZENOVE

Olivia andava pela casa como se fosse o cervo que seu pai estava caçando lá fora. A madrasta ainda demoraria para voltar da visita ao pároco. Depois, as duas partiriam para Londres. Olivia precisava encontrar Thorn por vários motivos, principalmente para tratar dos itens que deixara no laboratório na propriedade dele. Não que quisesse se acertar com ele. De forma alguma.

Que mentirosa ela era. Queria se acertar com ele, sim.

No entanto, toda vez que pensava em se desculpar pelo que sua madrasta chamava de "reação exagerada", seu sangue esquentava e não conseguia pensar direito. A madrasta estava certa sobre uma coisa: Olivia tinha uma reação involuntária quando se tratava de Thorn e suas peças. Ficava se imaginando junto com a madrasta no palco, enquanto o público ria delas.

Sentou-se no banco que ficava à sua janela favorita, aquela que dava vista para o jardim de que a madrasta cuidava com tanta diligência. Precisava superar isso. Por que não conseguia?

O mordomo entrou, parecendo seriamente confuso.

– Senhorita, tem um homem que deseja vê-la e diz ser o duque de Thornstock. – Ele desviou o olhar para o traje de dormir dela. – A senhorita deseja vê-lo?

O coração de Olivia disparou. Thorn estava *ali*?

– Sim. – Quando o mordomo levantou a sobrancelha, ela acrescentou depressa: – Eu o encontrarei no jardim. Assim terei tempo para me vestir.

O mordomo estava certo, não podia encontrar Thorn vestida *daquele jeito*, pelo amor de Deus.

No minuto em que o mordomo saiu do cômodo, ela subiu correndo as escadas, chamando a criada. Por sorte, a criada conseguiu arrumá-la e penteá-la em menos de uma hora.

Ao descer, caminhava com tanta graça quanto a madrasta sempre quisera. Mas suas veias pulsavam e suas mãos estavam suadas, por mais que repetisse para si mesma que *ele* é quem deveria estar nervoso.

Encontrou-o perto das roseiras, parecendo pálido e perdido, mas ainda

216

assim, bonito, mesmo de perfil. Por que ele precisava sempre parecer tão delicioso, mesmo quando queria ficar furiosa com ele?

– Vossa Graça? – chamou ela.

Ele se virou, o alívio evidente no rosto. E ela viu também que seus olhos infinitamente azuis estavam cheios de remorso.

– Você está aqui – disse ele, como se não acreditasse.

– Você também. Por que veio?

– Para lhe contar que Elias foi morto.

Ela definitivamente não esperava aquela notícia.

– Morto? Como?

– Envenenado. Acreditamos que por arsênico.

O coração dela se apertou.

– Então veio me pedir para testar os restos mortais dele.

A julgar pela expressão de Thorn, foi a vez de *ele* se surpreender com o que ouvia.

– O quê? Não. Não precisamos que você… Enfim, não há razão para isso. Os ratos mortos em volta da comida dele confirmaram que a causa da morte foi arsênico. Só achei que você deveria saber, para não ter mais medo de que ele fugisse e viesse atrás de você. Ou mandasse a pessoa que o contratou atrás de você.

– Eu… eu não estava com medo. – Ela o fitou. – Até agora.

– Não fique aflita. Ele não recebeu nenhuma visita, o que significa que não teve como contar a quem o contratou que você estava fazendo os experimentos em outro lugar. Então você está a salvo.

Ela fitou o caminho de pedras do jardim.

– Então… foi só por isso que você veio?

– Claro que não.

A veemência no tom de voz dele lhe deu esperança. Olivia ergueu o olhar para ele cheia de expectativa.

– Eu vim dizer que sinto muito. Não tenho justificativa para não ter lhe contado logo sobre Ganância e Trapaça. Ou, pelo menos, para não ter lhe contado assim que soube que você gostava das peças.

Ela engoliu em seco.

– E por que não contou?

– Quando começamos a conversar sobre as peças… eu já estava começando a gostar de você… a lembrar por que tinha gostado de você quando nos conhecemos. – Ele passou os dedos pelo lindo cabelo. – Eu sabia que você ficaria magoada ao saber que lady Trapaça e lady Ganância foram inspiradas em você e na sua madrasta, então preferi ficar quieto. Fui um covarde, pura e simplesmente. Deveria ter lhe contado muito tempo atrás.

Ela ainda estava digerindo isso quando ele acrescentou:

– Mas eu vim trazer um presente que... eu acho... talvez compense o que fiz.

Que Deus a ajudasse, porque se ele desse a ela uma joia, como seu pai sempre dava para sua madrasta quando fazia algo errado, Olivia a jogaria na cara dele.

Felizmente, não era uma joia nem um presente tradicional.

Era um maço de papéis.

– Eu fiz algumas alterações no início da peça de Felix que acabei de escrever – explicou Thorn. – Por favor, leia antes de decidir desistir de nós.

Curiosa, ela começou a ler o que parecia ser uma longa cena, com marcações a lápis. Franziu a testa quando percebeu que não conseguia entender com facilidade as partes marcadas.

– Por favor, perdoe minha letra – disse ele. – Fiz as alterações na carruagem a caminho daqui.

– Isso explica por que estão a lápis – comentou ela, secamente.

Ele deu de ombros.

– É difícil conciliar um tinteiro e uma pena em uma carruagem em movimento, mesmo com uma mesa portátil.

– Imagino. – Ela continuou lendo até que chegou a uma menção a Trapaça e Ganância. Respirando fundo, leu a passagem. Seu olhar então se fixou nele: – Você as matou!

Ele assentiu, depois apontou para as folhas que ela segurava.

– Sim, mas de uma forma cômica, como pode ver.

Olivia não disse nada, absorta demais em reler as frases em que Felix contava que elas morreram em uma avalanche nos Alpes enquanto perseguiam um conde austríaco.

Como ela continuou em silêncio, Thorn acrescentou:

– Mas se você quiser que seja um evento mais trágico, posso fazer isso também.

Ela lançou um olhar espantado para ele.

– Você... matou Trapaça e Ganância por *minha* causa? Para *me* agradar?

– Faço o que for preciso para tê-la de volta.

Ela sacudiu as folhas.

– Não deveria ter feito isso.

Ele sentiu seu coração se partir.

– Porque nem assim você pode me perdoar.

– Não! – respondeu ela rapidamente. – Não foi o que eu quis dizer. Quis dizer que elas são suas maiores criações. Não pode matá-las. – Ela abriu um sorriso. – Supondo que pretenda continuar escrevendo sobre Felix e seus amigos. Porque ouvi um boato de que não continuaria.

Ele deu um passo na direção dela, os olhos brilhando de esperança.

– Para falar a verdade, não decidi ainda. Resolvi esperar para ver como a última peça vai se sair no teatro. Se for bem, posso considerar escrever mais uma.

– Mas não tem como a peça ir bem se você matar Trapaça e Ganância. Elas são as personagens mais engraçadas! Simplesmente não pode matá-las.

– Eu achei que você as odiasse – comentou ele, baixinho.

Ela também achava. Mas não parecia certo matá-las. Quando conseguia separá-las de si mesma e de sua madrasta, ela as adorava.

– Eu odiava. Mas quanto mais penso a respeito, mais percebo que ninguém sabe que somos eu e minha madrasta. Então, a não ser que você assine as peças com seu nome...

– Algo que nunca farei. Como já disse, duques não devem escrever peças.

– Então ninguém nunca vai supor em quem elas foram inspiradas. – Ela estava brincando com o cordão de ouro em seu pescoço. – Será nosso segredo.

Ele parecia sem fôlego ao pegar a mão dela.

– Isso significa que você me perdoa?

– Por qual parte? Por inspirar suas personagens cômicas em mim e na minha madrasta? Ou por não me contar que você é, na verdade, meu autor preferido?

– Eu sou seu autor preferido? Mesmo?

Ela riu.

– É claro que você prefere se concentrar nessa parte. É tão convencido quanto Juncker.

– Isso está ficando cada vez melhor... Você acha Juncker convencido!

– Talvez eu precise de outro jantar com ele para ter certeza – disse ela, com um sorriso tímido.

– Não mesmo. Eu mal consegui suportar o último. – Ele fez uma pausa. – Ah, a propósito, eu lhe disse que ninguém da minha família sabia que eu escrevia. Descobri que Gwyn sabia. Eu só não desconfiava disso.

– Por que isso não me surpreende? – questionou ela. – Sua irmã é muito inteligente.

Quando ele ficou sério, ela percebeu que eles ainda estavam enrolando para chegar ao assunto principal.

– Então você me perdoa – concluiu ele.

– Só se você prometer nunca mais mentir para mim. Porque, ao contrário da sua irmã, não vou suportar se você me contar algo menos do que a verdade, mesmo que não seja algo bom. – Ela segurou as lágrimas. – Se eu descobrisse que você tem uma amante ou que passa as noites em prostíbulos quando me diz que está no clube, isso me destruiria.

– Eu não faria isso, jamais – afirmou ele. – Então, sim, prometo nunca mentir para você.

– Eu também prometo nunca mentir para você. – Ela tomou o rosto dele nas mãos. – E eu o perdoo.

– Que bom, porque acho que não suportaria viver sem seu perdão.

Ah, o homem tinha mesmo jeito com as palavras. Ela abriu um sorriso implicante.

– Explique isso melhor.

– Como assim?

Ela baixou a voz para um tom provocante, ou assim esperava.

– Lembra quando você explicou por que queria que o casamento acontecesse em Rosethorn com uma licença especial?

Ele a encarou até que um sorriso se abrisse em seus lábios.

– Eu lembro.

Quando ele tentou puxá-la para seus braços, ela o puxou para o caramanchão de clematis e hera da madrasta.

– Acho que vamos precisar de privacidade para isso, Vossa Graça. A não ser que queira ser forçado a se casar comigo quando formos flagrados.

– Isso seria terrível – comentou ele, entrando no caramanchão. – Mas já vou avisando, se formos ficar aqui nesse frio de outono, teremos que manter um ao outro aquecido, e isso significa um encontro mais... íntimo.

– Você vai ter que explicar o que quer dizer com isso – sussurrou ela.

Ele a puxou para seus braços, beijando-a tão intensamente que ela quase perdeu os sentidos. Ele só se afastou para olhar em volta e, ao ver um banco de pedra, levou-a para lá e se sentou.

Ela tentou se sentar ao lado dele, mas ele não permitiu. Em vez disso, colocou-a entre suas pernas.

– Você colocou esse vestido decotado de propósito, não foi, docinho?

– E se foi? – perguntou ela, baixinho, ao colocar o manuscrito da peça no banco.

– Nesse caso, terei que aproveitar. – Em poucos momentos, o vestido dela estava aberto e o espartilho abaixado. Mas ele foi mais lento com a combinação, abrindo cada botãozinho com cuidado. – Ah, sim – murmurou ele ao despir os seios dela. – Exatamente o que eu estava procurando.

Quando ele tomou um dos seios com a boca, Olivia já não aguentava mais. Enquanto ele sugava um e acariciava o outro, ela gemeu.

– Você é incrivelmente... bom nisso. É um pouco... preocupante.

– Admito que – ele mordiscou o mamilo dela – ganhei experiência de uma forma... Você certamente não aprovaria. – Ele a lambeu de forma deliciosa. – Mas isso é passado.

Ela o fitou.

– Tem certeza?

– Ah, sim. – Ele lambeu cada mamilo até que ela arfasse. – Você gosta disso, minha futura esposa?

– Sim – ela conseguiu responder, e segurou a cabeça dele. – Mas eu não me lembro... de aceitar me casar com você depois da minha... mais recente recusa.

Ele parou para erguer o olhar.

– Nem brinque com isso. Eu achei que a tinha perdido para sempre. E não tinha ninguém para culpar além de mim mesmo. Então tenha piedade de mim. Não vou sobreviver se perdê-la mais uma vez, meu amor.

– Você... me ama? – perguntou ela, gaguejando.

– Mais do que possa imaginar. – Ele desabotoou sua calça e cueca, deixando exposto seu membro excitado. – Devo me explicar mais?

– Definitivamente. – Ela sorriu. – Infelizmente, sua futura esposa é lenta para aprender.

Levantando as saias dela, ele a puxou para montar nele. Ela notou que ele tinha esticado o casaco sobre os dois lados do banco para que Olivia não precisasse se ajoelhar na pedra fria enquanto ele a guiava para seu membro. Aquela pequena gentileza aqueceu seu coração.

Enquanto ela se sentava e o guiava para dentro de si, ele gemeu.

– Entrar em você é como entrar no paraíso, docinho.

– Sentir você também é – sussurrou ela, surpresa por perceber que não sentiu o desconforto da primeira vez, que foi substituído por uma sensação prazerosa enquanto o membro grosso dele a penetrava. – Meu paraíso. Meu amor.

– Minha – disse ele, acariciando e sugando o seio dela. – Para sempre.

Usando as mãos para estimulá-la a subir e descer, ele finalmente fez com que ela entendesse o que precisava fazer.

– Ah! – exclamou ela. – Que interessante.

– Um experimento – murmurou ele, rouco. – Para me deixar louco.

Ela deu uma risadinha abafada.

– Posso me acostumar com tais experimentos. Contanto que não causem nenhum incêndio repentino.

– Ah, pode acreditar, causam muitos incêndios repentinos. – Com os olhos cintilando, ele lambeu o mamilo dela. – Mas não do tipo químico.

Então ele investiu contra ela, que seguiu as instruções dele e começou a se movimentar. Com as investidas dele e o desejo dela por mais, eles encontraram um ritmo que fez Olivia se sentir uma rainha dominando seu súdito. Exceto que ele era grande e poderoso demais para isso.

– Eu te amo – murmurou ela, seu sangue começando a ferver. – Eu te amo mais do que amo a química.

O rosto dele se iluminou.

– Eu te amo… ainda mais do que amo o teatro. – Ele estava investindo contra ela com uma força gloriosa que a fazia gemer e se contorcer. – Eu te amo – declarou ele, rouco – como o oceano ama o litoral.

– Como o fósforo ama o ar.

Ela descia sobre ele mais rápido agora, em resposta aos movimentos frenéticos dele. Ele estava aumentando os desejos dela, levando-a ao limite… onde ela encontraria… fósforo… e incendiaria os dois.

– Em todos os tempos. Em todos os lugares. Minha. *Meu amor.*

E quando o corpo de Olivia entrou em erupção e ela se agarrou a ele com um grito, Thorn arremeteu uma última vez também soltando um grito, a cascata de erupções fazendo-o se aliviar dentro dela. Então ela se deixou cair sobre ele, exausta e satisfeita.

Algum tempo se passou enquanto eles continuavam abraçados e aquecidos no calor de seus corpos unidos.

Então Thorn se mexeu embaixo dela.

– Suponho que seus pais não estejam em casa.

Ela voltou a si imediatamente.

– Ah, meu Deus, minha madrasta deve chegar a qualquer minuto. Ela virá nos procurar assim que o mordomo contar que você está aqui no jardim. Comigo. – Sentindo um pouco de pânico, ela se levantou e começou a ajeitar a roupa.

– O que ela pode fazer? – questionou ele, com uma pontinha de ironia. – Me forçar a me casar com você?

Revirando os olhos, Olivia pegou os papéis e bateu nele com elas.

– Você não vai achar nem um pouco engraçado se ela exigir nossa viagem imediata para Londres e um casamento ainda hoje. Ainda mais depois de já ter viajado tanto hoje.

– Ah, mas depois disso nós poderíamos passar a noite juntos na suíte principal de Rosethorn. Para mim, soa perfeito.

– É verdade. – Ela fez uma pausa para imaginar e sorriu. Então imaginou o pai correndo atrás de Thorn com uma arma, e o puxou para se levantar. – Você precisa se levantar e abotoar a roupa!

Com uma gargalhada, ele ficou de pé e fechou os poucos botões, então a puxou novamente para seus braços.

– Calma! Enquanto estava esperando por você, eu disse para seu mordomo que era seu noivo e paguei para que ele nos deixasse em paz. Também paguei para que nos avisasse se visse alguém chegando.

– Você estava bem seguro de si – comentou ela, tentando não sorrir.

– Eu só sabia que ia dizer ou fazer o que fosse preciso para que você me perdoasse.

– Poderei continuar praticando a química?

– Combinado – respondeu ele.

– Mesmo se isso significar que não estarei sempre disponível?

– Mesmo se isso significar que terei de ser seu servo.

– Não seja ridículo. Você tem criados para isso.

– Tem certas coisas que eu mesmo prefiro fazer – afirmou ele, com os olhos brilhando. Então ficou sério. – Só tenho uma condição: não faça experimentos com elementos químicos perigosos quando estiver grávida.

– Combinado – concordou ela, com um enorme sorriso. – Viu como é fácil negociar comigo?

– Você fica satisfeita contanto que eu "explique" as coisas, certo?

Ela riu do sorriso presunçoso dele.

– Ah, sim, eu sou uma folha em branco quando se trata desse tipo de explicações, meu amor.

– Bem, então estou prevendo muitas explicações no meu futuro.

E quando ele se inclinou para beijá-la, ela decidiu que tinha vantagens em se casar com um escritor.

# EPÍLOGO

Foi um pouco complicado reunir todos os irmãos e irmãs, com seus respectivos cônjuges, além da mãe, mas Thorn finalmente conseguiu. Agora, só precisava parar de sorrir – algo altamente inapropriado para o assunto da reunião.

Mas não estava conseguindo se segurar. Na véspera, ele e Olivia tinham finalmente se casado, embora tivesse demorado três semanas em vez dos três dias que eram seu desejo inicial. Afinal, as mulheres precisavam de tempo para organizar um casamento, com ou sem licença especial.

Agora, Olivia estava sentada à enorme mesa de Rosethorn junto com os outros, sorrindo com timidez como se estivesse se lembrando do sexo selvagem que tinham feito à noite. Teria que se policiar para não olhar para ela. E não lembrar como se sentira ao seu lado, sabendo que agora ficariam juntos para sempre. Nem de se lembrar de acordar e vê-la em sua cama, como sua *esposa*.

Aquele, não o casamento em si, tinha sido o momento glorioso para ele.

– Do que se trata esta reunião, Thorn? – questionou Sheridan.

Ele arrancou o sorriso do rosto.

– Sobre nossa mãe e a morte de seus maridos. Um assunto que tem pesado em nossa mente nos últimos tempos.

– Eu *sabia* que vocês estavam tramando alguma coisa! – Como todos se viraram para Lydia, ela acrescentou, um tanto petulante: – Eu sabia, ora. Uma mãe sabe dessas coisas. – Ela parou para encarar cada um deles de modo questionador. – Pois bem. O que exatamente vocês estão tramando?

– Você explica ou eu, Grey? – perguntou Thorn.

– Estamos na sua casa – respondeu o irmão. – Então explique você. Além disso, você e Wolfe são os únicos que sabem a história toda.

– Certo. – Thorn se virou para a mãe. – Como a senhora deve se lembrar, no ano passado chegamos à conclusão de que Maurice e seu antecessor tinham sido assassinados. – Vendo que ela arregalou os olhos, ele acrescentou depressa: – Foi isso que nos fez pensar sobre o pai de Grey e o meu pai. Achamos que talvez eles também tenham sido mortos.

– Que ideia absurda! – A mãe balançava a cabeça. – Thorn, seu pai morreu em um acidente de carruagem!

– Sim, mas agora achamos que o acidente aconteceu porque alguém soltou os parafusos no banco do cocheiro de forma que o arremessou longe e assustou os cavalos, deixando a carruagem desgovernada. E, se não fosse pela rápida intervenção de Wolfe no começo deste ano, a senhora, Gwyn, Wolfe e eu poderíamos ter morrido a caminho de Londres para o debute. Como ambos os acidentes envolvem parafusos soltos no banco do cocheiro, provavelmente ambos foram deliberados.

– O quê? – questionou a mãe. – Eu... eu não compreendo.

– Não queríamos chateá-la com o que descobrimos, mãe, enquanto não tivéssemos certeza de que não estávamos imaginando coisas – disse Gwyn, segurando a mão da mãe. – Mas parece que alguém vem sistematicamente matando os cavalheiros próximos da senhora. E se Joshua e eu não tivéssemos visto o sujeito mexendo na carruagem, a senhora também teria sofrido um acidente. Nós quatro poderíamos ter morrido ou nos ferido!

Grey prosseguiu:

– Então decidimos começar investigando a morte do meu pai. Desconfiamos que ele poderia não ter morrido de uma febre porque eu supostamente o havia infectado e sobrevivi. Foi por isso que pedi à esposa de Thorn que usasse seu amplo conhecimento de química para fazer alguns testes nos restos mortais do meu pai. Essa foi a verdadeira razão para Thorn e Olivia viajarem comigo e Beatrice a Carymont.

– Foi tudo uma farsa? – Lydia se recostou, bufando de indignação. – Vocês quatro deveriam se envergonhar.

– Não queríamos preocupar a senhora – Beatrice apressou-se em justificar.

– Humpf.

– Continuando, mãe – disse Thorn. – Minha brilhante esposa – ele sorriu para Olivia – detectou arsênico nos restos mortais do pai de Grey. Antes disso, alguém tentou colocar um fim aos testes, destruindo o laboratório dela. – A voz dele ficou dura: – Olivia poderia ter morrido. Graças a Deus, ela não estava lá dentro. E, embora o rapaz que cometeu o crime, Elias, tenha fugido, Joshua conseguiu encontrá-lo e prendê-lo. Mas Elias foi morto em Newgate antes de revelar quem o contratou.

Todo os presentes arfaram em surpresa.

– E como isso aconteceu? – indagou Sheridan.

– Ele foi envenenado com arsênico – esclareceu Thorn. – Só não sabemos como foi parar na comida dele.

Sheridan se debruçou sobre a mesa.

– É possível que ele tenha sido responsável pelas mortes de tio Armie e do meu pai?

– A essa altura, tudo é possível – respondeu Thorn. – Bem, exceto que Elias não pode ter cometido os dois primeiros assassinatos, pois era jovem demais. Ainda assim, temos alguns suspeitos.

– *Alguns* suspeitos? – questionou a mãe. – Meu Deus, quem poderia ter feito tal coisa?

– Já vamos chegar lá, mãe – disse Grey.

Thorn colocou na mesa dois papéis antigos.

– Como vocês sabem, mamãe costuma guardar todo o seu passado em caixas no porão. – Todos riram. – Assim, temos a lista de quem estava presente em Carymont para o batizado de Grey, data em que o pai dele morreu. E também temos a lista de quem estava em Rosethorn para o meu nascimento e o de Gwyn, quando *nosso* pai morreu. Afora mamãe, três nomes aparecem nas duas listas, todas mulheres. Grey e eu acreditamos que, se estivermos certos e ambos foram assassinados, o culpado precisava ter acesso à casa, o que significa que estava presente nos dois eventos.

Lydia se levantou.

– Não posso acreditar nesse… nessa conspiração de vocês. É muito estranho. Essas pessoas eram nossas amigas. Por que alguma delas mataria os pais de vocês?

Sheridan se recostou na cadeira.

– Eu não sei, mãe, mas a senhora escutou as evidências no ano passado sobre as mortes de papai e de tio Armie. Então são seus três maridos e o irmão de um deles. Isso parece um padrão.

A cor sumiu do rosto dela.

– Então por que eu devo ser excluída da lista de possíveis culpados?

– Porque a senhora não teria conseguido cometer os quatro assassinatos – explicou Thorn, gentilmente. – No caso do nosso pai, estava em trabalho de parto. É improvável que estivesse andando por aí desaparafusando bancos de carruagem. No caso de tio Armie, a senhora estava fora do país. De fato, acreditamos que foi por isso que essa criminosa esperou tanto tempo para matar nosso padrasto. O poder dela não chegava à Prússia. Achamos que estava frustrada porque a senhora e Maurice ficaram muito tempo fora, então matou tio Armie para que voltassem, já que Maurice era o herdeiro. Assim ela poderia matar Maurice também.

– E possivelmente a mim – acrescentou a mãe.

Grey assentiu.

– A verdade é que não temos ideia do porquê alguém teria cometido tantos assassinatos. E, enquanto não compreendermos isso, não conseguiremos desvendar essa conspiração, se for mesmo isso.

Lydia afundou na cadeira.

– Então quem são as três mulheres presentes em ambas as listas?

– Primeiro, Cora, tia de Grey, uma mulher má e ambiciosa, como todos sabem – revelou Thorn. – Segundo, lady Norley, que minha esposa garante que não é a culpada. E, por último, sua amiga lady Hornsby.

– Não foi ela – garantiu Beatrice. – Ela foi tão gentil comigo durante a minha apresentação à corte...

– Na minha opinião, devemos tratar todas as três como possibilidades, ainda que minha esposa possa garantir o bom caráter de sua madrasta.

Grey continuou:

– Mas, embora tenhamos provado de forma satisfatória que meu pai foi envenenado, seria difícil investigar os outros aspectos de um crime que aconteceu 34 anos atrás. Então eu, Thorn e Gwyn concordamos que nossa melhor chance de pegar esse demônio é tentar desvendar os assassinatos mais recentes, isto é, dos dois duques de Armitage.

Thorn assentiu para Sheridan e Heywood.

– Então precisamos contar com vocês dois para essa investigação. Embora eu saiba que Heywood só chegou este ano à região, e Sheridan está lá há pouco mais de um ano, vocês conhecem a cidade e seus habitantes melhor do que nós. A população local confia em vocês, pois já mostraram seu valor. Além disso, as questões de um duque local e seu irmão vão pesar mais do que a de qualquer um de nós. E não quero que esse fardo caia sobre mamãe.

– Como assim? – questionou Lydia. – Sou um membro da área tanto quanto os meninos, e certamente vou fazer minha parte. E me recuso a dar aos moradores locais qualquer indício de que meus filhos estão investigando um assassinato no qual eu possa estar envolvida.

Sheridan a abraçou.

– Prometo que Heywood e eu deixaremos claro que não desconfiamos da senhora.

– Isso não é suficiente. Quero investigar.

– Falamos sobre isso depois, mãe – disse Heywood.

– Uma última coisa – acrescentou Thorn. – A outra razão para convocarmos essa reunião é para pedir cuidado. Até agora, esse bandido ainda não tentou matar nenhum de nós, exceto a tentativa de Elias de adulterar a carruagem, mas isso pode mudar. Depois de arquitetar tantas mortes, ela pode não estar disposta a parar. Então todos nós devemos ficar alertas. Ao mesmo tempo, achamos prudente *não* mencionar essas suspeitas a ninguém, a não ser que seja necessário. Não queremos colocar alvos nas nossas costas.

– Então, Grey, não conte a Vanessa que desconfiamos da mãe dela – avisou Sheridan. – Senão aquela mulher vai nos enlouquecer tentando descobrir por quê.

Heywood riu.

– Você é o único que fica louco com ela, mano. Principalmente com a paixão que ela tem por Juncker, aquele poeta amigo de Thorn.

– *Ele* é o poeta de quem minha prima vem falando durante todo esse tempo? – Grey olhou para Thorn com cara feia. – Você sabia disso?

– Eu… hã… só fiquei sabendo há pouco tempo. E não quis tocar no assunto com você. Sabia que não ia gostar nem um pouco.

– Vanessa e Juncker – murmurou Grey. – Que Deus nos ajude.

– Antes que a conversa mude para mais fofocas irrelevantes, tenho mais uma informação sobre o assunto em questão – acrescentou Thorn, secamente. – Wolfe concordou em ser o responsável por reunir as informações e documentar todos os nossos esforços. Ele tem amigos poderosos em Londres, incluindo policiais do primeiro escalão e outros investigadores. Então, qualquer coisa, procurem-no.

– Devemos procurar o Sr. Bonham – disse a mãe. – Ele era advogado antes de cuidar dos negócios de Maurice, então conhece a lei.

Thorn teve vontade de praguejar.

– Não envolveremos pessoas de fora da família, exceto para conseguir informações. Duvido que alguém fosse conectar esses pontos isolados, mas, se envolvermos Bonham, ele vai saber o que estamos fazendo. Não temos certeza de que seu pretendente não vai fofocar com a pessoa errada.

Lydia corou.

– Ele não é meu pretendente.

Gwyn e Beatrice se entreolharam.

– Não importa o que ele é, o fato é que não pode fazer parte disso, mãe. Entendeu?

Ela ergueu o queixo.

– Como quiser, Thorn. Deus me livre de ter um amigo homem... ou mulher, sem que meus filhos suspeitem que são criminosos. – Ela se levantou. – Vou pedir que sirvam o chá.

– Eu ajudo – ofereceu-se Olivia, levantando-se para acompanhar a mãe de Thorn, mas não antes de lançar a ele um olhar de repreensão.

Depois, ele pegou Gwyn e Beatrice o fuzilando com o olhar.

– Que foi? – perguntou ele.

– Não podia ter sido mais delicado? – indagou Gwyn. – Mamãe acabou de descobrir que praticamente todos os amigos dela são suspeitos. Ainda está digerindo a informação. Você poderia ter tido mais tato ao pedir a ela que não revelasse nada a Bonham.

– Thorn? Tato não é o forte dele – comentou Grey. – Quer dizer, ele está certo sobre Bonham, mas não tem um pingo de tato.

– Vocês lembram quando o rei foi visitar nosso... – começou Sheridan.

– Reunião encerrada! – declarou Thorn, e saiu.

Já tinha passado tempo suficiente com sua família. Agora queria sua esposa.

Sua esposa. E duquesa e parceira na cama e a mulher que o conhecia melhor do que ninguém. Sorriu sem nem perceber. Ela tornava tudo melhor. Devia ser um idiota nove anos antes por não ter lutado por ela.

Encontrou-a conversando com Lydia na sala de estar e ficou atrás da porta escutando.

– A senhora precisa entender – dizia Olivia. – Thorn é o típico cabeça--dura quando se trata de dar ordens para a mãe. Ele acha que tem todo o direito de lhe dizer o que fazer.

A mãe falou algo que ele não conseguiu ouvir. Olivia riu.

– Exatamente.

Lydia comentou mais alguma coisa que ele não entendeu. Então, frustrado, decidiu que não tinha por que ficar ouvindo atrás da porta. Além disso, Olivia lhe contaria mais tarde.

Entrou na sala.

– Mãe, me perdoe, eu não queria chateá-la.

Lydia se levantou e foi lhe dar um beijo no rosto.

– Está tudo bem, filho. Olivia me explicou que você estava simplesmente sendo homem.

– E a senhora concorda com ela?

– Sim. – Ela esboçou um sorriso e se inclinou para sussurrar no ouvido dele: – Gosto muito da sua esposa. E ela parece amá-lo bastante.

Enquanto ele ainda estava sorrindo para si mesmo, sua mãe saiu para o corredor para supervisionar o serviço de aperitivos e bebidas para a família na sala de jantar.

Enquanto isso, ele se juntou à esposa.

– Minha mãe gosta de você – afirmou, enquanto estendia a mão para ajudá-la a se levantar do sofá. – Não me surpreende. Ela não estaria em seu juízo perfeito se não gostasse.

– Por quê? – perguntou Olivia com um sorriso irônico. – Só porque *você* gosta de mim?

– Exatamente. E eu tenho um excelente gosto para mulheres.

Ela ergueu uma sobrancelha.

– Vou ter que acreditar na sua palavra, já que ainda não me falou o nome de nenhuma das suas ex-amantes.

– E pretendo nunca falar. Mas você terá que acreditar em mim quando digo que nenhuma delas chega aos seus pés.

Ela riu.

– Você é incorrigível.

Thorn a puxou para seus braços.

– É exatamente por isso que você gosta de mim, docinho. As mulheres sempre se sentem atraídas por nós, homens maus.

– Pode ser – respondeu ela, sorrindo para ele. – Mas o que me atraiu em você não foi isso.

– Não? – indagou ele enquanto deixava uma trilha de beijos que ia da têmpora até a orelha dela.

– Foi a forma como aceitou a mim e às minhas peculiaridades. Antes de sermos pegos naquela primeira vez, você claramente gostou de mim, apesar da minha obsessão por química e minha insistência em questionar a sociedade.

– Eu gostei de você *por causa* de tudo isso, querida esposa – murmurou ele. – Só demorei muito para perceber. Aparentemente, não é só você que é lenta para aprender.

– Então me deixe explicar desta vez – sussurrou ela. – Mas talvez seja melhor fechar a porta para não escandalizar a sua família.

– Ou nos recolhermos aos nossos aposentos? – sugeriu ele.

– Thorn! Ainda é de manhã! Se voltarmos para nosso quarto *agora*, todos saberão o que estamos fazendo.

– Espero que saibam mesmo. Você entrou para uma família de rapazes travessos como eu, docinho, e somos todos irredutíveis quanto a isso. – Ele a soltou, apenas para ir até a porta, fechá-la e trancá-la, antes de voltar para o lado dela. – Por outro lado, consumar nosso casamento mais uma vez na sala de estar deve deixá-los escandalizados também, meu amor. Podemos experimentar.

– Ah, sim – respondeu ela, rindo. – Você sabe que eu adoro experimentos. Aquele experimento em particular foi um sucesso retumbante.

Leia um trecho do próximo livro da série

*Um duque à paisana*

*Diário da Sociedade Londrina*

O ÚLTIMO DUQUE SOLTEIRO

Queridos leitores,

Não conseguimos acreditar. O duque de Thornstock, aquele demônio despudorado, não apenas se casou, como ainda escolheu a Srta. Olivia Norley como sua noiva! E isso depois de ela recusar o pedido dele anos atrás. Ele realmente deve ter se corrigido, pois sabemos muito bem que, caso contrário, a Srta. Norley nunca aceitaria se casar com ele.

Isso significa que seu meio-irmão, Sheridan Wolfe, o duque de Armitage, é o único filho da duquesa viúva que ainda não se casou. Que sortuda será a jovem que conseguir fisgá-lo! Embora os linguarudos de plantão digam que ele precisará se casar com uma senhorita abastada para salvar sua propriedade, isso não incomodará ninguém que tenha uma filha solteira. Afinal, ele é um duque jovem e bonito, algo particularmente raro. Ouso dizer que não ficará solteiro por muito tempo.

Que maravilha será assisti-lo caçar sua noiva. Armitage é discreto, o oposto de Thornstock, e é ainda mais recluso do que seu outro meio-irmão, o duque de Greycourt. Por isso, será necessária a mais intrigante das damas para se infiltrar em sua armadura e conquistar o raro coração que certamente bate ali. Mal vemos a hora de saber o que vai acontecer.

# CAPÍTULO UM

*Armitage House, Londres*
*Novembro de 1809*

— O duque de Greycourt está aqui para vê-lo, Vossa Graça.

Sheridan Wolfe, o duque de Armitage, ergueu o olhar da lista de cavalos dos estábulos da propriedade de sua família, Armitage Hall, e viu o mordomo à porta.

– Pode deixá-lo entrar.

Grey, seu meio-irmão, deveria estar em Suffolk. Graças a Deus, esse não era o caso. Ele seria uma ótima distração para que Sheridan não tivesse que decidir naquele momento qual cavalo deveria ser leiloado. Ele não queria se livrar de nenhuma das montarias de primeira linha. Mas o ducado de Armitage estava sendo massacrado por uma montanha de dívidas, graças aos gastos exagerados de seu falecido tio e ao fato de seu pai...

Um nó se formou em sua garganta. O fato de seu pai, padrasto de Grey, ter morrido tão cedo.

Sheridan deixou a lista de lado. Droga, já fazia um ano. Por que a morte de seu pai ainda o assombrava dessa forma? Até sua mãe parecia estar lidando com a situação melhor do que ele. Se não fosse pela chegada de Grey, ele poderia levar Juno para uma corrida pelo Hyde Park para distrair a mente.

Talvez mais tarde. A égua puro-sangue tinha talento para...

Com um gemido, Sheridan lembrou que Juno não era mais sua. Ela havia sido a primeira que ele precisou vender para pagar as dívidas da propriedade. Odiara fazer isso, ela era a melhor égua de montaria de seu falecido tio, mas tivera de escolher entre ela e um dos puros-sangues de corrida, e estes ainda podiam lhe render algum dinheiro, mesmo não sendo bons de montaria.

Que pensamento deprimente. Considerava o meio da tarde cedo para um drinque, mas, se não podia cavalgar, um conhaque e uma conversa agradável com Grey viriam bem a calhar. Serviu-se de um copo e já ia servir outro para seu meio-irmão quando o mordomo abriu a porta, e a ideia de Sheridan de uma conversa agradável evaporou.

Seu irmão parecia já ter bebido bastante e estar prestes a colocar tudo para fora. Pálido e agitado, Grey vasculhou com o olhar o escritório de Sheridan como se esperando que um ladrão pulasse de trás de uma estante a qualquer momento.

– Quer alguma coisa? – ofereceu Sheridan ao irmão, acenando para que o mordomo esperasse um instante. – Chá? Café? – Ele levantou o copo em sua mão. – Conhaque?

– Não tenho tempo para isso, infelizmente.

Sheridan acenou para o mordomo sair. Assim que a porta se fechou, ele perguntou:

– O que houve? É Beatrice? Você com certeza não está na cidade para assistir à peça, não nessas circunstâncias.

Em poucas horas, o restante da família iria assistir à apresentação filantrópica da peça *As aventuras selvagens de um estrangeiro em Londres*, de Konrad Juncker, no Parthenon Theater. Embora Sheridan mal conhecesse o dramaturgo, seu outro meio-irmão, Thorn, pedira que ele fosse, pois a causa a ser beneficiada era muito importante para sua esposa: a Half Moon House, que ajudava mulheres de todas as condições a se reerguerem.

Grey balançou a cabeça.

– Não, eu vim buscar um médico obstetra para Beatrice. Nossa parteira disse que ela deve dar à luz antes da hora prevista, e sem que haja complicações. Por isso, vim correndo a Londres para encontrar um médico que a examine, para o caso de a parteira estar certa. Ele está me esperando na carruagem.

Erguendo uma sobrancelha, Sheridan disse:

– Eu poderia suspeitar que você tenha levado Beatrice para a cama "antes do previsto", mas vocês já estão casados há dez meses, não teria como esse ser um bebê prematuro.

– Realmente não. E a parteira pode estar errada, mas não podemos contar com isso. Foi por isso que parei aqui. Preciso de um favor.

Sheridan virou a cabeça.

– Infelizmente, não tenho conhecimento no que diz respeito a trazer bebês ao mundo, então...

– Você se lembra de quando decidimos que eu deveria perguntar à tia Cora sobre as duas festas nas quais suspeitamos que o assassino do meu pai estivesse presente?

– Lembro, sim.

Todos os filhos de Lydia tinham finalmente chegado à conclusão de que o fato de a mãe ter ficado viúva três vezes não fora apenas uma confluência de eventos trágicos. Alguém matara seus maridos, inclusive Maurice Wolfe, pai de Sheridan e Heywood, e o detentor anterior do título de duque de Armitage. Eles desconfiavam que a pessoa por trás dos assassinatos fosse uma dentre três mulheres que estavam presentes nas festas que antecederam à morte dos dois primeiros maridos. Então Sheridan e seus irmãos agora estavam envolvidos em uma investigação secreta, em que cada um deles tinha uma tarefa. A de Grey era interrogar sua tia, Cora, conhecida como lady Eustace, que não tinha relação com nenhum dos outros.

Sheridan de repente percebeu qual deveria ser o "favor".

– Não. Deus, não! Eu não vou fazer isso.

Droga.

– Você não sabe o que eu vou pedir – rebateu Grey.

– Mas posso imaginar. Você quer que eu vá falar com lady Eustace.

Grey suspirou.

– Sim, dadas as circunstâncias.

– Você logo estará de volta à cidade. Não podemos esperar até lá?

– Não sei. Sinceramente, não faço ideia de quanto tempo precisarei ficar no campo.

Sheridan inspirou com força.

– Entendi, mas por que pedir para mim? Eu mal a conheço.

– Os outros não a conhecem nem um pouco – destacou Grey. – Você pelo menos conhece Vanessa, o que lhe dá uma desculpa.

E esse era precisamente o motivo de Sheridan não querer fazer isso. Interrogar lady Eustace significava ficar perto da filha dela, a Srta. Vanessa Pryde, que era atraente demais para que ele conseguisse manter a sanidade, com seus cachos rebeldes, seu corpo exuberante e sorriso vivaz.

– Eu conversei com Vanessa poucas vezes – corrigiu Sheridan. – Isso não faz de mim a pessoa ideal para essa tarefa.

– Eu e minha tia nos odiamos, então também não sou a pessoa ideal, já que é provável que ela não me conte a verdade.

Não era segredo nenhum na família que o tio de Grey, Eustace, o tratara muito mal quando pequeno na esperança de que o menino assinasse documentos e passasse as propriedades para ele. E a tia fingia não ver o que o marido fazia.

Sheridan deu um gole em seu conhaque.

– E por que a sua tia *me* contaria a verdade?

– Porque você é um duque solteiro. E a filha dela, uma jovem dama solteira. Não estou sugerindo que você finja cortejar Vanessa, mas a mãe dela certamente vislumbrará a oportunidade e talvez baixe a guarda.

– Não tenho tanta certeza. Sua tia sempre foi fria comigo, provavelmente por eu ser um duque solteiro *pobre*. Ela está em busca de um homem rico para a filha, que, para ser sincero, vai precisar de um, já que é uma menina mimada e insolente, uma combinação perigosa para um homem que não pode pagar por vestidos caros, peles e joias. Uma esposa como Vanessa me afogaria ainda mais em dívidas.

Grey estreitou o olhar.

– Vanessa não é mimada, apenas determinada a conseguir as coisas do jeito dela.

– Qual é a diferença?

– Uma garota mimada recebe tudo de mão beijada, e espera que continue assim quando se casar. Acredite em mim, apesar de Vanessa ter tido alguns privilégios, ela também teve que crescer em uma família turbulenta. Por isso sua determinação em não deixar que ninguém a domine.

– Ainda assim, casar com uma mulher como ela significa conflito constante.

– Gwyn e Beatrice também são assim, e até agora eu e Joshua estamos muito satisfeitos. Na verdade, prefiro estar casado com uma mulher determinada e que sabe o que quer.

– Bom para você – respondeu Sheridan. – Mas você tem muito dinheiro para mimá-la se quiser, eu não. E sua esposa não tem uma fixação absurda por aquele maldito poeta Juncker.

– Ah, sim, Juncker. – Grey coçou o queixo. – Eu duvido que isso seja mais do que uma paixão passageira.

– Acredite em mim, eu já escutei muitas vezes os elogios dela às peças "brilhantes" dele. Uma vez, ela chegou a falar que ele escrevia com a ferocidade de um "anjo sombrio", seja lá o que isso signifique. Ela é uma menina frívola que não faz ideia do tipo de homem com quem deveria se casar.

– Mas suponho que *você* saiba – disse Grey, com um brilho no olhar.

– Eu, de fato, sei. Ela precisa de um camarada para refrear seus excessos, que a ajude a canalizar seu entusiasmo juvenil para atividades mais práticas. Infelizmente, Vanessa tem ideias românticas que apenas irão fazer mal a ela e a estão levando a desejar um homem que ela pensa poder controlar, para assim poder gastar o dote da forma que bem entender.

– Está falando de Juncker? – questionou Grey.

– Quem mais? Você sabe muito bem que há anos ela sonha com ele.

– E isso o perturba?

A pergunta pegou Sheridan desprevenido.

– Claro que não. – Como Grey riu com sarcasmo, Sheridan acrescentou de má vontade: – Juncker está bom para ela. Talvez ela pudesse conseguir algo melhor, mas também poderia conseguir algo bem pior.

– É, acho que você me convenceu – disse Grey com malícia. – A menos que...

– A menos que o quê?

– Você está se esquecendo de que, para ela, duques são arrogantes e insensíveis. Por isso, nunca concordaria em se casar com *você*.

– Sim, você já me disse isso. – Mais de uma vez. O suficiente para irritá-lo. – E eu não quero que ela se case comigo.

– Eu até acredito que você possa fazer com que ela goste de você, mas além disso...

Como Grey não terminou o pensamento, Sheridan rangeu os dentes.

– Já entendi seu ponto.

Não que Sheridan tivesse intenção de fazer Vanessa "gostar" dele. Ela não era a mulher certa para ele. Já tinha decidido isso há muito tempo.

– Você não concordou em pagar o dote de Vanessa? – perguntou Sheridan, tomando mais um gole de conhaque. – Você poderia obrigar lady Eustace a revelar os segredos ameaçando segurar o dote até que ela conte tudo.

– Primeiro, isso só prejudicaria Vanessa. Segundo, se minha tia se sentir encurralada, vai simplesmente mentir. E, além disso, tudo depende da nossa discrição durante a investigação para que a pessoa que matou nossos pais continue pensando que vai escapar impune. Foi por isso que não contei para tia Cora nem para Vanessa que confirmamos que meu pai foi morto por arsênico. Outra razão pela qual você deveria falar com minha tia. Ela não vai suspeitar de você.

– E Sanforth? – perguntou Sheridan. – Tínhamos decidido que eu faria perguntas por lá. O que aconteceu com *essa* parte do nosso plano para encontrarmos o assassino, ou assassinos, de nossos pais?

– Heywood consegue conduzir a investigação em Sanforth sozinho.

Isso era verdade. O irmão mais novo de Sheridan, um coronel reformado do Exército, já tinha feito melhorias significativas em sua modesta propriedade. Comparado a isso, fazer perguntas para a minúscula população de Sanforth soava como diversão para uma tarde preguiçosa.

– Como pode ver – continuou Grey –, não há motivo para você voltar para o campo. Como está na cidade para assistir à peça hoje à tarde, pode muito bem aparecer no camarote do irmão da minha tia no teatro e ver o que consegue descobrir. Você pode fingir que está lá para conversar com Vanessa.

– Isso supondo que elas vão de fato à peça – disse Sheridan. – Produções filantrópicas não parecem o tipo de evento de que lady Eustace gosta.

– Ah, elas vão estar lá – garantiu Grey. – Vanessa vai se certificar disso. A peça é do Juncker, lembra?

– Certo – disse, fitando a bebida que reluzia no copo e se esforçando para não praguejar. – Muito bem. Vou aturar as desconfianças de lady Eustace e ver o que consigo descobrir.

O que significava aturar também os elogios tolos de Vanessa a Juncker.

Sentiu um nó na garganta. Não se importava. Nem um pouquinho.

– Obrigado – disse Grey. – Agora, se não se importa...

– Eu sei. Beatrice está esperando, e você tem uma longa viagem pela frente. – Ele encontrou o olhar ansioso do irmão e suavizou o tom de voz. – Vai ficar tudo bem. Os Wolfes são fortes. Isso sem falar da nossa mãe. Se ela conseguiu ter cinco filhos de três maridos diferentes antes de completar 25 anos, tenho certeza de que minha prima lhe dará um herdeiro sem maiores complicações.

– Também pode ser uma menina. Eu não me importo. Contanto que Beatrice sobreviva e o bebê venha com saúde...

– Vá. – Sheridan podia perceber pela expressão distraída de Grey que a mente do irmão estava em seu reencontro com a esposa. – Vá ficar com ela. Eu não vou decepcioná-lo.

Sheridan conhecia muito bem a angústia que o amor podia causar, como podia ser profunda e como era doloroso o nó que formava na garganta. Helene não tivera a intenção, mas o fizera ficar desacreditado no amor.

Era exatamente por isso que não tinha a menor intenção de se colocar naquela situação de novo. Ver a agitação de Grey era um lembrete. O amor era capaz de mastigar um homem e cuspi-lo mais rápido do que seus puros-sangues corriam. Sheridan já tinha muito com que se preocupar. Não pretendia acrescentar uma esposa àquela lista.

# CONHEÇA OS LIVROS DE SABRINA JEFFRIES

### DINASTIA DOS DUQUES
Projeto duquesa
Um par perfeito (apenas e-book)
O duque solteiro
Quem quer casar com um duque?

Para saber mais sobre os títulos e autores da Editora Arqueiro,
visite o nosso site e siga as nossas redes sociais.
Além de informações sobre os próximos lançamentos,
você terá acesso a conteúdos exclusivos
e poderá participar de promoções e sorteios.

**editoraarqueiro.com.br**